KEITAI
SHOUSETSU
BUNKO
野いちご SINCE 2009

イジメ返し2

～新たな復讐～

なぁな

JN031227

⦿ STARTS
スターツ出版株式会社

イラスト／梅ねこ

イジメられた人間が
イジメた人間にイジメ返しをすることは
許されないことでしょうか？

何十倍、何百倍の痛みを
味わわせてやりたいと思いませんか？

さぁ、一緒にはじめましょう。
──イジメ返し──

※イジメを肯定したり推奨したりする
　小説ではありません。
　フィクションです。

イジメ返し 2

新たな復讐

人物紹介

高2。内気な性格から、カスミたちにイジメられるように。エマの提案でカスミたちに復讐をはじめるけど…!?

Aina Hayashi

はやし　あいな
林　愛奈

Kasumi Genda

げんだ
源田カスミ

愛奈のクラスメイト。大人も歯が立たないほど攻撃的で、つねに好き勝手振る舞っている。

イジメ

Shiho Miyamae

みやまえ　しほ
宮前志穂

愛奈のクラスメイトで、カスミの取り巻き。ズル賢い性格で、カスミの強さを利用している。

救世主

Ema Jinguji

神宮寺エマ
じんぐうじ

これまでのあらすじ

イジメられっ子たちのもとに現れ、「イジメ返し」という名の復讐を提案してきた謎の美少女・カンナ。
彼女の死をもって、「イジメ返し」は終幕を迎えた。
——と思われたが、カンナの遺志を継ぐ信者たちが、新たに「イジメ返し」のコミュニティを立ち上げ…？
恐怖の復讐劇は、まだまだ終わらない!?

同じ学校に通う愛奈に、カスミたちへの復讐を持ちかける美少女。じつは、「イジメ返し」の遺志を継ぐメンバー。

親友？

仲間？

Maki Ueda

上田真紀
うえだまき

Momo

桃
もも

愛奈のクラスメイトで、クラスでは中立的な立場にいる。愛奈は親友だと思っていたけど!?

「イジメ返し」のコミュニティを運営している、謎の人物。エマともつながりがあり…？

contents

忍び寄るイジメ
_{しの}

はじまり

やってしまった。

今朝、大失態を犯したわたし……林 愛奈の心臓は、はち切れんばかりにドクドクと鳴っていた。

あぁ、どうしてわたしは忘れてしまったんだろう。

カスミちゃんへのモーニングコールを――。

「アンタのせいで遅刻ギリギリになっちゃったんだけど」

自分の席に座り、小さくなっていたわたしの背中を、教室に入ってきたカスミちゃんは通学バッグで思いきり叩いた。

バッグにつけられていたキーホルダーの先っぽが背骨の近くに当たり、予想していなかった痛みに思わず顔が歪む。

「ご、ごめんね。本当にごめんね……」

慌てて立ち上がって頭を下げるわたしを、カスミちゃんが見おろす。

「次やったら、殺すよ？」

教室中の視線が、わたしに向けられている気がする。

圧倒的な恐怖で、体中が寒くもないのに震え出す。

「ご、ごめん……」

カスミちゃんはわたしの机を怒りに任せて蹴りつけると、そのまま自分の席へ向かった。

クラスのみんなは、カスミちゃんからの怒りの火の粉が自分に降りかからないよう、彼女から視線をそらして再び

友達との会話をはじめる。

　このクラスは、カスミちゃんのクラスといっても過言で
はないだろう。

　カスミちゃんが右を向けばみんな右を向くし、カスミ
ちゃんが左を向けばみんな左を向く。

　反対を向くことなんて絶対に許されない。

　そんなことをすれば、待っているのはカスミちゃんから
の容赦ない鬼のような攻撃だけだ。

　カスミちゃんには誰も抵抗できない。

　だって、カスミちゃんはこのクラスの女王だから。

「チッ、デブ。暑苦しいんだけど。何を食ったらそんなに
太れるわけ〜？」

　今日のカスミちゃんのターゲットは、クラスで一番体の
大きな石原佐知子のようだ。

　ネチネチと嫌な言い方をするカスミちゃんに、佐知子は
顔を歪めながらも、ほとぼりが冷めるのを待つことしかで
きない。

　言い返すことなく、ジッと我慢する。

　そして、カスミちゃんの興味が自分からそれるのを待つ。

　それは、一番賢い方法だろう。わたしだってそうする。

　そうやってわたしは、ずっとカスミちゃんとの生活を
送ってきたんだから……。

　……そう。カスミちゃんという“悪魔”と出会ったあの
日から——。

わたしが暮らすこの町は、人口１万人ほどの小さな町だ。

あたりを山に囲まれた、自然豊かな町。

田舎特有の隣近所とのつながりも深く、ほとんどが顔見知りだ。

閉鎖的なこの地域には、新参者はほとんどやってこない。

名所など誇れる何かがあるわけでもないこの町に、やってくるメリットもないし。

幼稚園から小中高まで、同じ顔触れになるのも仕方がないことだった。

わたしの住む場所から一番近い今の学校ですら、自転車で30分以上かかる。

もしも違う高校を選ぶとしたら、自転車と本数の少ないバスと電車を乗り継いで、ゆうに１時間半はかかるはずだ。

毎日の登下校に３時間も費やすのは耐えがたかったため、わたしは渋々今の女子高に入学した。

でも、その選択を幾度となく後悔した。

カスミちゃんの存在があるからだ。

カスミちゃんは小学生の時、この町に引っ越してきた。

もともとは都内に住んでいたものの、事情があってこの町に家族で越してきたのだ。

初めて顔を合わせたのは、小学校４年生の時。

東京から転校生が来るということで、数日前から教室内はお祭り騒ぎだった。

転校生は女の子だと先生は言っていた。

　どんな子かな……。友達になれるかな……？

　わたしも心のどこかで、どんな転校生が来るのかワクワクする気持ちがあった。

　そこに現れたのが、カスミちゃんだった。

　今でも忘れもしない。

　教室にカスミちゃんが入ってきた瞬間、教室内の雰囲気がガラリと変わった。

　騒いでいた子たちも大人しくなり、みな一様に驚いたような表情を浮かべてカスミちゃんを見つめていた。

　髪の毛は、ところどころ金色に近い茶髪だったし、とても小学生とは思えないような奇抜で露出度の高い洋服を着ていた。

　何より、同じ４年生とは思えないほど大人びた顔立ちをし、鋭い眼光をわたしたちに向けていた。

『源田さん、自己紹介をして？』

『源田カスミ』

　担任に促され、かったるそうに名前を言ったカスミちゃんは、腕組みしたまま教室内をぐるりと見回した。

　わたしは当時、窓際の一番後ろの席だった。

　カスミちゃんはわたしと目が合うと、わずかに右側の口角を上げて笑った。

　全身が粟立った。言葉には言い表すことのできない得体のしれない恐怖に、わたしは支配されていた。

　小さな町の、小さな学校の、小さな教室の中にも、スクールカーストというものは存在していた。

　もちろん、わたしが通っていた小学校にもあった。

　1軍、2軍、3軍とピラミッド型になっていて、どの位置に属するかによって教室内での立ち位置が決まる。

　1軍の女子は、発言力があり、男子とも対等にやり合える、おしゃれでかわいい子。

　男子は、スポーツが得意で運動会や遠足などの行事を仕切れるタイプの子。

　2軍は普通の子。1軍寄りの子もいれば、3軍寄りの子もいる。何かあれば、1軍にも3軍にもなりうる。

　3軍は、それ以外の子。あまり人数は多くない。

　小学生の時、わたしは3軍に位置していたような気がする。

　でも、あの当時、スクールカーストはあったものの、イジメというものは存在しなかった。

　1軍の子たちが3軍の子たちを攻撃するようなことはなかったし、行事やイベントにしても、クラス全員で協力しようという目には見えない絆のようなものがあった気がする。

　大なり小なり、ちょっとした悩みや不満はあったとは思うけれど、誰1人として不登校にならず、みんなそれなりに学校生活を楽しんでいたはずだ。

　そう。カスミちゃんがクラスを牛耳るまでは——。

　転校初日、カスミちゃんの席のまわりを彼女に興味を持ったクラスメイトたちが取り囲んで、あれこれ質問攻め

にした。

『髪の毛、染めてるの？』

『東京のどのあたりに住んでいたの？』

『芸能人って見たことある？』

　けれどカスミちゃんはその質問に答えることなく、輪の中の1人をジッと見つめた。

『アンタのヘアスタイル、マジでダサいんだけど』

　吐き捨てるように言うと、口角をわずかに上げて不敵な笑みを浮かべた。

『え……、わ、わたしのこと……？』

『アンタ以外で誰がいるわけ？　前髪短すぎだし、後ろも変な切り方だし。ちゃんと美容院、行ってんの？』

　カスミちゃんの言葉に教室中の空気が凍りつく。

　でも、輪の中にいた1人……宮前志穂がニヤリと笑った。

『あはははは！　マジウケる！　うちも前から同じこと思ってたんだけど！』

　志穂ちゃんの言葉に、ヘアスタイルをバカにされた女の子は顔を真っ赤にして、今にも泣き出しそうな表情を浮かべたまま教室を飛び出した。

『やっぱり？』

『うん！』

　志穂ちゃんの言葉に、カスミちゃんは気をよくしたようだ。

『よかった～。教室にまともな子がいて。ねぇ、名前ていうの？』

『うちは宮前志穂。志穂って呼んで。よろしくね！』

『オッケー。ねぇ、志穂。放課後、学校の案内してくんない？』

『いいよ！』

　カスミちゃんと志穂ちゃんが楽しそうに盛り上がる中、わたしを含めた他のクラスメイトたちは、一様に不安げな表情を浮かべていた。

　その日から、悪夢のような日々がはじまった。

　カスミちゃんは、すぐにスクールカーストの頂点に立ったのだ。

　もともとスクールカーストの頂点にいたのは、スポーツも勉強もできて容姿もいい、茜ちゃんや美穂ちゃんだった。

　でも、そんな2人でもカスミちゃんには敵わなかった。

『茜と美穂って田舎臭いんだよねぇ。今、着てるその洋服とか、流行遅れだから』

　カスミちゃんはクラスメイトたちがいる中で、2人を見下すような発言を繰り返した。

　最初は言い返していた2人も、あまりのカスミちゃんのしつこさに嫌気が差したのか、その座を彼女に譲った。

　カスミちゃんと取り巻きの志穂ちゃんがスクールカーストの最上位に位置するようになってから、クラスは滅茶苦茶だった。

　教室がいつもどこかピリピリと張り詰めた重苦しい雰囲気になっていたし、言いたいことはつねに我慢して、カスミちゃんの機嫌を損ねないよう全員が神経をすり減らしていた。

　先生だってそうだ。

　カスミちゃんからの容赦ない攻撃を受けて心を病んだ担任が、休職する騒ぎにもなった。

　そのあとにやってきた臨時教諭は2週間でさじを投げたし、次にやってきた人は10日も持たなかった。

　カスミちゃんは、それぐらいのことができる人間だ。

　そして、教室内で生徒を注意できる先生がいなくなってからは、毎日日替わりにターゲットを変えてカスミちゃんはイジメを繰り返した。

　中学生になっても、高校生になっても変わるどころか、エスカレートしている気がする。

　でも、誰もカスミちゃんに文句は言えない。

　言えば、今度は自分がターゲットになってしまうから。

　そんなわたしたちの考えをすべて悟っているかのように、カスミちゃんはクラスを牛耳り、わたしたちを支配し続けた。

　カスミちゃんが転校してきたのは小4の時。今は高2。

　わたしとカスミちゃんとの付き合いは、6年にもなる。

　卒業が今から待ち遠しい。大学はこの町から離れて都内の大学に進学する予定だ。

　そのためには、必死に勉強をする必要がある。

　けれど、苦にはならなかった。カスミちゃんという恐ろしい悪魔から逃げるためだと思えば、わたしは寝る間も惜しんで勉強にいそしむことができた。

「ハァ……」

今日も、ひどい1日だった。

カスミちゃんはつねに苛立っていたし、彼女の逆鱗に触れぬように細心の注意を払わなければならなかった。

胃がキリキリと痛む。

こんな毎日に辟易しながらも、この場所で必死に生きていくしか、わたしに残された道はなかった。

わたしたちの高校は、近隣の中学校から集まった生徒で構成されていた。

学年もなんとか3クラスを保っているものの、あと誰か1人でも転校や退学をすれば、2クラスになるという噂もある。

遠方から通学している生徒はいない。山に囲まれた、この小さな地域に暮らす子供たちだけ。

きっと他の学校よりも閉塞感があるんだろう。女子しかいないというのも原因の1つだ。

逃げ道を塞がれ、逃げることができない。

教室内でのスクールカーストは色濃くなり、それに従いイジメは蔓延していくのだ……。

「あーー、マジムカつく!!」

翌日、登校してきたカスミちゃんが、自分の席で大声を張り上げた。

クラスメイトたちは、カスミちゃんの声に眉をひそめて体を縮こませる。

「カスミ、どした〜？」

「生理近いから超イライラする」

　カスミちゃんの声に、わたしは心の中で舌打ちした。

　何があったのかと思えば、そんなことか。

　そう思ったのは、わたしだけではなかったようだ。

「そんなこと？　なんかあったのかと思ったじゃん」

　志穂ちゃんが呆れたような声を上げたのだ。

「は？　アンタ、今、なんて言った？」

「あっ、違くて！　別に悪い意味じゃないんだけどさ！」

　志穂ちゃんの返答が気に入らなかったのか、カスミちゃんがギロリと彼女を睨みつける。

　志穂ちゃんは慌てて訂正すると、カスミちゃんの機嫌をとるようににこりと笑った。

　２人はいつだって一緒にいるし、放課後もつねに一緒に行動している。

　でも、２人の間には明白な主従関係が成立している。

　志穂ちゃんはいつもカスミちゃんの顔色をうかがい、カスミちゃんの機嫌を損なわないよう気をつかっている。

　そこまでして、一緒にいて虚しくならないんだろうか。

　高校生になっても金魚のフンを続ける志穂ちゃんを、心の中で罵る。

　でも、志穂ちゃんがそこまでして耐える気持ちも少しだけ理解できた。

　カスミちゃんが転校してくる少し前、志穂ちゃんはクラスで浮いた存在だった。

　その当時、教室内で消しゴムや鉛筆がなくなることが相次いだ。

　その疑いをかけられたのが、志穂ちゃんだった。

　志穂ちゃんのペンケースの中に、名前を消した跡がある鉛筆や消しゴム、それに名前のないヘアゴムなどが複数入れられていたからだ。

『それ、返して！』

　クラスメイトたちが詰め寄る中、彼女は首を縦には振らなかった。

　それどころか、悪びれる様子もなく『これ、うちのだから。うちが取ったっていう証拠あるの!?』と言ってのけた。

　名前を消しているのは明らかなのに、それを認めようとしない志穂ちゃん。

　わたしも色鉛筆を数本盗まれていた。

　そんなこんなでクラスから白い目で見られて浮いていた志穂ちゃんにとって、転校してきたカスミちゃんは救世主だったに違いない。

　カスミちゃんのワガママを我慢して一緒にいれば、自分がクラスの中で浮くことはない。

　カスミちゃんという後ろ盾を手に入れた志穂ちゃんは、教室内で強大な力を得るようになった。

　この日の昼休み。わたしは真紀と一緒に屋上へやってきた。

「今日いい天気だねぇ。ピクニック日和だぁ」

　ニコニコと柔らかい笑みを浮かべた真紀に、わたしの心も和む。

「そうだね」

　そう答えてから、ふと真紀の手元に目をやる。

「ねぇ、真紀。今日もお昼食べないの?」

「うん。ダイエット中だから。今年中にあと5キロは痩せる予定」

　ここ数か月、真紀はお昼ご飯を食べようとしない。

　以前は、購買でパンを買っていたのに。

　ダイエットと言っているけれど、真紀は十分痩せているしダイエットなんてする必要はない。

「食べないと倒れちゃうよ? わたしのお弁当、一緒に食べよう?」

「いいのいいの。あたしのことは気にしないで! てか、もう6月かぁ。あと少しで夏休みだねぇ」

「真紀、それは気が早すぎるよ」

「ふふっ。ねぇねぇ、愛奈。夏休み、また一緒にお祭り行こうよ?」

「うん。いいよ」

「一緒に綿あめ食べて、りんごあめも食べて、焼きそば食べて、チョコバナナ食べて……それから……」

「食べすぎじゃない? 急に食べたらリバウンドしちゃうよ?」

「……だねっ? でもいいの。そのためにも、今はダイエット頑張るんだ!」

　目を見合わせて互いに笑い合う。

　真紀……上田真紀は、わたしにとって一番の親友だ。

　真紀がどう思っているのかはわからないけれど、わたしにとっては一番の友達。

　正直、真紀との出会いという出会いはよく覚えていない。

　小学校の時は、人数が少なく１クラスだった。

　真紀はクラスメイトの１人で、とくに親しい間柄ではなかったように思う。

　そもそも、わたしには友達がいなかった。

　昔から人見知りで自分から積極的に誰かに話しかけることは苦手だったし、どんな会話をしたらいいのかもよくわからなかった。

　だからといって、１人がよかったわけじゃない。

　本当はクラスメイトみんなと仲良くしたかったし、楽しくしゃべりたかった。

　輪の中の中心にいることはできなくても、輪の中には入っていたかった。

　でも、どうしてもそれがうまくできない。

　他人から自分がどう思われているのかばかり気になって、まわりの目につねに怯えていた。

　理想と現実の間で、もみくちゃにされて悩んでいたちょうどあの時期、カスミちゃんが転校してきて、わたしの生活はさらに苦しいものになる。

　わたしは、すぐにカスミちゃんに目をつけられた。

大人しくて言い返すことができないわたしを、カスミちゃんはまるで奴隷のように扱った。

『これ、先生のところに運んどいて』

『日直の日誌、代わりに書いておいて』

『ウサギ当番、やっといて』

カスミちゃんは、雑用や面倒なことはすべて、わたしに押しつけるようになった。

でも、わたしは『嫌だ』とは言えなかった。

カスミちゃんのお願いを断れば、今以上にひどい状況になるのは目に見えていたから。

これ以上、苦しい思いをするのだけは絶対に避けたかった。

『カスミちゃんが自分だけ楽しようとして、嫌なことはみんな他の子に押しつけるんです!』

正義感の強いクラスメイトの1人が担任にそう密告したのを知ると、カスミちゃんはその子のことを陰で延々とイジメた。

それは『イジメ』という3文字では表せないぐらい、卑劣で悪質で最悪な行為だった。

クラスメイト全員にその子を無視するように命令したり、その子の給食にチョークの粉を振りかけたりもした。もちろん、カスミちゃんがやるのではない。

違う誰かにやらせるのだ。そう、その子の……親友に。

互いのことを疑心暗鬼にさせて絆を崩壊させるやり方を、カスミちゃんは得意としていた。

　結局、その子は徐々（じょじょ）に元気をなくしていき、やがて給食が食べられなくなり、保健室登校になった。

　それでも、カスミちゃんは手を緩（ゆる）めない。

　保健室の先生がいない時を見計（みはか）らって彼女に近づくと、見えない部分に暴力を加えて彼女をさらに追い詰めた。

　逃げ場を失って完璧（かんぺき）にやり込められた彼女は、休みがちになり、しばらくすると不登校になった。

　風の噂でそのあと、家族全員で他県に引っ越していったと知った。

　羨（うらや）ましかった。逃げ道があるということが。

　それから、カスミちゃんに逆らえばどうなるか身をもって経験したわたしたちは、カスミちゃんに逆らうという術（すべ）を失った。

　そのことで、カスミちゃんはさらに横暴な態度をとるようになってしまった。

　彼女のことがあって以降、わたしはずっとカスミちゃんの奴隷だった。

　でも、わたし以外の子がターゲットにされている間だけは、わたしはカスミちゃんの奴隷から解放された。

　カスミちゃんの気分はコロコロ変わる。

　機嫌がいい時は『愛奈、おはよ〜』と挨拶（あいさつ）をしてくることもあるし、機嫌が悪い時は『おい』とか『お前』とか『アンタ』とか名前すら呼んでくれない。

　毎朝、カスミちゃんがどんな様子で登校してくるか、それによって、その日のわたしの１日は大きく左右された。

　小学校の高学年になると、さらに人の顔色を……とくにカスミちゃんの顔色をうかがうようになった。

　機嫌の悪い時にはあえてカスミちゃんには近づかずに距離をとり、機嫌がよさそうな時は、カスミちゃんにあれこれ頼まれる前に自分から嫌な役を引き受けた。

　そんな毎日に辟易していた時だった。真紀に声をかけてもらったのは。

『カスミちゃんにいろいろお願いされてるみたいだけど、大丈夫？　無理してない？』

　誰もいない教室でカスミちゃんに押しつけられたロッカー掃除をしている時、真紀が声をかけてくれた。

『あっ、うん。大丈夫……ありがとう』

『あたしも手伝うよ。一緒のほうが早く終わるでしょ？』

　真紀は、率先して手を貸してくれた。

　同じクラスだけど、あまり接点がなかった真紀が手を貸してくれたことが本当にうれしかった。

　今までずっとカスミちゃんにあれこれ押しつけられてきて、心も体ももうボロボロだった。

　そんな時、真紀がかけてくれた『大丈夫？　無理してない？』という言葉に、わたしの胸は熱くなった。

　それからは、時々真紀はわたしに声をかけてくれるようになった。

　真紀は、クラスの中で中立的な立場にいた人物だった。

　クラス内での立ち位置は悪くない。誰とでも仲良くやれ

るオールマイティな子。

　スクールカーストと関係なく、近くにいる子にはニコニコと笑いかけて話すし、誰かの悪口を言うことも、カスミちゃんに媚びを売ることもない。

　カスミちゃんが牛耳るクラスの中でもとくに臆<ruby>臆<rt>おく</rt></ruby>することなく、マイペースな毎日を送っているように見えた。

　平和主義者で誰に対しても優しい真紀と友達になれたことだけが、今のわたしの財産だ。

歪んだ家族の形

　あれ……？

　玄関のカギを開けて中に入ると、ほこり1つ落ちていないきれいな玄関に、ピカピカに磨き上げられた男物の革靴が揃えて置いてあることに気がついた。

　ハッとした。今日は何日だっけ……？　そうだ。今日は6月6日……だ。

「た、ただいま」

　真っ先にリビングに向かうと、足を大きく開いてソファに座る父と、立ったまま頭を垂れている母の姿が視界に飛び込んできた。

　リビングに入るなり、2人の視線はすぐさまわたしに向けられる。

　その視線には、非難の色が色濃く刻み込まれている。

「今日は、なんの日だ？」

　言われると思った。

　わたしは、おずおずと母の隣に移動して「おじいちゃんと、おばあちゃんの結婚記念日です」と答えた。

「そうだ。それなのに、どうして電話の1本でも入れてお祝いの言葉をかけない？　ん？　お前らは、言われないとそんなことすらできないっていうのか？」

　父は顔面を怒りで赤らめ、口から大量の唾を飛ばした。

　そうだった……。ついうっかりしていた。

　父の両親……わたしからすると、おじいちゃんとおばあちゃんの誕生日と敬老の日、それに結婚記念日は、どんなに忙しくても必ず電話をするか会いに行かなければいけないというのが我が家の決まり事だった。

　それをすっかり忘れていた。

　夕方になってもなんの連絡もないと、祖父母が父に連絡をしたのかもしれない。

　そして父は、わたしと母を恫喝するために会社を早退してきたのだ。

　あまりにも粘着質な父に、呆れと苛立ちと軽蔑の念が湧き上がってくる。

「わ、私はちゃんと電話を入れましたよ?」

　すると、わたしの横で頭を垂れていた母が顔を上げた。

「お前が電話をしても、愛奈がしていないという事実は変わらないだろう。お前が朝、きちんと愛奈に電話をかけるように言っておけば、こんなことにはなっていないんじゃないか?　違うか?　間違っているのは、誰だ?　俺か?」

「あ、朝早くは、お義母さんたちにご迷惑かなと思ったんです」

「だったら、『朝早くすみません』と謝ればいいだけだろう。そんな言い訳が通用すると思ってるのか?　それとも俺が間違っていたというのか?　そうなのか?」

「い、いえ……。私です。私が間違っていました……」

　母の顔が引きつる。

　余計なことを言わなければいいのに……。

　こちらがいくら正論を言っても、父はそれをすべて"言い訳"と受け取る。

　まともな話が通用する相手ではない。

　わたしは、要領の悪い母に心の中でため息をついた。

「そうだろう？　わかりきったことを言わせるな。専業主婦で３食昼寝つきの生活をさせてもらっている分際で、まったく。愛奈、お前もお前だ。祖父母の結婚記念日を忘れるなんて情けない。誰の金でお前は学校へ通えている？食事ができている？　こうやって何不自由ない生活を送れている？　言え。誰のおかげだ？」

　あぁ、またはじまった。心の中が、ずっしりと重たくなる。

「お父さんのおかげです。お父さんが毎日仕事をしてくれているからわたしは学校に通えるし、何不自由ない生活を送れています」

　機械的に自分の口から吐き出したのは、父を満足させるためだけの空虚な言葉だった。

　本心など１ミリもないわたしの言葉に、父は気をよくしたようだ。

「そうだ。それを忘れるな。同じことを何度も言わせるんじゃない」

　父はそう言うと、大きく伸びをしてソファから立ち上がった。

「俺は、これから両親の結婚記念日を祝いに食事に行ってくる。だから、夕飯はいらない。あぁ、そうだ。たしか以前何かでもらったうどんがあったな。少し賞味期限は切れ

ているけど、ちょうど2人分ある。お前たちはそれを食べなさい」

「……わかりました……」

　母は表情1つ変えずに小さく頷いた。

「……ハァ。まったく気がきかない女だ。もう出かけると言っただろう。どうして言われる前に着替えを用意しないんだ」

「え……？　着替え……ですか？」

「バカ野郎‼　両親の結婚記念日だぞ？　先月新調したスーツを着ていくに決まってるだろ！」

「あぁ……はい。急いで準備をしますので……」

　母が慌てたようにリビングを飛び出していく。

　わたしは火の粉が降りかからないよう、いそいそとリビングを出て2階の自室へ向かった。

　物心ついたころには、この家が普通でないことは薄々気づいていた。

　我が家のすべての権限は父にある。

　父が言ったことに逆らってはいけないし、刃向かってもいけない。

　たとえ違うと思っても、口にすることは許されない。

　粘着質で高圧的な父のことが、昔から今も現在進行形で嫌いだ。

　母は父の言いなりだ。一度、母が父に逆らった時、父はためらうことなく母の頬に手のひらを叩き込んだ。

『誰の金で生きていると思ってるんだ!?』

『だ、だったら私も仕事します！　もう愛奈だって手がかからないし、私も働きます！』

『お前のような無能には無理だ！　もし仮に仕事をして、家のことをおろそかにするようなことがあれば絶対に許さない。お前は、それでも働くというのか？　俺の給料が不満だというのか!?　俺は、このあたりの人間よりも高給取りだ！　お前は、俺の給料が少ないというのか!?　そう言いたいんだろう!?』

　父は激高し、論点をすり替えて母を責め続けた。

　結局、母は父を言い負かすことはできなかった。

　わたしがこの町を出たいという理由は……カスミちゃんだけでない。

　わたしはこの家から、この家族から、この町から離れたいのだ。

　大学を卒業して働くようになったら……わたしは両親と縁を切ると決めていた。

　だから、それまでは必死で我慢するしかない。

　その時、ポケットの中のスマホが震えた。

　画面を確認すると、カスミちゃんからメッセージが届いていた。

「カスミちゃんだ……。なんだろう……」

　嫌な予感がする。カスミちゃんがメッセージを送りつけてきてよかったためしはない。

　このまま既読にせずに無視しようか。

　いや、ダメだ。きっとすぐにメッセージの返信を催促するよう電話をかけてくるに違いない。

　それすら無視したら、どうなるか安易に想像することができる。

　学校につくなりみんなの前で晒し上げられて恫喝され、奴隷以下の扱いを受けることになる。

　結局、わたしには選択肢などないのだ。

【カスミちゃん：数学P146の答え全部、今すぐ送って】

　わたしはカスミちゃんの指示に従って、すぐさま数学の教科書を開いて解答を写真に撮って送信した。

【これで大丈夫かな？】

【カスミちゃん：遅い】

【カスミちゃん：あとP148も全部】

【カスミちゃん：現代文の課題もね】

【カスミちゃん：アンタは課題のテーマを変えて】

　カスミちゃんからのメッセージが止まらない。

【ごめんね。順番に送るからちょっと待ってね】

【カスミちゃん：のろま】

　そのメッセージのあとに届いたスタンプ。

　画面に表示されたかわいくもないキャラクターの怒った表情に、わたしの心はかき乱される。

　宿題や課題をわたしに押しつける行為は、今にはじまったことじゃない。

　高校を卒業後にこの町を出るという目標のために、わたしは必死に勉強をした。

　もちろん、今だって毎日机に向かっている。

　カスミちゃんはまるでハイエナだ。獲物を横取りするだけでなく、骨までしゃぶりつくす。

　ほんの少しだけまわりの子よりも頭のよかったわたしに、カスミちゃんはすぐに目をつけた。

　最初は『宿題見せて？』だったのが、『宿題の答えを写真で送って』となり、『あたしの代わりにアンタが課題をやって』になった。

　小学校の夏休みなんて最悪だった。

　宿題全部を持って家に押しかけてきたカスミちゃんの代わりに、ワークも解いたし、読書感想文も書いたし、ポスターだって作った。

　自由研究は勝手に共同研究にされ、『アンタがやって。ちゃんとあたしの名前も入れておいてよ』とだけ言い捨ててわたしだけにすべてを押しつけてきたし、皮肉にも賞を取ってしまった際には、カスミちゃんが代表者として得意げな顔で壇上に立って賞状を受け取った。

　わたしはその背中を見つめながら、ギュッと拳を握りしめて耐えるしかなかった。

　あまりに理不尽なことが起きているのに、声を上げることができない非力な自分に心底腹が立った。

　カスミちゃんは、人のふんどしで相撲をとる典型的な人間だった。

　そんな人間に利用されている自分にも嫌気が差すけれど、どうしようもない。

　わたしは、このがんじがらめのような日々を受け入れて生活するしかないのだ。

　教科書の答えと用意しておいた現代文の課題をカスミちゃんに送ると、既読になったあと返信はなかった。

　自分のメッセージに返信がないと烈火のごとく怒り出すのに、自分がやる分には、なんの問題もないらしい。

　相手の気持ちをまったく考えないところか、そんなことを考える気も、さらさらないんだろう。

　カスミちゃんの人間性を疑う。

　どうしたら、あんなモンスターのような人間が生まれるんだろう。

　カスミちゃんに出会ったのが、わたしの運の尽きだ。

　でも、もう高校２年生。彼女から離れて自由な生活を送るまで２年を切っている。

　今までだってなんとか耐えてきた。だから、あと少しだけ頑張ろう。

　そうすれば、きっとわたしには明るい未来が待っているんだから。

　わたしは必死に自分にそう言い聞かせると、机の上に参考書を広げてペンを握った。

疑惑の目

　この日の昼休み、わたしとカスミちゃんは国語の伊藤先生に生徒指導室に呼び出された。

　なぜ呼ばれたのか、なんとなく予想はついていた。

　きっと、提出した課題のことだ。

「本当のことを言って？　明らかにおかしいのよ」

　イスに座って背中を丸める。スカートの上の手のひらには、嫌な汗をかいていた。

　顔が引きつり呼吸が浅くなる。

　動揺するわたしの隣で、カスミちゃんは微動だにしない。

「おかしいって何が？　あたしが愛奈に課題をやってもらった証拠はあんの？」

「証拠はないわ。でもね、こういうのって性格が出るものなの。作文だってそうよ。書き方は1人1人違う。それがいいのよ。でも、2人の作文や課題の書き方は、あまりにも似通ってる。前から不思議に思っていたけど、今回のことで確信を持ったの」

「くだらない。似てることぐらいあるでしょ。それを、こうやって生徒指導室にまで呼び出して説教するなんてどうかしてる。愛奈もなんとか言ってやんなよ」

　カスミちゃんが苛立ったように、わたしの背中を手のひらで叩く。

　不意にカスミちゃんと目が合った。

　その顔には、『どうすればいいかわかってるよね？』と書いてある。

「あっ、先生……。ち、違います。わたしは源田さんの課題をやっていません」

「ほらね。愛奈だってそう言ってるでしょ？」

　わたしの答えに、それ見たことかと得意げな表情を浮かべたカスミちゃんとは対照的に、先生は眉間にシワを寄せたままわたしをジッと見つめる。

「一緒に呼び出したのは間違いだったかもしれないわね。源田さんがいたら、林さんだって本当のことを言いづらいわよね」

「え……」

　先生の予想外の言葉に、思わず声が出る。

「とりあえず、話はわかりました。でも、もしまた次に何かおかしいことが起きたら、その時は……まぁ、次はないわね。しっかりと課題に取り組んでちょうだい。人の物や考えや努力を簡単に自分の手柄にする行為を、先生は許せないだけだから」

　先生は、すべて見透かしたような視線をカスミちゃんに投げかけた。

「何それ。ウゼェ」

　低い声で呟いたカスミちゃんが、先生を睨みつける。

　先生は微動だにせず、カスミちゃんを見つめる。

　２人の間に漂う険悪な雰囲気に、胃がキリキリと痛む。

「先生、その嫌味な言い方直したほうがいいんじゃない？

そういう言い方するから生徒に嫌われてるんじゃん」

「ご忠告、ありがとう」

　堪えている様子のない先生からふんっと顔をそらすと、カスミちゃんは「愛奈、行こっ！」と、わたしの腕を掴んでイスから立ち上がらせた。

「っ……」

　わたしの腕を掴むカスミちゃんの手に力がこもり、二の腕に痛みが走る。

　カスミちゃんが怒っているのは、すぐにわかった。

　背筋が冷たくなる。カスミちゃんを怒らせた……。

　怒らせてしまった……。

「し、失礼します……」

　わたしは伊藤先生にぺこりと頭を下げると、カスミちゃんに引っ張られるようにして生徒指導室をあとにした。

「アンタさぁ、どういうつもり」

「あのっ……わたし……」

　近くのトイレに連れてこられたわたしは、怒っているカスミちゃんをなんとか落ちつかせようと必死だった。

「アンタ、じつはアイツにチクったとかないよね？」

「まさか！　わたしがそんなことするはずないよ。カスミちゃんとわたしは友達でしょ？　友達を裏切るような真似はしないから」

　必死だった。カスミちゃんをこれ以上怒らせないために、必死になってゴマをする。

「ふーん、友達ねぇ……」

　カスミちゃんが不満げにうなった。

　彼女の一挙一動に、わたしは神経を尖らせる。

「チクってなくても、わざとバレるようにしたってことも考えられるよね」

「ち、違う！！」

「なに慌ててんの？　バレて焦ってんの？」

　カスミちゃんはそう言うと、わたしの頬を平手打ちした。

　パシンッという乾いた音が、誰もいない静かなトイレ内に響き渡る。

「カスミちゃ――」

　名前を呼び終える前に再び飛んできた手のひらが、わたしを滅多打ちにする。

　右左右左。左右から容赦なく飛んでくる平手打ちの嵐。

「クソ女。死ね」

　カスミちゃんは低い声で呟くように言うと、強烈な蹴りをわたしのみぞおちのあたりに放った。

「いたっ……」

　肋骨が折れてしまったんじゃないかと思うほどの強烈な痛みに、息ができない。

　あまりの痛みに顔を歪めてその場に膝をつくわたしの手元に、カスミちゃんが吐いた唾が降ってくる。

　幸いなことに、その唾はトイレの床のタイルに落ちた。

　足元にはカスミちゃんの足がある。

「違うの……。誤解だよ……。お願い、カスミちゃん――」

痛みなのか焦りなのかわからない。

わたしの目からは大粒の涙が溢れる。

必死になってカスミちゃんの足にすがりつくと、カスミちゃんは有無を言わさずわたしの体を蹴り上げた。

「キモい。死ね」

カスミちゃんはそれだけ言うと、わたしに背中を向けて歩き出した。

その場に残されたわたしは、冷たいトイレのタイル張りの床の上に座り込んで放心状態になっていた。

「なんでこんなことに……」

体のあちこちが痛む。

でも、それ以上に胸が張り裂けそうだった。

カスミちゃんの憎々しげな表情が蘇り、頭を抱える。

どうしよう。カスミちゃんを怒らせた……。本気で怒らせてしまった……。

その事実に打ちひしがれる。

小学校でも中学校でも、わたしはカスミちゃんからイジメの対象にされていた。

嫌がらせや、ちょっとした暴力を受けたこともある。

でも、それは一過性のものだったし、カスミちゃんの機嫌次第で、ましな日もあった。

今日のようにカスミちゃんを本気で怒らせたことは、じつはなかったのだ。

「わたし……これからどうしたらいいの……」

　トイレの床に座り込んだままで涙を流す。まだ6月だ。夏休みまで、まだしばらくある。

　あと1か月以上、わたしはカスミちゃんからの攻撃に耐えられるだろうか。

　いや、夏休みになればカスミちゃんから逃げられるなんて、そんなのは甘い考えだ。

　カスミちゃんにとって夏休みなんて、わたしをイジメる上で関係がないだろう。

　これから先……ずっと？　ずっとわたしは、カスミちゃんにイジメられ続けるの……？

　絶望が全身を包み込み、わたしはその場からしばらく立ち上がることができなかった。

悪夢のスタート

「ない……」

　翌日には、恐れていることが現実になった。

　キリキリと痛む胃を押さえながら登校すると、下駄箱の中にあるはずの上履きがなかった。

　あたりや近くのゴミ箱を探してみたものの、上履きは見つからない。

　仕方なく、職員室でスリッパを借りて教室へ向かう。

　一歩一歩教室に近づくたびに、わたしの心臓は激しく鼓動を打ち、喉がカラカラに渇いていくのを感じた。

　このまま回れ右をして家へ帰れたら、どんなにいいだろう。

『上履きを隠されたから帰ってきたの』

　そう母に言えば、母は『そんなことがお父さんに知られたらどうするの!?　私が怒られるのよ！　今すぐ学校へ行きなさい！』と怒鳴りつけるに決まっている。

　わたしの話は聞かず、保身に走る母の姿が目に浮かぶ。

　どんよりとした気持ちで教室の前に立ち、背中を丸めたまま扉に手をかける。

　扉を開けた時の、クラスメイトたちの反応が怖い。

　カスミちゃんのことだし、わたし以外のクラスメイトにグループメッセージを送っていてもおかしくはない。

　中学の時、グループメッセージで【明日からアイツのこ

と無視ね】と連絡が来たことがある。

　そこそこカスミちゃんとも仲のよかったその子は、きっとなんらかの理由で、カスミちゃんの機嫌を損ねてしまったのだろう。

　カスミちゃんに逆らうことのできなかったクラスメイトたちは、【了解！】や【オッケー！】と、カスミちゃんの機嫌をとるためだけにスタンプを送る。

　結局、その子は一時期クラス中から無視されることになった。

　きっと今回も、それと同じことが起こるはずだ。

　ハァと息を吐いて、乱れる呼吸を整える。

　このままずっと、この場所にいるわけにはいかない。

　勇気を出して扉にかけた手に力を込めると、「邪魔！」と、すぐ後ろで聞き覚えのある刺々しい声がした。

　それがカスミちゃんの声であると瞬時に悟り、全身の毛が逆立つ。

　恐る恐る振り返ると、眉間にシワを寄せたカスミちゃんがわたしを睨みつけていた。

「あっ、お、おはよう。あの、カスミちゃん、昨日のことなんだけど――」

　なんとかして昨日の誤解を解こうとそう切り出すと、カスミちゃんはチラッとわたしを睨みつけたあと、無言のまま教室に足を踏み入れた。

「ちょっと、何？　愛奈ってば、カスミのこと怒らせちゃったの？」

　志穂ちゃんが、わたしにそっと耳打ちをする。

「うん。ちょっといろいろあって……。でも、それは誤解で——。し、志穂ちゃんからも誤解だってカスミちゃんに言ってもらえないかな？　お、お願い……！」

「えー、めんどくさいから嫌。ふっ、ご愁傷様〜！　まっ、頑張ってよ！」

　わたしとカスミちゃんが揉めていることを面白がっている様子の志穂ちゃんは、ポンポンッとわたしの肩を叩くと、そのままカスミちゃんのあとを追った。

　志穂ちゃんの様子からすると、カスミちゃんから昨日のことを知らされてはいないようだ。

　上履きを隠したのは、カスミちゃんに命令された志穂ちゃんだとばかり思っていたけど、違うの……？

　わたしはキリキリと痛む胃を押さえながら、教室に足を踏み入れた。

　……おかしい。授業の内容がまったく頭に入ってこない。

　教室に足を踏み入れたわたしに、クラスメイトたちは普段どおり接してくれた。

　今までのカスミちゃんならば、すぐにクラスメイトたちを仲間にして、わたしをハブったに違いない。

　昨日のカスミちゃんは、間違いなくわたしに怒っていた。

　今朝だって機嫌が悪そうだったし、わたしの言葉を露骨に無視した。

　どうして今回は、まわりを仲間にしてわたしを攻撃して

こないんだろう……?

「じゃあ、この問題わかる人いますか?」

　伊藤先生が教室中に視線を走らせる。

　昨日予習した部分だったため、答えはすぐにわかった。

　でも、今はそれどころではない。

　わたしの頭の中は、カスミちゃんのことでいっぱいだった。

「誰か、いませんか?」

　クラスメイトたちは誰も手を挙げない。

　それは、数日前にカスミちゃんが"ある指示"を出していたからだ。

　授業中は、みずから手を挙げるな……と。

　まだ20代後半の若い伊藤先生は、去年この学校へ赴任してきた。

　見た目は大人しそうなのに反して、白黒ハッキリさせたい正義感の強いタイプの先生だった。

　悪いことはハッキリ悪いと言うし、ダメなところはダメと指摘する。

　その分、褒めてくれることも多いし、きめ細やかな指導をする先生だった。

　そんな伊藤先生のことを、以前からカスミちゃんは目の敵にしていた。

　だから昨日、嫌っている伊藤先生に呼び出されたことにカスミちゃんは相当腹を立てたに違いない。

　黙って下を向いて自分の手を見ていると、ポケットの中

のスマホが震えた。

　先生に気づかれないようスマホ取り出そうとした時、どこからともなく視線を感じた。

　ふとその視線の先に顔を向けると、カスミちゃんと目が合った。

「え……？」

　顔が引きつる。

　カスミちゃんは意地悪な笑みを浮かべていた。

　まさか……。背中が急に寒くなる。

　わたしは、恐る恐る取り出したスマホ画面に視線を落とした。

【カスミちゃん：手を挙げて伊藤の洋服ダサいって言って】

　そのメッセージに目をむく。

　スマホを持つ手が震えて、頬の筋肉が痙攣（けいれん）する。

　やっぱり、カスミちゃんは昨日のことを怒っている。

【カスミちゃん：早く言えよ】

【カスミちゃん：言ったら、アンタがあたしのことチクったこと、許してあげる】

　悪魔の囁（ささや）きだった。

　本当は言いたくない。でも、もし言わなければ、カスミちゃんの怒りに火を注ぐことになるのは明らかだ。

　わたしに選択の余地（よち）などない。

「せ、先生……」

　右手を恐る恐る上げると、伊藤先生はわたしに視線を向けてにっこりと微笑（ほほえ）んだ。

「あらっ、珍しい。積極的に手を挙げるなんて偉いわ。じゃあ、林さん。この答えを教えて」

伊藤先生はわたしと目が合うと、眼鏡の下の瞳をわずかに細めた。

先生、やめて。『偉いわ』なんて褒めないで。

わたしが今からしようとしていることは、褒められるような行為じゃない。

「先生の……」

スカートをギュッと握りしめる。

「今日の洋服……ちょっとダサいです……」

絞り出したわたしの言葉は、蚊の鳴くような小さな声だった。

先生が、どんな反応をしているのかはわからない。

でも、わたしの言葉のあと、ほんのわずかにピリついた空気が教室中に流れた。

「……あははは！ ウケるんだけど！ 愛奈、先生のことイジメんじゃねーよ!!」

ゲラゲラとバカ笑いをはじめたカスミちゃんにつられて、クラス中からどっと笑い声が沸き起こる。

まったく面白くない。

みんなの前で『ダサい』などと言われ、晒し上げられた先生の気持ちを考えると強烈に胸が痛んだ。

わたしは、自分かわいさのために先生を傷つけてしまった。

こんな行為、許されることではない。でも、そうでもし

なければわたしは——。

「私の洋服？　たしかに、よくダサいって言われるわ。でも、好きな洋服を着ているだけだから誰になんて言われてもいいの。それで、林さん。答えは？」

「えっ、あっ……はい。答えは1番です」

「はい、よくできました。じゃあ、説明していくわね」

　先生はにっこりと微笑むと、さっきのわたしの言葉なんてまったく気にする様子も見せずに授業を再開した。

　ホッと胸を撫でおろしたと同時に、再びメッセージが届いた。

【カスミちゃん：アイツに消しゴム投げろ】

　カスミちゃんのメッセージから怒りを感じる。

　わたしは震える指先で返事をした。

【それはできないよ】

【カスミちゃん：アンタに選択肢はないの。早く】

【カスミちゃん：早くやれよ】

　返信する間もなく、急かすようにスマホに届くカスミちゃんからのメッセージにめまいがしてくる。

　顔を歪めながら、机の上の消しゴムを右手で握りしめる。

　手のひらには大粒の汗をかいていた。

　これを先生に投げたって、カスミちゃんは満足などしないだろう。

　次はあれ、次はこれ、と手を変え品を変え、わたしにありとあらゆる嫌がらせをしてくるのは目に見えている。

　ダメ……。わたしにはできない。

先生に消しゴムを投げるなんて……。

そんなこと……。そんなの暴力だ……。そんなことしてはいけない。

【カスミちゃん：アンタがやらないならあたしがやる】

その返信のあと、カスミちゃんは黒板に文字を書いている先生の背中に思いっきり消しゴムを投げつけた。

「——痛いっ!!」

背中に消しゴムがぶつかった痛みで、先生が驚いたような声を上げて振り返る。

「消し……ゴム？　誰？　投げたのは……!?　こんなことしたらいけないわ。ケガをしたらどうするの？」

先生が唇をワナワナと震わせながら、教室中を見渡して消しゴムを投げた犯人を捜す。

声を上げたのはカスミちゃんだった。

「愛奈～！　先生に消しゴム投げちゃダメじゃん！」

「え……？」

カスミちゃんの言葉に、先生は目を見開き、驚いたような声を上げる。

「でもさぁ、愛奈が先生に消しゴム投げつけたくなる気持ちもわかるー。先生の授業って退屈だし何も頭に入ってこないもん。教え方が下手なんだよ、アンタ」

「私の教え方が下手？」

先生は床に転がった消しゴムを拾い上げると、カスミちゃんに聞き返した。

わたしを含めたクラスメイトたちはみんな、カスミちゃ

んの動向を見つめている。

「そう。前からずっと思ってたんだよねぇ。アンタの授業って固いんだよ。真面目感が半端ないの。なんか面白いことでも言えないわけ～？」

「ごめんなさいね、真面目で。でもね、先生は真面目なことが自分の長所でもあると思ってるの。だから、これからも私は真面目を貫くわ」

　先生はさらりとそう言ってカスミちゃんの言葉をかわすと、わたしの席のほうへと歩み寄ってきた。

　そして机の上にあるわたしの消しゴムを一瞥したあと、すべてを悟ったようにわたしに優しく微笑み、再び教壇に立った。

「この消しゴムを投げた人は、直接先生のところへ取りに来てください。先生がそれまで保管しておきます」

　その言葉と同時に、授業の終わりを告げるチャイムが鳴り響く。

　先生は、わたしを疑っていないの……？

　先生が出ていくと、カスミちゃんがズズッとわざと大きな音を立ててイスから立ち上がった。

　そして、教壇の上に立つと教卓をバンッと両手で叩く。

「アイツの授業、これからボイコットね。もし、あたしの言うこと聞かなかったら許さないから」

　カスミちゃんの言葉に、教室中がシンッと水を打ったかのように静まり返る。

　手が小刻みに震える。先生がカスミちゃんのターゲットに決まった瞬間だった。

　その日から、カスミちゃんは伊藤先生へのイジメをスタートさせた。

「ねぇ、今日の昼は何を食べる？」

「うちはパン。カスミは～？」

「んー、何にしよっかな」

　まるで休み時間や昼休みのようなカスミちゃんと志穂ちゃんのこの会話は、国語の授業中に行われていた。

　カスミちゃんが先生の授業をボイコットしはじめてから、早2週間。最初は注意をしていた伊藤先生も、お手上げの様子で2人を無視して授業を続けている。

　とはいっても、まともな授業になるはずもない。

　カスミちゃんから指示を出された私たちは、真面目に授業を受けることなど許されていない。

　クラスの中には、カスミちゃんの指示を疎ましく思う人もいたはずだ。

　高校2年生の大事な時期をムダにしたくないと考えても、なんら不思議ではない。

　でも、もしカスミちゃんに文句を言おうものなら、今度は自分がターゲットにされてしまう。

　カスミちゃんの指示にうまく従っているように見せかけて、授業に耳を傾ける人もいた。

　もちろん、わたしだってそうだ。

　わたしには目標がある。

　大学に進学し、この町を出て１人暮らしをして自由な生活を手に入れる。

　カスミちゃんにも親にも誰にも気をつかわない、気ままな生活を送るんだ。

「──ここまでで質問はありますか？」

　黒板消しを置き、こちら側に振り返った伊藤先生の目の下にはクマができていた。

　少し前から、なんだか具合が悪そうにしていることが増えた気がする。

　なんてことないようなふりをして、授業を続けている先生。でも、心の中は張り裂けそうに違いない。

「あっ、見て！　新しい動画アップされたんだけど～！」

「嘘。マジ？　どれ？」

　志穂ちゃんのスマホから、教室中に響き渡るほどの大音量のアップテンポな曲が流れる。

「──かにしなさい」

　先生が何か言っている。でも、その声がスマホの音でかき消される。

「……ハァ～？　何？　声が小さくて聞こえないんだけど」

　カスミちゃんが伊藤先生を見てフンッと鼻で笑った瞬間、先生はバンッと教卓を両手で叩いた。

「静かにしなさいって言っているの!!」

　その声は、まるで先生の悲鳴のようだった。

「何、急に大きな声出して」

　志穂ちゃんが動画を止める。シーンッと静まり返った教室内で、先生は酸欠かのように顔を真っ赤にして肩で息をしていた。

「授業を受ける気がないなら、教室から出なさい。あなたたちのせいで、みんなが迷惑をしているの！」

「……は？　迷惑って何？」

「こうやって授業を妨害して楽しい？　私を困らせて満足？」

「ハァ……？　なに言ってんの？」

　カスミちゃんが呆れたような声を上げる。

「こんなことをしても、源田さんにとってプラスになることなんてありません。悪いことは言わないから、きちんと勉強しなさい」

「ハァ？」

　カスミちゃんの目が据る。眉間にシワを寄せて先生を睨みつけたカスミちゃん。

「つーかアンタさ、自分のこと棚に上げすぎ。アンタの授業がクソつまんないから、こうやって動画を見てるだけじゃん。アンタ以外の先生の授業はちゃんと聞いてるし」

「それは——」

「アンタの教え方が悪いんでしょ？　他の先生だって言ってたよ。伊藤先生の教え方が悪いから国語の平均点が低いって。ねぇ、あたしの言ってること間違ってる？」

　カスミちゃんは腕を組んで、ふてぶてしく言い放つ。

「アンタ、教師に向いてないんじゃない？」

　その言葉に、先生は弾かれたように顔を上げた。

「そんなことを源田さんに言われる筋合いはありません」

　全身から先生の怒りを感じる。でも、必死にその感情を押し殺している。

「とにかく、授業中にスマホをいじるのは禁止のはずです。それは没収します」

　伊藤先生はそう言うと、ゆっくりと教壇をおり、カスミちゃんと志穂ちゃんの座る席のほうへ歩み寄った。

　そして、志穂ちゃんの手からスマホを受け取ったあと、先生が再び教壇へ戻ろうとした。

　その時だった。カスミちゃんが先生の歩く方向へスッと右足を出したのだ。

「あっ——!!」

　その足に引っかかった先生は、受け身を取れないまま床に倒れ込んだ。

　ほんの一瞬の出来事。

　ガシャンッという何かが壊れたような音と、ドスンッという先生の体が床にぶつかった音。

　その音のあと、聞こえてきたのは悪魔のような声だった。

「あーあ、マジ最低。生徒のスマホを取り上げて床に叩きつけて壊すなんてさぁ」

　そう言って、カスミちゃんはクックと喉を鳴らして笑った。

「ちゃんと弁償してよ？　つーか、志穂よかったじゃん。先生に最新型のスマホ買ってもらえるし」

「うっ……うぅ……」

　先生は苦悶の表情を浮かべながら、お腹のあたりを手で押さえている。

　さすがの志穂ちゃんも、カスミちゃんの先生への行為を目の前にして、顔を引きつらせてカスミちゃんへ返事をすることができずにいる。

　次の瞬間、急に教室内がザワザワとうるさくなった。

「えっ、何……嘘でしょ……」

「ヤバくない……？」

　わたしの座る席からはよく見えなかったものの、先生の倒れている席の近くにいたクラスメイトたちが一斉に騒ぎはじめた。

　その様子に気づいた遠い席の子も立ち上がり、その様子を確認する。

　わたしも立ち上がり、まわりのクラスメイトたちの間からその様子をうかがった。

「嘘……」

　思わず、そんな言葉がわたしの口から零れ落ちていた。

　床の上で倒れ込み、体をクの字にしてお腹を押さえていた伊藤先生の下半身から、ドロドロとした真っ赤な液体が流れ出ている。

　目の前の光景を脳が拒絶する。何これ。嘘……。どうして……？

「お願い……誰か、早く他の先生を呼んできて……」

　先生は苦しげな声でそう頼むと、ギュッと目をつぶった。

　先生の目から涙が溢れている。

　その間にも、先生のまわりにはドロドロとした血液がさらに広がっていく。

「やだ、どうしよう……先生……！」

　１人の女子が錯乱したかのように叫ぶ。

　別の女子は貧血を起こしてしまったのか、その場にヘナヘナと座り込んでいる。

　教室中が異様な雰囲気に包み込まれていた。

　恐怖でガタガタと体が震えているわたしの足は、棒のように突っ張ってしまい、自分の意思では動かすことができない。

　助けを呼ばなくてはいけないとわかっているのに、ただ立ち尽くすことしかできずにいた。

「お願い……誰か……！」

　先生が懇願する。

「──あたしが呼んでくる!!」

　教室を飛び出していったのは真紀だった。

　普段はのんびりしていることも多いし、ふわふわしているけど、真紀はこういう時に頼りになる存在だった。

　真紀の言葉に、先生はほんの少しだけ安堵したように見えた。

「どうしよう……先生が……どうしたらいいの？」

　みんな一様に不安そうな表情を浮かべて慌てふためく中、１人だけ冷静さを保っていた人間がいた。

　カスミちゃんだ。

　カスミちゃんは平然と足を組んだまま、先生のことを見おろした。

　その口元に、わずかな笑みを浮かべながら……。

「先生、お腹に赤ちゃんがいるんだったら、もっと足元に注意しないとダメじゃない」

　お腹に赤ちゃんが……？　先生、妊娠していたの？

　みんなが、カスミちゃんの言葉に顔を強張らせていた。

　カスミちゃんが先生に足をかけたのは、疑いようのない事実だ。

　けれど、こんな状況になってもカスミちゃんは動揺するどころか得意げな表情を浮かべて勝ち誇っている。

「かわいそうな赤ちゃん。ドジな母親を持つと災難だねぇ」

　人間の顔をした悪魔。

　どうしてこんなひどい仕打ちができるのか、まったく理解できない。

　脳の一部に、どこか欠陥があるのだろう。そうとしか考えられない。

　こんな悪魔に目をつけられたら最後だ。

　先生だってカスミちゃんに目をつけられなければ、こんなことにはならなかっただろう。

　今日までのカスミちゃんのターゲットは、先生だった。

　じゃあ、明日からは……？

　明日からは、誰がカスミちゃんのターゲットになるの？

「い、伊藤先生‼　大丈夫⁉　もう救急車呼んでるから！

頑張れ、もう少し頑張れ!!」

　教室に飛び込んできた他の先生が、血の気を失い顔面蒼白の伊藤先生を必死になって励ます。

　クラス中が固唾をのんでその光景を見つめる中、カスミちゃんはポケットから取り出したスマホを何やら操作していた。

　その時、ポケットの中のスマホが震えた。

　薄々気づいていた。カスミちゃんはきっと、わたしにメッセージを送ってくるだろうと。

【カスミちゃん：先生に何かあったら全部アンタのせい】

【カスミちゃん：アンタがあたしの言うこと聞かないから、こうなったんだよ？】

【カスミちゃん：赤ちゃん死んだら、アンタ人殺しだから】

　わたしが……わたしが、カスミちゃんの命令に従わなかったから……？

　もし従っていたら、カスミちゃんは先生に足をかけなかった？　そうすれば、先生はこんなことにならずにすんだ？

　全部、わたしのせいだっていうの……？

　スマホ画面からそっと顔を上げて先生のいるほうへ視線を向けると、カスミちゃんと目が合った。

　そらそうと思ったのに、できなかった。

　カスミちゃんの絡みつくような粘着質で悪意のある視線に、心臓がドクンと不快な音を立てて震えた。

　わたしは悟った。

　わたしは、カスミちゃんのターゲットに決定した……と。

加速するイジメ

「えー、伊藤先生ですが、しばらく入院することになりました。みんなにとって非常にショックな出来事だったと思いますが——」

　担任の先生の言葉が右から左へ抜けていく。

　伊藤先生は妊娠4か月だったらしい。昨年、結婚していたということも今日初めて知った。

　お腹の中の赤ちゃんがどうだったのか、担任の先生の口から聞くことはできなかったけれど、あれだけの出血があって何もなかったということはありえないだろう。

　伊藤先生のことが心配で仕方がなかった。

　カスミちゃんは伊藤先生のことを嫌っていたけど、先生は生徒1人1人ときちんと向かい合ってくれる人だった。

　課題の提出物にもきちんと目を通してくれていたからこそ、カスミちゃんの不正に気づいて、それを正そうと、わたしたちを生徒指導室に呼んで話を聞いたのだ。

　胸が痛む。わたしのせいで先生がカスミちゃんの標的にされ、傷つけられてしまった。

　先生と先生の赤ちゃんが、どうか無事でありますように。

　わたしは、そう心の中で願わずにはいられなかった。

「真紀……。わたし、どうしたらいいと思う？」

　昼休みになり、誰もいない屋上へやってきた。

　わたしは真紀に、今までの出来事を打ち明けた。

　真紀は相槌を打ちながら、黙ってわたしの話に耳を傾けてくれた。

「そっか……。愛奈、カスミちゃんの提出物とか手伝ってあげてたんだね。あたしはバカだから、一度も頼まれたことがないや」

「……頼まれないほうがいいよ。頼まれたら断るのに苦労するから」

「一度、断ってみたらどうかな？」

「断る？　断ったら今度は何をされるかわかんないよ」

「あたしたちって小学校からの付き合いでしょ？　だから、カスミちゃんはしっかり者の愛奈に甘えてるだけだと思うの」

「カスミちゃんがわたしに甘える？　そんなことありえないよ。今までだってそうだよ。わたしがカスミちゃんに何をされてきたか、真紀は全部知ってるでしょ？」

　カスミちゃんがわたしに甘えているとか、どうやったらそういう考えになるのかわからない。

　それに、真紀は知っているはずだ。

　わたしが小中学生の時、どんなにカスミちゃんに目の敵にされてきたか。

　何度この命を断とうと思ったか。わたしは、それほどまでにカスミちゃんという存在に追い込まれていたんだ。

「カスミちゃんの家ってさ、いろいろ複雑みたい。そういう家庭のストレスみたいなところもあるんじゃないかな？

家庭環境が原因で歪んだ考え方を持っているかもしれない
けど、きちんと話せばカスミちゃんだってきっと——」

「——ちょっ、ちょっと待って。真紀は、わたしじゃなく
てカスミちゃんの味方をするの?」

　わたしは思わず真紀の言葉を遮（さえぎ）った。

「カスミちゃんの味方とか、そういうんじゃないよ。ただ、
あたしは愛奈とカスミちゃんがうまくやっていけたらいい
なって思ってるだけなの」

「わたしとカスミちゃんがうまくやっていく?　そんなの
無理だよ。わたしは、カスミちゃんにイジメられてるんだ
よ?」

「たしかに、カスミちゃんには悪いところもある。愛奈の
ことは、あたしもカスミちゃんに言うから。だから、お互
い歩み寄って……」

「だから、そんなの無理だよ」

　わたしは真紀を突き放した。

「真紀だって見てたでしょ?　先生が……カスミちゃんに
足をかけられて転ばされたところ。カスミちゃんは、妊婦（にんぷ）
の先生にわざと足をかけて転ばせた。あんなことをするカ
スミちゃんに歩み寄れるはずがないでしょ?」

　まくしたてるように言葉を続けるわたしを、真紀は穏（おだ）や
かな表情で見つめた。

　そして、わたしに言い聞かせるように言った。

「ねぇ、愛奈。あたしはみんなで仲良くしたい。たしかに
昔からカスミちゃんは、女王様みたいな振る舞いをするし、

敵を作る性格ではあるよ。先生に足をかけて転ばせたこと
は最低な行為だと思う。でも、いいところだってきっとあ
ると思う。愛奈は嫌いだと思うけど、志穂ちゃんだってそ
う。ちゃんと話せば、きっとわかり合える」

　その言葉はわたしの気持ちを逆撫でした。胸の奥底から
怒りが湧き上がってくる。

「カスミちゃんのいいところ……？　真紀には悪いけど、
わたしには何も思いつかない。真紀は昔から優しすぎるん
だよ！」

「優しくなんてない。それを言ったら、あたしなんかより
愛奈のほうがずっとずっと優しいでしょ？」

　そう言って微笑んだ真紀に耐えられなくなったわたし
は、お弁当のフタを勢いよく閉めた。

「ごめん。さっき先生に呼ばれてたのを思い出したから、
先に行くね」

　とっさにそんな言い訳をして、真紀に背中を向けて歩き
出した。

　わたしの気持ちを理解せず、お門違いなことを言う真紀
に、正直わたしはイラついていた。

　昔からそうだ。真紀は昔からこういうところがあった。

『今日ね、カスミちゃんと志穂ちゃんが一緒に遊ぼうって
誘ってくれたんだ』

　小6の冬。分厚い雲が空を覆い、今にも雪が降りそうな
ほど寒い日の放課後、真紀はうれしそうに話した。

『どこで遊ぶの？』

『神社の前で待ち合わせしたの。そのあと、自転車で町の
ほうまで行くんだ』

　真紀はワクワクとした表情を浮かべて、このあとの予定
を話してくれた。

　カスミちゃんが突然真紀を誘ったのは、きっと何か理由
があるはずだと、わたしは直感的に感じていた。

『今日は雪が降るって天気予報でやってたよ？　やめたほ
うがいいと思う』

　必死になって忠告したものの、真紀の耳には届かない。

　それどころか、真紀は純粋な瞳をわたしに向けた。

『あっ、愛奈も一緒に遊ぶ？　ねっ、そうしよう。4人の
ほうが大勢だし楽しいよ！』

　はしゃいだ声を上げた真紀に、わたしはすぐさま首を横
に振った。

『ううん、わたしは今日予定があるから』

　本当は予定などなかった。でも、カスミちゃんと志穂ちゃ
んと遊ぶなんて死んでも嫌だった。

　カスミちゃんと志穂ちゃんには、何回か『愛奈、今日は
神社集合ね』と、行くとも行かないとも答えていないのに
勝手に決められたことがある。ほぼ命令だ。

　渋々町まで自転車で行くと、カスミちゃんと志穂ちゃん
はわたしのお財布を奪い、すべての会計をわたしのお金で
済ませた。

　必死に貯めたおこづかいを、2人はなんの躊躇もなく湯

水のように使う。

　目の前で自分のお金が消えていく。でも、それにあらがう術はない。

　このお金を渡さなければ、どんな仕打ちを受けるかわからないから。

　幼いながらも、わたしは自分を守る術がこれしかないことに気づいていた。

『そう？　じゃあ、残念だけど、また明日ね』

　真紀はそう言って、ひらひらとわたしに手を振った。

　翌日、真紀は学校を休んだ。

　その次の日も、次の日も。

『つーか、真紀と約束してんの忘れてたとか、志穂って最低なんだけど』

『カスミだってそうじゃん』

『てかさ、待ち合わせの時間すぎたら普通帰らない？』

『だよね〜』

『バカ正直っていうか……バカだね。ただのバカ』

『あはははは！　カスミひっどー！』

『カスミちゃーん、て、あの言い方とかマジキモいもん』

『わかるわかる！　純粋っていうか……ただのバカだね！マジで天性のバカ』

　数日後、2人の会話を学校で聞いたわたしは、すべてを把握した。

　雪が降りしきる中、真紀はカスミちゃんと志穂ちゃんが

やってくるのを神社で待ち続けていたらしい。

　何時間も待ち続けて全身が冷えきり、指先やつま先の感覚だってなくなったことだろう。

　それでも真紀は、ずっと2人を待ち続けた。そして、暗くなっても娘が家に帰ってこないことを心配した母親が、あたりを探して、ようやく神社の前に座り込んでいる真紀を見つけた。

　真紀は低体温症に陥り、危ないところだったらしく、1週間ほど入院した。

　わたしは入院中、毎日自転車で1時間かけて病院にお見舞いに行った。

　真紀はわたしが病室に顔を出すと、いつもうれしそうな笑顔を浮かべた。

『愛奈、いつも来てくれてありがとう。お母さんだって仕事が忙しくて来られない日もあるのに。無理して毎日来なくて大丈夫だよ。愛奈が風邪ひいちゃったら大変だから』

　真紀は、行くたびに申し訳なさそうに繰り返した。

『ねぇ真紀、もうカスミちゃんたちとは関わらないほうがいいよ。ねっ？』

　入院中、そう言い聞かせるわたしに真紀は微笑んだ。

『大丈夫。2人とも約束を忘れちゃっただけだもん。あたしも、約束とか忘れることしょっちゅうあるから』

　真紀は2人を責めなかった。それどころか、『手袋とか帽子とか、ちゃんとつけて防寒していなかったあたしが悪いんだよ。2人に迷惑かけちゃった』と自分を責めている

ような言葉を繰り返した。

　違う！と、わたしは心の中で叫んだ。

　真紀は悪くない。悪いのはあの2人なの。あの2人は、わざと真紀を困らせようとしてたの。確信犯的に約束を破《やぶ》ったの。

　でも、それを口にすることはできなかった。

　言えば、真紀を否定することになると思ったから。

　2人が悪意を持って真紀を誘ったのだと、どうして気づかないんだろう。

『それに、愛奈にも迷惑かけちゃってる。ごめんね』

　真紀は何度もわたしに謝った。真紀が謝る必要なんてないのに。

　退院後、学校に姿を見せた真紀は明らかに痩せてしまっていた。

　そんな真紀の姿を見てもなお、カスミちゃんは冷酷《れいこく》だった。

『大丈夫？』とねぎらいの言葉をかけようともせず、『アンタ、バカ？』と真紀をあざ笑った。

　その言葉に、『ホント、あたしってバカだね』と真紀は笑っていた。

　どうして真紀は、こんな場面でへらへらと笑っていられるんだろう。

　わからない。わたしにはまったくわからない。

　信じられないほど純粋な真紀。どうしてそういう発想になるのか、わたしには到底《とうてい》理解できなかった。

　1人お弁当の包みを抱えたまま屋上から出て、悶々とした気持ちを抱えたまま階段をおりる。

　自分の足元が視界に入る。来客用の緑色のスリッパがパタパタと鳴る。

　結局、わたしの上履きはどこかへ行ってしまった。

　もちろん上履きが勝手に動き出すはずもないし、誰かがわたしの上履きを隠したか捨てたに違いない。

「そろそろ買わないと……」

　いつまでもスリッパでいることもできないし、上履きを買ってほしいと親に頼むしかない。

　もしくは、貯めているおこづかいを使って上履きを自分で買うしか道はない。

　わたしには、ムダなお金は1円たりともない。

　高校を卒業し、1人暮らしをすればお金がかかる。

　そのためには、今のうちからきちんと貯金をしておく必要があった。

「あっ」

　教室に向かって廊下を歩いていると、前方から歩いてくる人物に気がついた。

　カスミちゃんと志穂ちゃんだと気づき、わたしは思わずその場に立ち止まった。

　2人はわたしの姿に気づくなり、目を見合わせてニヤリと嫌な笑みを浮かべる。

　2人との距離が近づくのと比例するように、ジリジリと募る焦燥感。

　わたしの目の前で立ち止まったカスミちゃんは、腕を組んでわたしを見おろした。

「なんか教室のそばのトイレが騒がしかったけど、様子を見に行ったほうがいいんじゃない？」

「え……？」

「上履きが便器の中に落っこちてたらしいよ〜！」

　志穂ちゃんが面白そうに言う。

「便器の中に上履き……？」

「他のクラスの子も集まって大騒ぎになってるよ。アンタ、上履きないんでしょ？　だから、そんなきったないスリッパ履いてるんじゃないの？」

　この時、悟った。カスミちゃんはすべてを知っていて、わたしを追い詰めるようなことをして楽しんでいる。

　昔から、この子はそういう人間だ。

「うん……。ちょっと行って……確認してみるね……」

　適当な言葉で流して彼女たちから離れようとした時、カスミちゃんがスッとわたしの前に足を出した。

　それに気づいて、踏み出そうとしていた足を止める。

「伊藤と違ってアンタはそこそこ反射神経いいんだね？」

　クックと喉の奥で笑うカスミちゃんに足が震える。

　怖い、と思った。何をするのか予想もつかない。人を傷つけることを、悪いと思っていない。

　人の痛みや苦しみを自分の快楽にしてしまうこの人は、やっぱり悪魔以外の何物でもない。

　そんな悪魔に、わたしは目をつけられてしまったのだ。

「つーか今日、志穂と一緒に愛奈んちに遊びに行くから」

「え……？」

「じゃあ、そういうことで」

　カスミちゃんはニヤリと笑って言うと、呆然と立ち尽くすわたしの横を通りすぎていった。

「うわっ、ひどくない……？」

「上履き入ってんの？」

　重い体を必死に動かしてトイレの前まで辿りつくと、入り口にはたくさんの生徒がいた。

　カスミちゃんの言うとおり、便器の中に上履きがあるらしい。

「ちょっとごめんね……」

　人波をかき分けてトイレの中に足を踏み入れると、中にも大勢の生徒がいた。

　困惑したような表情を浮かべる人がいる一方で、これから何が起こるのかを目を輝かせて楽しそうに見ている野次馬がいるのも事実だった。

　洋式のトイレの個室の入り口に数人が集まり、ホウキを使って便器の中から上履きを取り出そうとしているようだ。

「あっ、出た出た！　床に置こう！」

　1人が指示を出す。わたしは野次馬に混じってその様子を呆然と眺めていた。

　やめて。取り出さないで——。

わたしは、心の中で祈った。

予鈴が鳴って、みんなが教室に戻ってくれたらどんなにいいことだろう。

そうすれば、わたしはゆっくりと上履きを便器から取り出すことができる。

そして、こっそりと持ち帰って洗うことだってできる。

何が一番辛いか、それはわたしが誰かにイジメられているという事実を知られることだ。

イジメられている奴だ、というレッテルを貼られてしまうのが一番怖い。

イジメられているわたしを、みんなは見下すだろう。

このトイレには、クラスメイトだけでなく違うクラスの子だっている。

その子たちにまで、わたしがイジメられていることを知られたくはない。

わたしにだって自尊心もプライドもある。

その自尊心をも、カスミちゃんは傷つける。

カスミちゃんはきっとそれをわかっていて、昼休みというこのタイミングを狙って便器の中に上履きを押し込んだんだろう。

わたしを苦しめる方法を、カスミちゃんはよくわかっている。

ううん、違う。カスミちゃんならば、どんな人間だって苦しめて痛めつけることができるに違いない。

「わっ、ヤバ、水が垂れるんだけど！」

　ホウキの柄に引っかかった上履きを便器の中から引っ張り出すと、女の子はホウキごと床に投げ捨てた。

　ベチャッという音を立てて、床に転がった上履き。

　無理やり便器の中に押し込まれていたせいか、上履きの形は変形してしまっている。

　見覚えのある名字が、かかと部分に記されていた。

「えっ、名前が書いてある……？」

　掃除ロッカーから取り出したデッキブラシの柄でわたしの上履きをツンツンと突つく女の子の横で、わたしは真っ青な顔で立ち尽くすことしかできなかった。

　手足が震えて呼吸が浅くなる。

　口の中がカラカラに渇いて目頭に涙が浮かぶ。

　終わりだ。もう終わり……。

　わたしはみんなに、イジメられっ子というレッテルを貼られてしまう。

「──ちょっとごめん！」

　その時、わたしの横を通りすぎた誰かが素手のまま上履きを拾い上げた。

　嘘……。まさか、そんな……。

「えっ、ちょっ！」

　みんなが驚いたような声を上げる中、その子……真紀は平然とした表情でこう言い放った。

「別に汚くないよー。便器よりみんなが持ってるスマホのほうがずっと汚いって知ってた？」

　真紀はなんてことなくそう言い放つと、その上履きを手
洗い場でざぶざぶと洗いはじめた。

　他の子はその様子に驚き、互いに目を見合わせて一言二
言言葉をかわすと、次々にトイレから出ていった。

　トイレに残ったのは、わたしと真紀だけだった。

「真紀……」

「これ、愛奈のだったんだね。最近、いつもスリッパだか
ら変だなぁって思ってたの」

「うん……」

「こんなことするなんてひどいね。でも、気にすることな
いよ」

「ごめんね、真紀……」

「どうして愛奈が謝るの？　悪いのは愛奈じゃないよ」

　真紀の言葉に、わたしの目から一筋の涙が頬を伝った。

　唇をグッと噛みしめて、呼吸を落ちつかせて言う。

「ありがとう」

　真紀に対して、負の感情を抱いてしまっていた自分が情
けない。

　真紀はカスミちゃんの味方をしていたわけじゃないの
に、勝手に苛立ってしまったことを後悔する。

　わたしのために素手で上履きを拾い上げ、洗ってくれる
人なんてきっと真紀しかいない。

　今までも、これから先もきっと……。

「真紀、自分でやるよ……」

「いいって。気にしないで。今日は天気がいいから、教室のベランダに干しておけばすぐに乾くからよかったよ」

　真紀の笑顔に救われる。

　それと同時にわたしは思った。真紀を決して巻き込んではならないと。

　カスミちゃんと志穂ちゃんからどんなイジメを受けようと、わたしは1人で耐えるしかない。

　わたしはこの日、そう心に決めた。

エスカレートするイジメ

晒し上げ

放課後になると、わたしは『今日は用があるから早く帰らないといけないの』と真紀に告げて、誰よりも早く教室を出た。

自転車に飛び乗って、立ち漕ぎをして家を目指す。

カスミちゃんたちが来る前に、部屋の中の整理をする必要があった。

ありがたいことに母は不在だった。

息を切らして玄関に入ると、靴を脱ぎ捨てて2階の自室へ向かう。

部屋に入るなりバッグをベッドに投げて、わたしはチェストへ向かった。

チェストの一番下の棚に入っている洋服の下に、わたしは全財産を隠していた。

以前、貯金をするからと話して作ってもらったわたし名義の通帳とキャッシュカード、コツコツと貯めていた500円玉貯金。

それらをひとまとめにして紙袋に入れ、キッチンへ走る。

お菓子の入っている棚にそれらを押し込み、再び部屋へ戻る。

取られたり見られたりしてマズいものは、今すぐにどこかへ移動させるか隠す必要があるのだ。

あの２人がうちに来るには、何か目的があるはずだ。

小学生の時からそうだった。カスミちゃんと志穂ちゃんは、とくに仲のよくないわたしの家に、気が向くとやってきた。

小学校の時は、うちをお菓子が出る家と認識してやってきては、あたかも自分の家であるかのようにお菓子を要求し、母の目を盗んでは冷蔵庫のものを食べた。

２人は傍若無人な態度をとり、わたしは自分の家にもかかわらず、仲間にも入れてもらえずに部屋の隅でジッとしていることしかできなかった。

中学生になると、冷暖房完備の我が家にやってきては、スマホをいじったりベッドに寝転んで漫画を読んだり、まるで漫画喫茶にでも来たかのように過ごしていた。

時には、『愛奈、アイス』と冷蔵庫の中のものまで運ばされた。

高校に入学してからは一度も来ていない。

きっと２人は、その間に誰かいいターゲットを見つけて、その人に寄生していたに違いない。

カスミちゃんにイジメられて、心を病んだ人や学校を辞めた人や転校した人は数えきれない。

あの２人には正攻法など通用しない。

だから、従うしかない。必死に歯を食いしばって唇を噛みしめて、たとえ血が出ようとも。

───ピーンポーン。

　チャイムが鳴った瞬間、胃の奥から苦いものが喉元まで込み上げてきた。

　これからどんな苦痛が待っているんだろう。考えただけで気持ちが重たくなる。

　ハァと一度息を吐いてから、わたしは玄関の扉を開けた。

　それが地獄への第一歩だということを、まだわたしは知らなかった。

「久しぶりに来たけど、この部屋マジでダサい。まさに、アンタの部屋って感じ」

　部屋に入るなり、あたりを見渡したカスミちゃんは、わたしのベッドに腰かけてあぐらをかいた。

　そんな文句を言うなら帰ってもらっても構わないのに、と心の中で吐き捨てる。

　人の家に来て早々にベッドに座り、汚い靴下のままあぐらをかくなんて信じられない。

　その隣に座った志穂ちゃんも、カスミちゃんと同じようにあぐらをかいた。

「あの……今日はどうしてうちに……？」

　床に座り2人に尋ねると、2人は目を見合わせてニヤリと笑った。

「うちら今さ、動画投稿にハマってんの。でさ、ちょっと面白いの撮れないかなぁ〜って」

「動画……？」

「そう。ねぇ、踊ってよ。これなんだけどさぁ〜」

　カスミちゃんはそう言うと、スマホの画面をわたしに向けて、最近話題のアイドルのダンスを見せた。

「あはははは～！　これ愛奈が踊ったら絶対バズるって！」

　志穂ちゃんが、お腹を抱えて笑い転げている。

　面白くない。わたしにとっては１ミリも面白くない。

「こんな難しいの……踊れないよ……。わたし、ダンスとか経験ないから」

　顔が引きつる。

「だから、いいんじゃん。じゃ、とりあえず何回か見て覚えてよ。で、ノリノリでやってよね。あっ、ヤベ。充電ねぇし。コンセントどこにあんの？」

　カスミちゃんは勝手にスマホの充電をはじめ、我が物顔でベッドを占領して本棚の中から取り出した漫画を読みはじめた。

　志穂ちゃんは、あろうことかベッドにあぐらをかきながらメイクを直しをはじめた。

　ファンデーションのパウダーが、ぽろぽろとベッドに落ちる。

　何これ。

　どうして、こんなことをさせられなくちゃいけないんだろう。

　理不尽な気持ちを抱えながらも、１分でも１秒でも早くこの部屋から出ていってほしかったわたしは、彼女たちに従うしかなかった。

「あはははははは!!　ウケる〜!!　お前、下手か!!」

「ロボットかっつーの!!　愛奈、サイコー!!」

「つーか、めっちゃ笑顔なんだけど!　いいよ、マジで最高の出来だから!!」

　顔が強張ってるとか、動きが悪いとか、何度かのダメ出しのあと、わたしは腹を決めて振りきったダンスを披露（ひろう）した。

　指示されたとおり笑顔を浮かべて全力で踊りきったことで、2人にとって完璧な動画が撮れたらしい。

　動きがおかしいのは自分でもわかっていたし、恐ろしいほどひどいダンスになっているに違いない。

　でも、2人が満足したならそれでいいと思った。

　これできっと2人は満足し、うちから出ていくに違いない。

　時計の針（はり）を確認する。もうすぐ18時だ。そろそろ母も帰ってくるはずだ。

　そうすれば2人だってきっと……。

「うち、ちょっとトイレ行ってくる。愛奈、トイレ借りるよ」

「志穂、待って。あたしも行く」

　2人揃って部屋から出ていき、張り詰めていた糸がプツリと切れたわたしは、ベッドにドスンッと倒れるように腰かけた。

　学校でも神経をすり減らしているのに、放課後まで2人に気をつかわないといけないなんて。

　2人が座っていたあたりからは、タバコと香水の混じっ

たような独特の匂いがする。

「どうしよう……」

　撮影したわたしの動画を、2人はいったいどうするつもりだろう。

　2人と距離ができたことで、ほんの少しだけ冷静さを取り戻す。

　今になって、安易な気持ちで動画を撮らせてしまったことへの後悔が湧き上がってくる。

　2人の笑いのネタにするだけでは、すまないだろう。

　動画投稿サイトにアップする気……？　できるだけ顔がわからないようにうつむき加減で踊ったけれど、見る人が見たら、わたしだとわかるだろうか？

　笑顔を浮かべて踊り狂う自分の姿を想像しただけで、ゾッとする。

　わたしは、そういうキャラではないのだ。

　撮影後、2人は何度わたしが頼んでも、撮った動画を見せてはくれなかった。

　心が、どんよりと重くなる。

　その時、ふと気づいた。遅い。……遅すぎる。

　トイレに行ったあと、いくら待っても2人は戻ってこない。

「マズい！」

　わたしは弾かれたように立ち上がり、部屋を飛び出した。

「ひぃ……!!」

　扉を開けた瞬間、ハッとした。目の前に2人の姿があっ

たのだ。

「何、慌てて。どうしたの？」

「う、ううん。遅いからちょっと心配になっちゃって……」

不敵な笑みを浮かべるカスミちゃんに、喉の奥がひゅっと詰まった。

「もしかして、アンタが慌てて探しに行こうとしてたのってこれ？」

すると、カスミちゃんはニヤリと笑いながら、先ほどキッチンの棚に隠したはずの紙袋を持ち上げた。

「ど、どうしてそれを……？」

「アンタって小学校の時から変わってないよねぇ。大事なものは、いつもお菓子の入ってる棚に隠してたじゃん」

「あっ……」

たしかに、わたしは以前からカスミちゃんと志穂ちゃんが家に来る時は、必ず同じ場所に大切なものを隠した。

だけど、どうしてそれを知っているの……？

頭が混乱する。

まさか、ずっと……ここに隠しているのを知っていた？

「つーか、邪魔」

カスミちゃんが、わたしの体を押しのけるように強引に部屋に足を踏み入れた。

あまりの絶望に、全身がブルブルと震える。

このままでは奪われてしまう。全部、わたしの物もお金も希望も未来も。全部カスミちゃんに奪われる。

「重たっ!!　500円玉貯金とか今時やってる奴いんの〜？」

「でもさ、結構入ってんじゃん。10枚で5000円でしょ？
今日の夕飯、うまい物でも食べよっか」

　カスミちゃんと志穂ちゃんは貯金箱を開けて500円玉を
掴むと、自分の制服のポケットに押し込んだ。

　そして、通帳に手をかけたカスミちゃんがニヤリと笑っ
た。

「へぇ、さすが堅実な愛奈だねぇ。今度一緒に買い物にで
も行こうか？　いいよね？　うちらって友達だし」

　カスミちゃんはそう言うと、バッグを掴んで肩にかけた。

「じゃ、うちら帰るから。通帳のお金、勝手にどっかに移
したら許さないから」

「こ、このお金はダメなの……。これは使えない……」

　わたしは、ふるふると首を横に振った。

　これだけはカスミちゃんに渡せない。

　必死になって貯めてきたこのお金は、わたしの将来のた
めのお金。わたしが幸せになるために貯めたお金なんだ。

「カスミちゃん、お願いだから……。ねっ？」

　カスミちゃんの腕にすがりつく。正直、どうして何もし
ていないわたしがカスミちゃんにすがりつくのか、自分で
もよくわからなかった。

　でも、そんなこと今はどうだっていい。このお金だけは
なんとしても守らなくてはいけない。

「馴れ馴れしく触んなよ！」

　カスミちゃんはわたしの腕を振り払うと、両手でわたし
の肩を強く押した。

82

「キャッ……!!」

　その場に尻もちをついたわたしの髪を、カスミちゃんは右手で掴む。

「愛奈ごときが、あたしにお願いすんじゃねーよ。アンタは、あたしの言うこと聞いてればいいの。わかった？」

「うぅ……」

　髪を引っ張り上げられ、悔しさと怒りと悲しさといろいろな感情が込み上げてきて自然と嗚咽が漏れる。

　どうして。ここはうちだよ？　どうして自分の家の自分の部屋の中で、カスミちゃんにこんなことをされないといけないの？

「返事は？」

　カスミちゃんが、わたしの左頬を手のひらで叩く。

「返事！」

「うっ……うぅ……」

　涙が止まらず声にならない。

「早く返事しろって言ってんだよ！」

　カスミちゃんが、わたしの髪から手を離した。

　そして、足でわたしの体を蹴り飛ばす。

　何度も何度も執拗に蹴り飛ばし、涙を流しながら体をくの字にして必死になってその攻撃から耐える。

　体のあちこちが痛む。必死に身をよじっていると、カスミちゃんの攻撃がやんだ。

　恐る恐る仰向けの状態で目を開けると、カスミちゃんがわたしを見おろしていた。

「このぐらいのことで泣いてんじゃねぇよ。アンタみたいに親が金持ちで、なんの苦労もせずに幸せそうに生きてる奴を見るとマジで反吐が出る」

　氷のように冷たい目でわたしを見おろしたあと、なんの躊躇もなくカスミちゃんはわたしの腹部を踏み潰した。

　胃の奥から込み上げてくるのは、お昼に食べたお弁当か。

　体を起こすと、口から胃の中身が溢れ出た。

「きったねー女」

　無理してこらえたせいか、鼻のほうにまで逆流してしまった。

　鼻の奥に強烈な痛みが走り、顔を歪める。

「あー、くさっ。志穂、行こっ」

　カスミちゃんの無慈悲な声が鼓膜を震わせる。

「うわっ、大惨事じゃん。愛奈、片づけ頑張ってねぇ」

　志穂ちゃんが他人事のように言う。

「ゴホッ、ゴホッ———!!」

　涙を浮かべ、その場にうずくまって嘔吐をするわたしを残して、2人は部屋から出ていった。

　制服は吐いたもので汚れてしまった。

　どうしてわたしがこんな目に……。

　嫌だ……。もう嫌だ……。

　どのぐらい、床に座り込んだままでいたんだろう。

「ちょっと、愛奈！　あなた、部屋の電気もつけないで何してるの!?」

　いつの間にか帰っていたお母さんが、部屋の扉を開けた。
「お母さんは帰りが遅くなるから、ご飯のスイッチを入れて炊いておいてって、今朝お願いしたわよね？　それに、お風呂だって洗ってないじゃない！　お父さんが残業じゃなかったとしたら、もうすぐ帰ってきてしまうわ。ご飯もお風呂も用意できていないことを知られたら、私が怒られちゃうじゃない!?　どうしてくれるの!?」

　お父さんがいる時には借りてきた猫のように大人しくしていて別人のようなのに、母はわたしだけの時は、こうやって声を荒らげる。

　ヒステリックに金切り声を上げる母に、わたしは何も答えることができない。
「何を黙っているの!?　愛奈!?」

　部屋の入り口にある電気を母がつけた。

　その瞬間、自分の体のまわりがどうなっているか嫌でも見ることになった。
「な、何、この臭い……。ちょっ、あなた吐いたの……？」

　母が絶句したのがわかった。
「ハァ……。ホント呆れた子ねぇ。どうしてトイレまで間に合わせることができないの？　もう子供じゃないんだから、ビニール袋に吐くとかなんとかしようって考えない？あーもう、どうするのよ、それ。クリーニング屋さんに出しに行くのは嫌よ！　そうだわ、最近の制服は洗えるのよ。お母さんは食事の準備があるから、自分で洗いなさい？それから、部屋も換気してきちんと掃除するのよ？　お父

さんが知ったらなんて言うか……。いい？　ちゃんと自分
で始末なさい。それぐらいできるでしょ？」

　母はまくしたてるように言うと、部屋から出ていった。

　どうして吐いたのか、その原因を知ろうとすることもな
い。

　ねぇ、お母さん。わたし、髪の毛を引っ張られたの。何
度も何度も繰り返し蹴られて、最後にはお腹を踏みつけら
れたんだよ。それで嘔吐したの。

　必死になって貯めたお金も取られた。

　わたし、イジメられてるんだよ……？

　どうして話すら聞いてくれないの？

　聞こうとしてくれないの？

　どうして、わたしの気持ちをわかろうともしてくれない
の？

『どうしたの？』

『大丈夫？』

『話を聞くよ』

　そんな、たった一言でもいいのに。

　親なのに、わたしが欲しい言葉の1つもくれないなんて。

　絶望的な気持ちが募る。

　わたしはのろのろと立ち上がると、部屋中に充満した臭
いを出すために窓を開けた。

　この窓から飛び降りても、きっと死ねないな。

　ふと、そんなことを考えてしまっていた。

　わたしの人生って何……?

　どうして?　どうしてわたしが、こんな思いをしなくちゃいけないの……?

　家でも学校でも、わたしに安住の地はない。

　『死』というものが一瞬、わたしの頭をよぎった。

標的

　伊藤先生が入院してから1週間がたった。

　いまだにあの時の出来事は、わたしの心に深い傷を残している。

　次は選択授業だ。

　隣のクラスに移動して決められた席に座る。

　嫌だな……。心の中で呟く。

　選択授業の席はカスミちゃんの席から近いし、真紀もいない。

　何事もなく終わればいいんだけど。

　落ちつかない気持ちで、ギュッとスカートを両手で握りしめる。

「ねぇ、これ見て？　ウケない？」

　その時、斜め前に座るカスミちゃんが、近くの席の佐知子に声をかけた。

　校内で1、2位を争うぐらいの巨漢で、みんなにいじられるキャラ。

　本人いわく多種のアレルギー持ちのようで、普段からマスクをしていることが多く素顔を見ることは少ないため、どんな顔をしているのかよく覚えていない。

　そんな佐知子には、仲のいい友達が2人いる。

　カスミちゃんがスクールカーストの1軍だとしたら、佐知子は2軍に位置するぐらいの子だった。佐知子が、とい

うよりかは佐知子と一緒にいる友達が、だ。

　スマホの画面を覗き込んだあと、一瞬ギョッとした表情を浮かべた佐知子。

「あっ、ダンス？　これ流行ってるよね」

「流行ってるとかじゃなくて、面白いかどうか聞いてんの」

「そ、そうだね。面白いね……」

　本心では面白いとはまったく思っていないのに、彼女がマスク越しに笑みを浮かべたのがわかった。

「なんかその言い方、嘘っぽいんだけど」

　カスミちゃんも、すぐにそれに気づいたようだ。

「えっ、ほ、本当だよ……？　あたし、本当に面白いって思ったよ？」

「ふーん。じゃあアンタ、このダンス踊ったことあんの？」

「え……？」

「流行ってるって知ってるんだから、踊れるでしょ？」

「流行ってるのは知ってるけど、踊るのはちょっと——」

　彼女が困ったようにうつむいた瞬間、

「ねぇ、愛奈〜！　アンタのダンス動画、面白いんだってさぁ」

　カスミちゃんがわたしのほうへ振り返ると、ニヤリと笑った。

「えっ……？」

　薄々気づいてはいた。カスミちゃんが見せていた動画は昨日うちで撮影されたものだと。

　わたしはなんて答えたらいいのかわからず、引きつった

笑みを浮かべることしかできなかった。

　あんな動画、面白くもなんともない。

　やりたくないことを無理やりやらされて、動画に撮られて、自尊心をひどく傷つけられた。

「ね、愛奈。佐知子の全力ダンス見たくない？」

「え？」

「愛奈よりも、もっとうまく踊ってくれそうだし。それにほら、ビジュアル的にも絶対ウケるよね。デブが激しく踊るのって」

　カスミちゃんがクックと喉を鳴らして笑う。

　困惑して佐知子を見つめる。佐知子はわたしと目が合うと、顔を歪めてふるふると首を横に振った。

　やりたくない。踊りたくない。そんな彼女の強い気持ちが空気を通して伝わってくる。

「で、でも、もうすぐ授業がはじまっちゃうよ？」

　わたしは必死の思いでカスミちゃんに抵抗した。

「は？　まだ５分あるじゃん。３分ぐらいで踊れるでしょ？」

「で、でもさ選択授業で人も多いし、こんな狭いところであのダンスを踊ることはできないと思うんだ」

　ちらりと佐知子を見る。

　今にも泣き出しそうな表情を浮かべて、すがりつくような目をわたしに向ける。

「別にここで踊ればいいなんて言ってないし。教壇の上で踊ればいいじゃん」

「あんなところで踊るのはきついよ……」

「ハァ～？　なんでアンタがいちいち口出ししてくるわけ？　なら、愛奈が佐知子の代わりに踊んの？」

「それは——」

　そんなの絶対に嫌だ。そうじゃなくても昨日、わたしは２人の前であのダンスを披露し、動画に撮られてゲラゲラと笑われて傷ついた。

　二度とごめんだ。

　こんなに大勢の人がいる前で踊るのは、さらにごめんだ。

「残念だったね、佐知子。愛奈はアンタの代わりに踊りたくないんだってさ。それなら、佐知子に踊ってもらうしかないよねぇ」

　なんて答えたらいいのかわからず口ごもっているわたしを見たカスミちゃんは、満足そうに言うと「はい、ステージへどーぞ！」と佐知子に指示を出した。

「みんな、ちゅうもーーーーく!!」

　カスミちゃんは、廊下にいた生徒たちまで引き連れて教室へ招き入れた。

　大勢の生徒たちが見つめる中、渋々教壇の上に立った佐知子はすでに涙を流していた。

　その姿に心臓が不快な音を立てて震える。でも、わたしはカスミちゃんに逆らうことができず、カスミちゃんの指示どおり自分のスマホで音楽を流すしかなかった。

「はい、踊って～」

　カスミちゃんは、その様子を動画で撮るらしい。

「こんなのできないよ。やりたくない……！」

「ノリ悪〜！　人気者になれるチャンスじゃん！　そうじゃなくても巨デブなんだからダイエットと思って。ねっ？」

「無理だよ……。できない……。こんなことしたくない」

　よっぽど追い込まれているんだろう。

　佐知子は、恥ずかしさからか耳まで真っ赤になっている。

「無理だよ……。お願いだから許して……」

　涙を流し、必死でやりたくないと駄々をこねる。

　カスミちゃんはその様子を見て、自分の指示に従おうとしない佐知子に対して明らかに苛立った様子だった。

「やりたいとかやりたくないとか、アンタに決定権はないの。あたしが『やれ』って言ったらアンタはやるの。それ以外の選択肢はないから」

「でも、できないの……」

「気持ち悪ー。マジ泣くなよ。デブスの泣き顔ほど気持ち悪いものないから」

　呆れたように鼻で笑うカスミちゃんを、教室中にいる誰もが恐ろしいものでも見るかのように見つめていた。

　その時、予鈴を告げるチャイムが鳴り出した。

　その音は、佐知子にとって天からの助けに思えただろう。

　手の甲で涙を拭い、ホッとした表情を浮かべた佐知子。すると、そんな彼女にツカツカと歩み寄ったカスミちゃんは、冷たく言い放った。

「クソデブ。死ねよ」

　カスミちゃんはドスのきいた声で呟き、佐知子の頬を右手で引っぱたくと、何事もなかったかのように席に戻っていった。

　佐知子は、さっきの安心した表情から一転して険しい表情を浮かべたあと、わたしに視線を向けた。

　眉間にシワを寄せてわたしを憎々しげに睨みつけると、佐知子はたしかに言った。

　「絶対に許さない」と。

　授業が終わると、一目散にトイレへ駆け込み、個室の便器に腰かけた。

「どうしてわたしが責められなくちゃいけないの……？　悪いのはカスミちゃんなのに」

　佐知子の憎々しげな視線と怒りを含んだ声が、今も頭に残っている。

　佐知子に踊れと命じたのも、きつい言葉を投げかけたのも全部カスミちゃんなのに、どうしてわたしが責められないといけないんだろう。

　悶々とした感情が体中を支配していく。

　そもそもカスミちゃんは、いったいどういうつもりなんだろう。

　どうして佐知子に、あんなことを強要したんだろう。カスミちゃんの意図がわからず困惑する。

　でも、すぐにその理由がわかることになる──。

「ねぇ、どういうつもり？」

　教室に戻るとすぐ、佐知子の仲間たちがわたしのことを取り囲んだ。

「さっきあったことを佐知子に聞いたんだけど。自分だけ逃げるために、佐知子に嫌なこと押しつけるのってズルくない？」

「え……？」

　佐知子は、わたしを責める友達の後ろで満足げな表情を浮かべている。

「でも、あの場では……」

　あれしか方法はなかった。わたしだってカスミちゃんを止めた。

　佐知子の気持ちだって十二分にわかる。だって昨日、わたしは同じようにあのダンスを踊らされたんだから。

「しょうがなかったとか言うんじゃないよね？　それって責任逃れじゃん！　最低!!」

「そういうんじゃないよ。でも、わたしは──」

「愛奈って、じつは腹黒いよね。伊藤先生のことだってそう。先生にひどいこと言うし……。今回だって、佐知子がカスミちゃんにいじられてるの見て、いい気味とか思ったんじゃないの？　いつもカスミちゃんにやられてるのは愛奈だもんね？」

「ち、違うよ！」

「あたしたち、別の小中学校だけど知ってるんだから。愛奈が小学校の時からカスミちゃんにイジメられてたの。も

うイジメられたくないって思ってる？　だから、佐知子の
ことを、身代わりにしたんでしょ。佐知子がいじられてる
のを見て、自分は大丈夫って安心してたんでしょ？」

　違う‼と大声で叫びたかったけれど、たしかに、そのと
おりとも思った。

　わたしは、カスミちゃんからイジメられることを恐れて
いる。

　カスミちゃんが他の誰かをイジメたり、悪意を持ってい
じったりしているのを見るのは嫌だ。

　でも、心の中では正直ホッとしていた。

　その間だけは、カスミちゃんのターゲットから逃れるこ
とができるから。

　カスミちゃんからイジメられないから。

「黙ってるっていうことはそういうこと？　アンタってマ
ジ最低‼　次に佐知子のことを傷つけたら、アンタのこと
は絶対に許さないから‼」

　佐知子の友達はそう言うと、佐知子をかばうようにわた
しから離れていった。

　教室の入り口にポツンと立ち尽くすわたしのことを、他
のクラスメイトたちが見つめている。

　何か揉め事が起こり、わたしが責められていることを、
みんな理解しただろう。

　わたしよりもスクールカーストの低かった子たちが、目
を見合わせてコソコソとわたしの話をはじめる。

　針のむしろだ。わたしは自分の席に座ると、まわりの視

線や声から逃れたい一心で、机に伏せて耳にイヤホンをつけた。

カスミちゃんの狙いが、なんとなくわかった気がする。

カスミちゃんは自分でわたしをイジメるだけでは飽き足らず、クラス中を仲間にして……ううん、クラス中の子たちにわたしをイジメるように仕向けさせた。

佐知子のことを無理やり踊らせようとしたのだって、きっとそう。

佐知子も佐知子の友達もカスミちゃんのことを恐れているし、カスミちゃんに直接刃向かうことはありえない。

その怒りの矛先がわたしに向くことを、カスミちゃんは予想していたに違いない。

まんまとカスミちゃんの手のひらで転がされている、佐知子とその友達。

そしてわたしも、カスミちゃんの手のひらで転がされている1人にすぎなかった。

その日から、佐知子とその友達はカスミちゃんとは違うやり方で、わたしのことを追い詰めようとした。

直接的にものを隠したり、暴力を振るったりすることはない。

ただ、わたしにわかるように悪口を言ったり、わたしが近くを通りすぎる時『マジ、最低』とか『死ね』とか小声で囁いたり、露骨に無視をしたりした。

肉体的ではなく精神的なイジメ。

カスミちゃんのやり方とはまったく違う方法だったけれ

ど、正直きつかった。

　佐知子率いるその集団は全員2軍だったし、1軍とも3軍とも仲良く関わることができた。

　わたしという敵を、1軍、2軍、3軍が総出で潰しにかかっているようなものだった。

　どこのグループにも属していない生徒たちの目も、冷ややかになりつつあった。

　頼みの綱（つな）は、真紀の存在だった。

　真紀がクラスにいる時だけは、佐知子たちはわたしへの攻撃をやめた。

　でも、いなくなれば、ここぞとばかりにわたしを攻撃してくる。

　最悪なことに、真紀はこのごろ、たびたび体調を崩（くず）して学校を休んでいた。

　真紀が欠席すると、わたしには心休まる時間がなかった。

「ちょっと愛奈〜。アンタ、最近クラスで浮いちゃってるじゃん。どうしちゃったわけ〜？」

　数日後の教室で、カスミちゃんは上機嫌で声をかけてきた。

　どうしちゃった……？　こうなるように仕向けたのは自分でしょ……？

「暗い顔すんなって。あたしまで暗い気持ちになっちゃうじゃん」

「カスミちゃん……何か用……？」

「あー、あのね、今日あたしと志穂と真紀の３人でちょっと買い物行くことになってさ。で、ちょっと金を貸してほしいんだよね」

「真紀と……？」

衝撃だった。真紀がカスミちゃんたちと遊ぶことなんてここ最近はなかったはずだ。

「そうそう。今日、たまたま話す時間があってさ。あの子面白いし『一緒に遊ぶ？』って誘ったら遊ぶって言うから。でも今、手持ちがなくてさ」

「わたしも……持ってないよ……」

「ハァ〜？　持ってんじゃん！　通帳にあんなに入ってたのに、なに言ってんの？」

「あれは……使えないお金なの」

あれは、わたしの未来のためのお金だ。

「大丈夫だって。２、３万だし。すぐ返すから」

「ごめん。今日は……予定があるから」

頭の中をフル回転させて断る理由を探す。

「ハァ〜？　なに予定って」

「今日はどうしても外せない用事があるから。だから──」

「でも、家帰るんでしょ？　じゃあ、アプリで送金してよ」

「アプリ……？」

「アンタ、あのアプリ持ってる？　ほら、あの──」

スマホを取り出してそこまで言ってから、カスミちゃんは思い直したようにこう言った。

「やっぱやめる。直接手渡しね」

　スマホ間で、お金の送金ができるのは知っていた。

　カスミちゃんも知っていたに違いない。でも、すぐにやめると言い出した。

　それがどうしてか、手に取るようにわかる。

　スマホ間で送金すれば、カスミちゃんとわたしがお金のやりとりをしたという証拠が残ってしまう。カスミちゃんはそれを嫌っている。

　ということは、最初から返す気などないということ。

　わたしからお金を借りるのではなく、奪い取ろうという魂胆なのだ。

　ポケットにスマホをしまったカスミちゃんは、にっこり笑いながら言い聞かせるように言った。

「別に断ってもいいけど、それならあたしにも考えがあるから。あの動画、クラス全員に回してもいいの？」

「そんな……！」

「アンタが家で踊り狂ってるあの動画のことね。見られたら恥ずかしくない？　これ以上クラスの奴らに嫌われたら、きついよねぇ。そうじゃなくても、アンタはみんなから嫌われてるもんねぇ。佐知子に憎まれたのが運の尽きってやつ？　やっぱ、アイツってデブだけあって粘着質だからねっ」

　クスクスと楽しそうに笑うカスミちゃんに、思わず顔が引きつる。

「あと、この動画、アンタのお父さんに送りつけてもいいけど。アンタのお父さんって、いいとこの会社に勤めてる

んだよね？　だからアンタも金を持ってるんでしょ？
ちょっとくらい分けてくれたっていいじゃん」

　顔が引きつる。

「やめて。それだけはお願いだからやめて……」

　父は厳しい人間だ。こんなふざけた動画を見られたら、
『よくも俺の面子を潰したな!?』

　と激高し、1発2発殴られてもおかしくはないだろう。

「どうしようかなぁ～？　アンタ次第では、この動画をネッ
トに上げてもいいけど。結構バズると思うんだよねぇ。愛
奈、すっごーく楽しそうに踊ってるくせに、動きは下手ク
ソだから面白いもん」

「──1万5千円なら」

「は？」

「今日、買うものがあってお金持ってたから、それだけな
らあるよ。それでもいい？」

「うーん、まぁいっか。じゃ、あとで持ってきて」

「わかった……」

　カスミちゃんは満足げな表情を浮かべると、さっさとわ
たしに背中を向けて自分の席へ戻っていった。

　その幸せそうな後ろ姿を見て、わたしの心はさざめき
立った。

「真紀……。どうしてなの……？」

　わたしは昼休みに真紀を呼び出して、話を聞くことに決
めた。

「……愛奈、知ってたんだ？　そう。今日遊ぶ予定なの」

　昼休みになると、真紀はあっけらかんと言ってのけた。

　それどころか、なぜかうれしそう。

「あの2人と遊ぶなんてどうかしてるよ。カスミちゃんたちと一緒にいて、いいことなんて1つもないんだから」

「でも、せっかく誘ってもらったから。こういう機会じゃないと2人と話なんてできないし。いろいろ話したいこともあるの」

「そんなこと言って、お金をたかられたらどうするの？」

「お金をたかるってどういうこと？　お金をちょうだいとか、2人にそういうことを言われるってこと？」

「うん」

「まさか！　2人はそんなことしないよ。あたし、1回もないよ？　愛奈、まさか2人に——」

「——そんなわけないじゃん！　もしも、の話だよ」

　とっさに嘘をついた。なんとなく真紀に知られたくなかったから。

「そっか。それならよかった」

　真紀はそう言うと、優しく微笑んだ。

「とにかく、わたしはやめたほうがいいと思うの。真紀にとって、いいことなんて何もないよ？」

　必死になって忠告をしているわたしに、真紀が視線を向ける。

「あたしのことは大丈夫だから心配しないで。それより、あたしもちょっと愛奈に聞きたいことがあるの」

「何？」

「佐知子のこと。佐知子たちからちょっと話を聞いたの」

「うん……」

　同じクラスのことだし、いつかは真紀の耳にも入るだろうということは予想がついていた。

「佐知子のこと、みんなの前でいじろうとしたって本当？」

「ち、違う！　わたしはいじろうとなんてしてないよ。そんなことするはずないもん。でも、カスミちゃんが——」

「愛奈はそんなことしないってわかってるよ。でも……」

　真紀は思ったことが、すぐ顔に出る。

　言葉を濁しているけど、真紀はこう思っている。

　『愛奈、最低だよ。佐知子がかわいそう』って。

　真紀も、みんなと同じ。

　わたしの言うことなんて信じてくれないし、話を聞こうともしてくれない。

　カスミちゃんやクラスメイトの言葉ばかりを鵜呑みにして、わたしのことなんて少しも考えてくれない。

　グッと唇を噛みしめる。

　わたしは真紀の言うことなら信じるのに。それなのに、真紀は……。

「もしも何か少しでも心当たりがあるなら、ちゃんと佐知子に謝ったほうがいいと思うんだ」

「わたしが？　佐知子に謝る？　どうして？」

「あたしその場にいなかったし、詳しいことはわかんない。でも、教室に戻ってきた佐知子は泣いてた……。すごく傷

ついた様子だったよ？　もし誤解があるなら、佐知子ときちんと話したほうがいいと思う。愛奈の言うとおり誤解ならちゃんと佐知子に――」

「……ていうか、わたしだって十分傷ついてる!!　現に今、佐知子たちに無視されて、毎日学校に行くのが嫌になってる!!　わたしがひどいなら、佐知子たちだってひどいでしょ!?」

「お互いに誤解してるのかもしれないよ？　だったら、なおさら謝って仲直りしないと。佐知子だって、ちゃんと謝れば許してくれるよ。ねっ、愛奈。そうしよう？　あたしが間に入ってもいいし、それに――」

「真紀はわたしが悪いって思ってるんだよね？　だから、わたしから謝れって言うんでしょ？」

「あたしはただ、愛奈とみんなが仲良く――」

「仲良くも仲直りもできない！　真紀は休んでばっかりで何も知らないからそんなことが言えるんでしょ!?」

　わたしは怒りに震えながら叫んだ。

　仲直り……？　わたしがみんなと仲良く？　そもそも、これはケンカではない。

　もともとは、カスミちゃんが佐知子を無理にいじったことからはじまったこと。

　わたしも佐知子も、カスミちゃんに巻き込まれた被害者<ruby>被害者<rt>ひがいしゃ</rt></ruby>だ。

　その被害者同士が揉めるように仕向けたのはカスミちゃんだし、裏で手を回しているのもカスミちゃんだ。

　たしかに、わたしはカスミちゃんを止めることができなかった。

　でも、きっと佐知子が逆の立場でもどうすることもできなかったはずだ。

　佐知子だって、わかっているはずだ。

　誰が一番悪いのかを。怒りの矛先を向けるべき相手が誰なのかを。

　それをわかっているのにできないから、自分の友達を仲間につけて、わたしにその矛先を向けた。

　責められるべきはわたしだけではなく、佐知子だって一緒のはずだ。

　無言の真紀を前に、わたしは言葉を続ける。

「みんな、わたしをイジメて楽しんでる。仲間外れにして、意地悪をして、無視をして……わたしが困った顔をするのを……。それなのに、どうしてイジメられてるわたしが謝らないといけないの？」

「イジメなんて……。みんな、そんなつもりじゃないと思うよ？」

「何それ。無視されてるのに……それでもそんなつもりじゃない？　どうしてそういう考えになるの!?」

「愛奈……」

　真紀は困ったように表情を硬くする。

「もういい！　真紀とはきっと一生わかり合えない。カスミちゃんたちとも勝手に遊んだら？　わたしはもう止めない。でも、何かあっても絶対にわたしに泣きついてこない

でよ!?」

　わたしの言葉に、真紀はなんともいえない辛そうな表情を浮かべた。

　こんなふうに言い合いになったのは、初めてだった。

　心の中に沸き上がってくる感情は怒りだ。

　真紀が憎いと、わたしはたしかに感じた。

　わたしは真紀と親しいつもりでいた。一方的かもしれないけれど、親友だと思っていた。

　それなのに、どうして親友が困っている時に手を差し伸べてくれないんだろう。

　……ううん、一度は差し伸べてくれた。

　便器の中に押し込まれていた上履きを、拾って洗ってくれた。

　真紀にはいいところがたくさんある。それはきちんと頭の中で理解している。

　幼いころから両親の顔色をうかがいながら生きてきたわたしと、真紀は根本的に違うのだ。

　真紀は、よく『愛奈の家が羨ましい』と零していたけど逆だ。わたしは、真紀が羨ましくてたまらなかった。

　父親を早くに亡くして、シングルマザーになったお母さんに真紀は愛情たっぷりに育ててもらっていたのだ。

　その結果、真紀はよく言えば人を疑わないぬるま湯につかった純粋な平和主義者。

　悪く言えば、鈍感で危機感ゼロで無神経な人間になった。

　この日、わたしは真紀と一言も口をきかなかった。

　放課後、こそっとわたしの席にやってきたカスミちゃん
は、わたしが差し出した1万5千円をひったくるように掴
むと、無造作にポケットの中に押し込んだ。
「明日は映画に行きたいから、1万持ってきてよ」
　カスミちゃんは吐き捨てるように言うと、わたしに背中
を向けて歩き出した。
「志穂、真紀、行くよ」
　名前を呼ばれた真紀が立ち上がり、こちらを見た。
　何かを言いたそうな顔で、わたしを見つめる真紀。
　でも、わたしは真紀から視線を外す。
　すると、真紀はそのままカスミちゃんのあとを追いかけ
て教室から出ていった。
「ちょ、ちょっと、待ってよ!」
　その後ろに、慌てた様子の志穂ちゃんが続く。
　ずっと思っていた。
　志穂ちゃんのことを、カスミちゃんの犬だって。
　ご主人様にしっぽを振ってついていく犬だと思って心の
中で見下していたけど、まさか真紀も一緒だったなんて信
じられない。
　グッと奥歯を噛みしめる。
　真紀……わたし忠告したからね。
　ちゃんと忠告したんだから。
　カスミちゃんと一緒に行動していれば、いつか痛い目に
遭う。
　それは、確信を持って言える。

　カスミちゃんは仲良しの志穂ちゃんのことも友達となんて思っていないだろう。

　自分の言うことを素直に聞く人間が、カスミちゃんは好きなだけ。

　もし少しでも刃向かおうとすれば、カスミちゃんはすぐに牙をむくから。

　心の底から疲れ果てていた。

　家に帰って少し仮眠を取ろう。

　最近、心労からか眠りが浅くなってしまっていた。

　ゆっくりとした動作で立ち上がり、バッグを肩にかけて歩き出す。

「いたっ!!」

　その瞬間、背中にわずかな痛みが走った。

　足元に転がったのは、わたしの体育館シューズが入った袋だった。

　背中を押さえて振り返ると、そこにいたのは佐知子とその仲間たちだった。

「佐知子ってばコントロールよすぎ〜!」

　ケラケラと笑う声。わたしは唖然とした表情でマスク姿の佐知子を見つめた。

「どうして……?」

　今まで無視や悪口はあったけど、身体的なイジメはなかった。

「どうしてって、アンタが目ざわりだから」

「目ざわり……?」

「そう。その目とか、愛奈の雰囲気とか理由は思いつかないけど、とにかくイラつくんだよね。存在がウザいっていうの？」

「そんな……。ねぇ、佐知子。この間のカスミちゃんとのことで怒ってるなら――」

「違うよ。カスミちゃんに踊れって強要されたあたしを見捨てたから怒ってるんじゃない。前からウザかったんだよね。頭がいいからって、みんなのことを見下してるっていうか、そういう目でうちらのこと見ることあったよね？ あたしはみんなとは違うんだ～、みたいな？」

　佐知子の言葉にまわりの友達が「わかる！　愛奈ってそういうところあるよね」と同調する。

「そ、そんなことないよ。わたし、そんなふうに思ったことない」

「自分ではそう思ってても、あたしたちはそういうふうに感じてたの。正直、前からアンタのことウザいって思ってた。でも、真紀と仲がいいから我慢してたの」

　佐知子の言葉に固まる。わたしのことをウザいって思ってた……？

　真紀と仲がいいから我慢していた……？

「真紀、さっきカスミちゃんと一緒に出ていったよね？ アンタ、真紀にも見捨てられちゃったんだ？　アンタの仲間、1人もいなくなっちゃったねぇ～」

　佐知子とその友達が、わたしを取り囲んで口々に罵る。

　全身に鳥肌が立った。

どうして……?

今まではずっと、カスミちゃんからのイジメに耐えればなんとかなると思っていた。

カスミちゃん以外の子に、こんな悪意を向けられることなどないと思っていたから。

それなのに。

「目ざわり。マジ消えて!」

佐知子はそう言うと、持っていた炭酸飲料の入ったペットボトルのフタを開けた。

佐知子はニヤリと笑うと、迷うことなくわたしの頭の上でペットボトルを逆さにした。

脳天がひやりとした。

シュワシュワと音を立ててわたしの頭から首筋、それから背中のほうにまで流れる炭酸飲料。

甘ったるい匂いが鼻腔に届く。

呆然と立ち尽くすわたしを見て、クラスメイトたちは一斉にスマホを構えた。

「マジウケる!」

「佐知子、最高!!」

「そんな言われると照れるし」

みんなにはやしたてられた佐知子。マスク越しにでも、うれしそうな表情を浮かべているのがわかった。

急に目頭が熱くなる。何これ。なんなのよ。

胃がギュッと締めつけられるように痛んで、立っているのがやっとだった。

「もう学校来んなよ〜！」

　1人の女子がそう言うと、わたしの持っていたバッグをひったくって床に叩きつけた。

　一斉に踏みつけられて汚れていく、わたしのバッグ。

　その瞬間、沸き上がる歓声と笑い声。

　脳が現実逃避をはじめる。

　やめて。もうやめて……─!!

　わたしは弾かれたようにバッグを拾い上げると、駆け出した。

　その瞬間、佐知子がわたしの前に右足をサッと出した。

　以前、カスミちゃんにやられた時はとっさによけられた。

　でも、涙で潤んだ視界で判断が一瞬遅れてしまった。

　佐知子の足につまずいたわたしの体は、思惑どおり受け身も取れずにその場に叩きつけられた。

「ぐっ……!!」

　胸を強く打ちつけたことで一瞬、息ができなくなる。

　必死に起き上がろうとするもののうまくいかずに、体をよじらせるわたしのまわりから大爆笑が沸き上がる。

「ちょっとー!!　ヤバ!!」

「あー、お腹痛い〜！　愛奈、ウケる〜！」

「何その動き！　芋虫かよ!!」

　その笑い声と比例するように、わたしの胸は張り裂けてしまいそうなほど痛んだ。

　両手を床について、なんとか起き上がろうとすると、背中に重みを感じた。

「死ねよ」

　誰の声かわからない声が降ってくる。それと同時に、背中を上履きで何度も何度も踏みつけられた。

「うっ……うぅ……や、やめて……！」

　背中の痛みに耐えかねて必死にそう頼むと、ようやく攻撃はやんだ。

「ヤバっ。泣いてるんだけど。マジでキモい」

　必死の思いでなんとか立ち上がり、のろのろと歩き出す。

　早く帰りたい。ここから出たい。

　あまりの恐怖に振り返ることができない。

　わたしが教室から出ると、背後で声がした。

「もう学校来なくていいからねー！」

　わたしは痛む体を引きずって廊下を歩き出した。

「なんでこんなことに……」

　頭の中は混乱していた。

　昇 降口で靴を履き替えようとした。
　しょうこうぐち

　でも、今朝たしかに履いてきたはずの革靴がない。

　誰がわたしの靴を隠したのか、それとも捨てたのか想像もつかない。

　わたしをイジメるのは、カスミちゃんだけなのだと思っていた。

　でも、違った。カスミちゃんだけでなく、佐知子かもしれないし、その友達かもしれない。

　仲のいいふりをしているけど、じつは真紀かもしれない。

　その可能性だってある。今日初めてケンカのようになっ
たし、その腹いせに靴を隠したということも考えられる。

　もう誰も信じられない。誰のことも頼れない。

　わたしの味方は、もう誰１人としていない。

「ハァ……」

　ため息しか出てこない。

　あまりのストレスに胃がキリキリと痛み、今にも倒れそ
うだ。

　仕方なく、体育用の白い外履きシューズに履き替えて昇
降口を出る。

　すると、職員玄関から出てくる見覚えのある姿が目につ
いた。

　あれは……伊藤先生だ。

　退院したという話は風の噂で耳にしていた。

　でも、まさか先生が学校にいるなんて――。

救いの手

「せ、先生。伊藤先生！」

　わたしはとっさに先生の名前を呼んで駆け出していた。

　先生は振り返ると、わたしの姿に気づき目を見開いた。

「林さん？　どうしたの、その髪。それにＹシャツも濡れてるじゃない」

　先生は大慌てでバッグの中から取り出したハンドタオルで、わたしの髪を拭ってくれた。

「何かあったの？　源田さんにやられた？」

　先生は苦しげな表情で尋ねた。

「違います」

「じゃあ、いったい誰に……」

「クラスの子たちです……。先生、わたし……源田さんだけじゃなくて、クラスの子にもイジメられるようになっちゃった」

　フッと呆れたように笑うと、先生はすべてを悟ったのか何も言わずにギュッと抱きしめてくれた。

「先生……洋服が汚れちゃうよ？」

「いいのよ、洗えばいいんだし」

　先生からは、甘くて優しい柔軟剤のような匂いがした。

　髪と制服を濡らすわたしを不憫に思ったのか、伊藤先生が家まで車で送ってくれることになった。

「先生の赤ちゃん、天国に行っちゃったの」

　道中、先生は静かな口調で話しはじめた。

「……」

「もともとね、少し前に赤ちゃんの成長が見られないってお医者さんに言われていて……。あのことがなかったとしても、赤ちゃんを無事にお腹の中で育ててあげられたのか、今となってはわからないんだけど」

　湧き上がってくるのは申し訳ない気持ちだった。

「先生……あの時はごめんなさい。わたし……先生にひどいことを言った……」

「いいのよ。気にしていないから。それに、どうせ源田さんにそう言うように指示されていたんでしょう？」

「知ってたんですか……？」

「ええ。もちろん。あの時、消しゴムを投げたのはあなただって源田さんは言ってたけど、ちゃんと林さんの机の上には消しゴムがあったもの。それに、あなたはそんなことしないってわかってたから」

「先生……」

「林さん、私のほうこそあなたに謝らないといけないわね。あなたと源田さんの２人を、生徒指導室に呼び出したのが間違いだった。私が不甲斐ないばかりに、あなたを追い詰めることになってしまったのかもしれないわね」

「そんなこと……」

「でもね、どうしても許せなかったのよ。あなたの頑張りを一瞬で奪っていく源田さんの行為が。結局、楽した分、

源田さんにはあとでツケが回ってくるわ。でも、林さんの気持ちを思うと……黙っていられなかった」

　ハンドルを握って真っすぐ前を見据えたままそう言った先生の横顔を見つめていると、胸の奥が温かくなった。

　先生はわかってくれていた。わたしの気持ちを全部。先生だけはわかってくれていたんだ。

　ただそれだけのことが、わたしの胸を無性に熱くさせた。

「先生もね、学生の時いろいろうまくいかないことがあったの。イジメられたこともあるのよ。源田さんにも指摘されちゃったけど、昔から真面目だけが取り柄の面白みなんて何もない子だったから。だから、学校の先生になろうって思ったの。悲しんでいる子がいたら、寄り添ってあげたいって思った。私が子供のころ、寄り添ってくれる人は親以外にいなかったから」

「先生も……イジメられてたんだ……」

「そう。イジメってきついよね。やられたほうは、ずっと引きずるもの。でも、私は人の痛みに気づける人間になったし、自分がされて嫌なことは人にしてはいけないって学んだの。今は結婚もして愛する人もできて幸せだって胸を張って言える。赤ちゃんのことは残念だけど……私は、天国へ行ってしまった赤ちゃんの分まで、しっかり生きるって決めたの」

　先生は覚悟を決めたように言った。

「あっ、先生。うち、ここです」

「あらっ。大きくていいおうちね。大豪邸じゃない」

　先生がブレーキを踏み込むと、車はゆっくりと家の前で止まった。

「先生」

「何？」

「先生、学校辞めちゃうんですか……？」

　噂になっていた。

　伊藤先生は退院後、学校を辞めて旦那さんの実家がある東京へ引っ越すと。

　それに、さっき職員玄関から出てきた先生の手には、たくさんの荷物があった。

「えぇ。途中で辞めるのは心残りよ。でも、いろいろな大人の事情もあるから。それに、みんなも私がまた教室へ入れば、この間のことを思い出してしまうわ。血もたくさん出ていたし……あのシーンがトラウマになってしまった子もいると思うの」

「え……」

「最後に別れの挨拶をしたいって申し出たんだけど、校長先生に止められてしまったのよ。生徒たちに動揺を与えかねないから挨拶はしないでほしいって。保護者の方からクレームもあったし……残念だけど仕方がないわね」

「そ、そんな！」

　わたしは悲痛な声を上げていた。

　わたしの気持ちを理解してくれているのは、先生だけだ。

　その先生が学校を去ったら、今度こそわたしの味方は1人もいなくなってしまう。

「先生、辞めないで。お願いだから——」

「林さん、ごめんね」

　先生は困ったように眉を下げる。

「今、きっと林さんは辛いよね。その気持ちは理解できる。もしも耐えられなくなったら逃げてもいいの。学校を休むのも手よ。　あなたは頑張り屋さんだから、無理をしすぎてしまわないかとても心配だわ」

「先生……」

　わたしの目から大粒の涙が溢れた。

「先生から、これだけはお願い。心が限界になる前に、まわりにＳＯＳを出すの。ご両親でもいい。先生でもいい。友達でもいい。誰かに話して？　そうしないと辛くなりすぎてしまうから」

「そんなの……聞いてくれる人なんていないよ……」

「じゃあ、先生に話して？　先生の電話番号、渡すわ。もうあなたと私は生徒と教師じゃない。だから、いいわよね。個人的に連絡を取っても。もし辛くなったら、いつでも電話して？　ねっ？」

「いいんですか？」

「もちろんよ。あっ、でも、なくさないでね？　先生、ＳＮＳはやっていないし連絡がつかなくなっちゃうから」

「なくしません。絶対に……」

　先生はバッグから手帳を取り出すと、紙に自分の電話番号を書いてわたしに手渡した。

「林さん、時には相手を怨《うら》みたくなる気持ちになることも

あると思う。やり返してやりたいとか、そんなふうに思ってしまうこともあるかもしれない。だけど、復讐なんてしちゃダメよ。相手にやり返したところで、あなたは絶対に救われない。イジメなんて卑劣な真似をする人間と、同じような人間になったらダメ。それだけは約束よ？」

「はい……」

「大丈夫。あなたはまだ若い。辛いこと以上に楽しいことがたくさんあるから。これから先の未来は、きっと明るいはずよ」

　励ましの言葉に、頷くことだけで精いっぱいだった。

　嗚咽交じりに泣きじゃくるわたしの背中を、先生は優しくさすってくれた。

　温かい先生の手のひらのぬくもりに、たしかにわたしは今、救われた。

　それと同時に、この手で背中をさすってもらうことは最後だという現実を突きつけられ、絶望の淵に叩き落とされる。

「じゃあ、またね」

　わたしが車から降りると、先生は笑顔で手を振った。

「先生、ありがとう」

　先生の車が遠ざかっていく。はるか遠くまで行ってしまったせいで、車のテールランプはもうハッキリとは見えない。

　それでも、わたしは手を振り続けた。

　助けを求めていた。もうすでにわたしの心は限界で、S

ＯＳを発しなければいけないほど追い詰められていた。

　今は運転中だし、先生には夜にでも電話をかけよう。

　わたしは制服のスカートのポケットに押し込んだ手帳の切れ端を、ギュッと握りしめた。

「ただいま……」

　家に入ると、母は驚いたようにわたしの体を凝視した。

「ちょっ、なぁにその格好。濡れてるじゃない。どうしたのよ」

「ちょっとジュースを零しちゃった」

　先生に借りたタオルで髪の毛は拭くことができたけれど、Ｙシャツには無残なシミができている。

「どうしてそんなところに零すのよ。この間は吐いて汚して今度はジュース!?　あー、もう。みっともない。そんな格好で帰ってきたの?　ご近所さんに見られたら恥ずかしいでしょ?」

「……ごめんなさい」

　母は昔からこういう人間だ。娘に何かあったのかもしれないという気持ちよりも先に、ご近所さんやまわりの人間からどう見られているのかを気にする。

　きっと自分に自信がないからそうなるのだ。父に一言も言い返すことができず、黙って言うことを聞いている母らしいといえば、母らしいけれど。

　その時ふと、母と志穂ちゃん……それに真紀の姿が重なった。

　うちの父やカスミちゃんのような人間の、犬と化しているような情けない人たち。

　家の中や学校でだけ大きな顔をして権力を握り、それに甘んじている惨めな人たち。

「Yシャツ、脱いで廊下に置いておいて。いい？　今すぐによ。まったく。余計な仕事ばかり増やすんだから」

　母は言葉の限りをつくしてわたしに嫌味を言い、最後までわたしを心配する様子など見せなかった。

　部屋に入りルームウェアを手にしてから、ふと思い直す。

　髪と首筋のあたりが、まだベタベタしている。

　この格好じゃ、部屋に入ってもくつろげないだろう。

「シャワー浴びちゃおう」

　わたしはシャワーを浴びるため、部屋を出てバスルームに向かった。

「ハァ……明日からどうすればいいんだろう」

　シャワーを浴びながら目をつぶると、浮かぶのは今日あった嫌な出来事だ。

　真紀とケンカをしたこと、カスミちゃんに1万5千円を取られたこと、佐知子とその友達からの嫌がらせや暴力、伊藤先生の退職の知らせ。

　胸が張り裂けてしまいそうなことが立て続けに起こったせいで、わたしの精神はすり減っていた。

　バスルームの鏡に背中を向ける。

　腰から背中にかけて、大きなあざがいくつもできている。

　これは、相当な力で踏みつけられていた証拠だ。

　容赦のないイジメにゾッとする。

　カレンダーには、卒業までの日数をカウントダウンするかのように×印を入れている。

　その【×】が増えるたびに、わたしの胸は躍った。

　その【×】の数はわたしの自由への道しるべだったから。

　でも、今日は【×】を書く気力すらない。

　何かが起こっても、あと少しだけ、もう少しだけ……と必死にそう自分に言い聞かせていたけど、今回ばかりは、そんなふうに前向きな気持ちにはなれなかった。

　カスミちゃんにイジメられたことはあっても、他の人が主導となってイジメられたことはなかった。

　わたしの敵は、カスミちゃんだけではなくなってしまった。

　味方だと思っていた真紀だって……。

　わたしはギュッと唇を噛みしめた。

　佐知子は言っていた。

『正直、前からアンタのことウザいって思ってた。でも、真紀と仲がいいから我慢してたの』

　まさか、みんなからウザいと思われていたなんて……。

　見下しているわけではないけれど、わたしは、この町もこの学校も大っ嫌いだった。

　いいところなんて何１つない。ここを故郷などと思いたくない。

　口にはしていなくても、そんな思いがところどころに透

けていたのだろうか。

　自分では気づいていなかったけれど、真紀の存在が、わたしのイジメへの最後の砦(とりで)だったに違いない。

　真紀がいたから、わたしは今までなんとか学校へ通うことができていた。

　カスミちゃん以外の人間から悪意や敵意を向けられることも、イジメられることもなかった。

　でも、そんな後ろ盾を失った今、わたしに待ち受けているのは過酷(かこく)な未来だけだ。

　シャワーを止める。

　少しだけ眠ろう。心身ともに心底疲れ果てていた。

　洗面所で体を拭き、ルームウェアに着替える。

　ガランゴロンと音を立てる洗濯機に、何気なく視線を向ける。

　きれい好きな母にとって、Ｙシャツの汚れは耐えきれなかったようだ。

「え……？」

　その時、あることに気がついた。

「なんで？　どこにあるの……!?」

　一瞬、頭の中がフリーズしかけて訳がわからなくなる。

　シャワーを浴びる前に畳んで置いておいた、制服のスカートがない。

　あるべきはずの場所にないのだ。

「な、なんで？」

　バスルームの中も洗面所の中もくまなく探すけど、ス

カートがない。

「嘘。まさか――！！」

　視線を洗濯機に向ける。

　音を立ててグルグルと回っているこの洗濯物の中にスカートが……！？

　わたしは急いで停止ボタンを押すと、水がたっぷりと溜まったままの洗濯機に手を突っ込んだ。

　まさか。違う。絶対に違う。

　必死に、そう言い聞かせる。

　畳んであるとはいえ、制服のスカートが床に直置きされていたことが許せなかった母が、洗濯機を回すついでに2階に運んでくれたに違いない。

　そう。そうだよ。絶対にそうだ。

　洗濯機の中でわたしに手に絡みついてきたのは、Yシャツだった。

「違う、やっぱり違うよ……」

　自分を必死になって励ましながら、洗濯機の一番奥に手を差し込んだわたしの指先に何かが触れた。

　それを引っ張る。

　洗濯ネットには、チェック柄の何かが入っていた。

　見覚えのある柄、そして見覚えのある色。

　愕然とした。目の前がぐらりと揺れ、足元から崩れそうになる。

「そんな……。嘘。なんで！？　どうしてよ！？」

　わたしはそれを床に叩きつけると、ネットのチャックを

力任せに引っ張った。

　ブチッという音がして、ネットのチャックが壊れる。

　床だって水びたしだ。でも、そんなことどうだってよかった。

　あのスカートの中にはメモがある。先生の電話番号を記したメモが——!!

　予想どおり、スカートは洗濯機で洗われていた。

　ポケットの中に手を突っ込んで急いで取り出すと、メモは丸まり粉々になってしまっていた。

「うぅ……。なんで……どうして……?」

　わたしは、誰に問いかけているのかわからない言葉を発しながら涙を流した。

　丸まってしまったメモを必死に剥がしたものの、番号など1字だって読み取れない。

　わたしはその白い物体を握りしめたまま、その場にヘナヘナと座り込んだ。

　全部、終わった。わたしの唯一の心の寄りどころだった先生との縁が切れた。

　先生に連絡する手段は、もうない。

　先生が、どこに住んでいるのかも知らない。

　明日他の先生に聞いたところで、プライバシーがどうのこうのと言って、どうせ教えてくれないだろう。

　先生だって言っていた。この紙をなくさないようにって。ちゃんと念押しされてたのに。

　それなのに……。

「ちょっと、愛奈。あなた何を騒いでるの？」

　洗面所に座り込んでいるわたしを見つけた母は、一瞬固まったあと、鬼のように目を吊り上げた。

「信じられないわ。な、なんてことを……!!　床中水びたしじゃない!!　どうして洗濯機を途中で開けたの!?」

　母はわたしの足元のスカートを拾い上げると、苛立ちをぶつけるようにそのまま洗濯機に放り投げ、スタートボタンを押した。

「やだっ、ネットのチャックまで壊して……。あなた、いったいどうしちゃったの!?」

　金切り声を上げる母を、わたしはキッと睨みつけた。

「どうしてスカートまで洗ったの。どうしてＹシャツだけにしてくれなかったの!?」

「え？」

「スカートに……大切なものが入ってたの。どうして確認してくれなかったの？　どうして……？」

「別にいいじゃない。今の制服って便利なのよ。クリーニングに出す必要がないし、大した汚れじゃなければ洗濯機で洗えるから。Ｙシャツを洗うついでにって思っただけ」

　母は、まったく悪びれる様子はない。

「だからさ、どうして洗うなら聞いてくれなかったのよ!?」

「愛奈、洗ってもらってる分際で、お母さんを責めようとしているの？　染み抜きまでして洗ってあげた私に、そんなこと言っていいの？」

「もういい!!」

　わたしが立ち上がると、母はガシッと腕を掴んできた。

「ちょっと待ちなさい」

　そしてそう言うと、洗面所の棚から雑巾を取り出してわたしに手渡してきた。

「ここ、きれいに掃除しなさい。1滴でも水が残っていたら許さないわ。あぁ、嫌だ。こんなことがお父さんに知れたら、私が怒られちゃうんだからね」

　こんな時に……掃除なんかしている心の余裕なんてこれっぽっちもない。

　でも、やらないという選択はない。

　母が洗面所から出ていくと、わたしは天を仰いだ。

　もうすべて、何もかもが嫌になっていた。

　何もかもを投げ捨てて、身1つでどこかへ逃げてしまいたい。

　今日眠り、明日目が覚めたら、まったくの別人になれていたらいいのに。

　そうすれば——。

　わたしは雑巾を握りしめたまま、しばらくの間、放心状態になっていた。

やまぬ攻撃

　眠れない。夕飯は食欲が湧かず、まったくといっていいほど食べられなかった。

　明日が来てしまうのが怖い。怖くて仕方がない。

　学校についたら、いったいどんな仕打ちを受けるのだろうか。

　今日以上の暴力を振るわれたらどうしよう。

　わたしをイジメているのは、カスミちゃんと志穂ちゃん、それに佐知子たちグループ。

　他のグループの子たちからイジメられるのも、時間の問題かもしれない。

　わたしは恐る恐るスマホ画面をタップして、佐知子のタイムラインを読んだ。

【佐知子：これ見た子、アイツのこと全員ブロックしてねー！】

　手が震えた。『アイツ』とは間違いなくわたしのことだ。

　佐知子に賛同するように【いいね】やコメントが複数ついている。

【ゆうか：あたし前からブロックしてんだけど】

【佐知子：さすが！】

【伊織：ブロック完了〜！】

【アキナ：オッケー！】

　わたしの考えは、間違っていなかった。

　ゆうかも伊織も、佐知子とは違うグループのメンバーだ。

　アキナに至っては、少し前までみんなからハブられていた子。今も親しい友達はいないはずなのに、いつの間にか佐知子たちとつながり、仲間のようになっている。

　頭がついていかない。

　わたしの気づかないところで、目には見えない悪意が蔓延していることが恐ろしかった。

【佐知子：あっ、ちなみに、あたしはまだアイツのことブロックしないから！　これ見せて、ちゃんとみんなから嫌われてるってことを自覚させなくちゃいけないから。ねっ、愛●ちゃん？】

【杏奈(あんな)：伏字になってないって！】

【アキナ：今、見てるかもｗｗｗ】

【伊織：絶対見てるって。想像するとウケる！】

【香織(かおり)：もう学校来なくてもいいですよー】

【佐知子：むしろ、来んな】

　わたしはスマホをベッドの上に投げ出した。

　自分でも思っている以上に状況は深刻だった。

　すると、スマホがブルブルと震えた。

　恐る恐る画面を見ると、真紀からメッセージが届いていた。

　真紀だ……。どうしたんだろう。

　真紀からもひどいメッセージが届いていたらと思うと、なかなかメッセージを開くことができなかった。

　でも、それは杞憂(きゆう)だった。

【真紀：今日はごめんね。愛奈と仲直りしたいです】

「真紀……」

　仲直りしたいって、真紀のほうから言ってくれるとは思ってもみなかった。

【わたしもいろいろ言いすぎちゃった。ごめんね】

　わたしがそう返信すると、今度は電話がかかってきた。

《もしもし。愛奈？》

「うん」

《さっきも言ったけど、ホントごめんね》

「わたしのほうこそ、ごめんね」

　互いに謝罪したあと、真紀が弾んだ声で言った。

《そうそう。じつはね、今日は愛奈にお土産買ったの》

「え……そうなの？　気をつかわなくてもよかったのに」

　そう言いながらも本心はうれしかった。町まで行って、わたしのためを思って何かを買おうとしてくれた、その気持ちが。

《でもそのお土産、カスミちゃんが買ってくれたものなの。愛奈に買ってあげたほうがいいって。カスミちゃん、優しいね》

　ドクンッと心臓が不快な音を立てた。

「カスミちゃんが？」

《そう。カスミちゃんね、臨時収入が入ったみたいで、今日は全部ごちそうしてくれたの。今まで行ったことのないおしゃれなカフェでお茶して、そのあとカラオケにも行ったの。好きなもの全部注文してくれて、すごいお金を使わ

せちゃって、なんか申し訳なくなっちゃった》

「豪遊してたって……こと？」

　わたしの渡したお金で、わたしが必死になって貯めたあの1万5千円で？

《うん、そんな感じ。あたし、ああいうふうに遊んだことがないから、すごいリッチな気分になっちゃった。って、ダメだよね。カスミちゃんのお金なのに。本当は自分のお金で愛奈にお土産を買いたかったんだけど、今は金欠中だったから……ごめんね》

　何それ。

　真紀の言葉は、わたしを心底イラつかせた。

　カスミちゃんのものじゃない。

　そのお金はわたしのお金なの。わたしのお金で真紀は恩恵にあずかれたの。

　カフェ代もカラオケ代もお土産代も、全部全部わたしのお金なのに……！

「わたし、お土産いらない」

《え……？　どうして？》

　真紀の声が曇る。昔からバカだと思ってたけど、やっぱりバカだ。

　心底バカ。救いようのない大バカ。

「人のお金で豪遊して……楽しかった？　わたしには理解できないよ」

　真紀は知らないのだ。そのお金の出所がわたしだと。

　でも、許せなかった。そもそも、たとえカスミちゃんが

本当にすべてのお金を出してくれたとしても、それを喜ぶ
神経が理解できなかった。

　友達におごってもらうのってうれしい？　自分が惨めに
ならない？

　お土産なんていらない。もうすべてが、しっちゃかめっ
ちゃかだ。

「もう切る」

《えっ、ちょっ、あ、愛奈!?》

　一方的に電話を切る。その後、真紀から折り返しの電話
がかかってきても無視した。

　すべてカスミちゃんの計画だ。わたしへの嫌がらせ。

　カスミちゃんの手のひらで転がされていることに、どう
して真紀は気づかないんだろう。

　真紀を自分たちの仲間に引き入れて、わたしと引き離そ
うとするカスミちゃんの魂胆が透けて見える。

　カスミちゃんは、真紀とわたしが仲違いするのを楽しん
でいるだけ。

　これじゃカスミちゃんの思うままだ。

　それなのに、わたしはまんまとカスミちゃんの策略にハ
マり、真紀のことを――。

「もう……嫌だ。みんな、嫌い。大っ嫌い!!」

　大声を上げれば、父に何を言われるかわからない。

　部屋に飛び込んできて、平手打ちされる可能性だってあ
る。

　どうして辛い時に親を頼れないんだろう。どうして――。

　わたしは枕に顔を埋めて、声を押し殺して叫んだ。

　どうして、わたしばっかりこんな目に遭うの？

　わたし、何か嫌なことした？　みんなに嫌われるようなこと……したの？

　自分自身に問いかけても　答えは返ってこない。

　おかしい。理不尽すぎるよ、こんなの。

　きっと今ごろ、佐知子のタイムラインはわたしへの悪口で溢れているだろう。

　みんなにとってわたしは敵だ。その敵を倒すために、一致団結しようとしている。

　真紀だって、佐知子のタイムラインを目にするだろう。

　いくら優しい真紀だって、さっきのわたしの態度に苛立ち、佐知子たちの悪口に加勢したくもなるだろう。

「ホント、最悪だ……」

　問題は、さらに深刻になった。

　明日学校へ行けば、カスミちゃんだけでなく、クラスのみんなからのイジメが待っているはずだ。

　もうなんの希望も持てない。これからいったい、どうしたらいいの……？

　わたしは絶望に打ちひしがれながら、枕を濡らすことしかできなかった。

イジメの終わり…!?

天使と悪魔

　校門を抜けた瞬間、一歩も足を前へ動かすことができなくなってしまった。

　行かなければいけないとわかっているのに、体が言うことを聞いてくれない。

　校舎を見上げる。今のわたしにとって学校は、とにかく恐ろしい場所だった。

　閉塞感のある、逃げ場のない教室の中で悪意を向けられることがどんなに恐ろしいことかは、きっと経験した者でなければわからないだろう。

　みんなが軽い気持ちでしている悪口や仲間外れや無視は、相手にひどいダメージを与える。

　手足が小刻みに震える。

　体中の細胞という細胞が、学校に入ることを拒絶していた。

「どうしたの？」

　突然、背後から声をかけられた。

　だ、誰……？　わたしに声をかけてくるなんて。

　ビクッと肩を震わせて恐る恐る振り返る。

「学校、行かないの？」

　そこにいたのは、隣のクラスの女の子だった。

「えっと……あの……」

「あぁ、ごめんね。エマです。神宮寺エマ。愛奈ちゃん、

だよね？」

　そう言って微笑んだ彼女に、わたしの目は釘づけになった。

　毛穴1つ見当たらない、白くてきれいな顔の中にある整ったパーツ。

　まつ毛は長くてくるんっと上を向いているし、血色のいい唇から覗く歯は白くて整っている。

　胸の下まである、こげ茶色の髪は地毛だろうか。この田舎町にこんな美貌を持つ高校生がいることを、誰が想像していただろうか。

「あれ？　愛奈ちゃん、でいいんだよね？」

「あっ、うん。そう」

「よかった。名前、間違っちゃったのかと思った」

　ちょっとだけ不安げに首をかしげていたエマちゃんは、そう言いながら優しく微笑んだ。

　まるで天使みたいだと思った。微笑むその姿も、たたずまいも仕草もわたしたちとは違う。

「愛奈ちゃん、学校に行きたくないの？」

「え……？」

「ずっとここに立ってたでしょ？」

「あぁ……、うん。ちょっとね」

　校門の前で立ちすくむわたしに気づき、エマちゃんは声をかけてきてくれたようだ。

　容姿だけでなく性格もいいなんて、パーフェクトすぎて同じ人間とは思えない。

「何か悩み事があるの？　エマでよければ相談に乗るよ」

「え……？」

　エマちゃんの茶色い瞳が、わたしをとらえて離さない。

「言いたくなければ言わなくてもいいの。無理強いはしないよ。ただ……」

　言葉の続きを濁したエマちゃん。エマちゃんは知っているんだ。

　わたしが、誰かにイジメられていると。いくら隣のクラスとはいえ、トイレの便器に上履きを押し込まれたり、フラフラとトイレへ1人で向かう姿を見られていれば気づいてもおかしくはない。

　でも、わたしに直接それを尋ねれば、わたしのプライドや自尊心を傷つけるとわかっているから、こうやって遠回しに聞いてくれている。

　そんな気づかいが、『心配しているよ』という彼女からのメッセージに思えた。

「辛い時は辛いって言っていいんだよ。誰かに話したほうがいい。エマもね、そういう経験があるの。だから、愛奈ちゃんの気持ちがよくわかるの」

「エマちゃん……」

「今まで話したこともないエマに、あれこれ話すのは抵抗があると思う。だから、愛奈ちゃんが話したくなるまで待つよ。大丈夫。エマは愛奈ちゃんの味方だから」

　エマちゃんはそう言うと、にっこり笑った。

「あと1分で門を閉めるぞー!!」

　その時、生徒指導の先生が門に手をかけて叫んだ。
「あ……大変！　急がないと遅刻しちゃうよ！」
　わたしの手をギュッと掴むと、エマちゃんは優しく微笑んだ。
「愛奈ちゃん、行こう」
「う、うん！」
　温かいエマちゃんの手のひらに、わたしの心はほんの少しだけ落ちつきを取り戻した。

「痛っ！」
　教室に入ると、背中に何かが飛んできた。
　振り返ると、クラスメイト数人が目を見合わせてクスクスと声を押し殺して笑っている。
　予想したとおり、わたしへのイジメは教室中に広がっていった。
　休み時間になると、頭に消しゴムのカスを振りかけられ、故意に机にぶつかられたりイスを蹴られたりした。
　それを見ていた他のクラスメイトたちが、手を叩いて大笑いする。
　わたしが傷つく顔や驚く顔を見て、何が楽しいんだろう。
　どうして、こんなことをするんだろう。
　ギュッと唇を噛みしめてうつむいていると、
「愛奈……、あのさ」
　わたしの席へやってきた真紀が、恐る恐る声をかけてきた。

　昨日の夜、一方的に電話を切ってから真紀からのメッセージもすべて無視していた。

　既読にもしていない。

「……何？」

　わたしはちらりと真紀に非難する視線を向けたあと、すぐに机に視線を落とした。

「き、昨日のことなんだけど……。ごめんね。あたし、愛奈のこと怒らせちゃったでしょ？　それで仲直りしたいと思って。だから、あの──」

　しどろもどろになっている真紀。どうやって謝ったらいいのか必死に考えているから、つらつらと言葉が出てこないんだろう。

　真紀はわたしがどうして怒ったのかわかっていないし、その理由だってわかっていない。

　それを知らせずに一方的に真紀を責めるのは、たしかによくないことだ。

　もうすべてを真紀に話そうか……。カスミちゃんたちや佐知子たちにされていることのすべてを……。助けを……求めてみようか……。

　真紀との付き合いは長い。きっと真紀ならわかってくれる。そうだ……。全部話そう。

「あのさ、真紀──」

　わたしが口を開いた瞬間、「真紀～！　ちょっとこっち来て～！」と佐知子が真紀の手を引っ張った。

「佐知子、ごめん。今、あたし愛奈に──」

「あたしたちも、真紀に大事な話があるんだって。ねっ、こっち来て？」

　困ったようにわたしに視線を向けた真紀は、ズルズルと佐知子に引っ張られていく。

　わたしはそれを引き留めることもできず、黙ってスカートを握りしめることしかできない。

「愛奈、ちょっと来て〜！」

　すると、唐突に誰かに名前を呼ばれた。

　それが志穂ちゃんだと気づき、わたしは顔を引きつらせた。

「呼ばれてんだから、返事は？」

　続けて、カスミちゃんがわたしを睨む。

「早く。何ぐずぐずしてんのよ。のろま！」

　カスミちゃんが大声で、わたしを恫喝する。

　クラスメイトたちは、その様子をジッと眺めている。

　今度はなんだろう。お金の催促……？　それとも、暴力？

　朝から苛立っていたみたいだし、腹の虫が治まらないのをわたしで発散するつもり……？

　どちらにしても、カスミちゃんの席に行っても、わたしにとってプラスになることなんて何１つない。

　わかっていても、わたしはカスミちゃんの命令から逃れることはできない。

　どうして。どうしてわたしがこんな目に……。わたしが何をしたっていうの……？

　どうしてカスミちゃんは、わたしをイジメるの——!?

　イスから立ち上がろうとしたものの、足が小刻みに震えているせいで力が入らない。

「──あっ、いたた。愛奈ちゃーん」

　その時、教室の扉付近でわたしの名前を呼ぶ声がした。

「エマちゃん……？」

　視線を向けると、そこには優しく微笑んで控えめに胸元で手を振るエマちゃんの姿があった。

　わたしと同様に、クラスメイトたちも一斉にエマちゃんに視線を向ける。

「えっ、なんで愛奈とエマちゃんが……？」

「ヤバい、超かわいいね」

　エマちゃんをクラスメイトたちは、羨望のまなざしで見つめる。

　学校の中でもひと際目を引く存在のエマちゃんが、わざわざこのクラスまでやってきてわたしに声をかけていることが、みんな不思議でならないんだろう。

　正直、それはわたしも同じだった。

　今朝初めて話したばかりのエマちゃんが教室にやってくるなんて、想像もしていなかった。

「次の時間、化学なんだけど教科書忘れちゃって。貸してもらえないかな？」

　わたしの席へ歩み寄ってきたエマちゃんは、申し訳なさそうにそう言った。

「あっ、うん。いいよ。ちょっと待ってね」

　わたしは慌てて自分の机の中から化学の教科書を引っ張り出すと、エマちゃんに差し出した。
「ありがとう、愛奈ちゃん。助かる」
　教科書をギュッと胸に抱きしめて微笑むエマちゃんは、お世辞（せじ）抜きに天使のようだった。
　こんななんてことのないやりとりに、気持ちが救われる。
　でも、そんな時間は長くは続かない。
「呼んでんだから、早く来いよ！」
　そんな怒声（どせい）がすぐそばで飛んだ瞬間、わたしの机の上にあった教科書やペンケースをカスミちゃんがはたき落とした。
　四方八方に散らばっていく、わたしの私物。
　唖然（そう）として顔を上げると、そこにいたのは鬼のような形相（ぎょう）を浮かべるカスミちゃんだった。
　その隣で志穂ちゃんが『バカな奴。カスミを怒らせるなんて』と非難するような視線をわたしに向けたあと、今度は興味なさげにスマホをいじりはじめた。
「つーかさ、今、愛奈としゃべってんのあたしだから。割り込むんじゃねーよ！」
「そうだったの？　エマ、気づかなくて。ごめんね。えっと……あなたの名前、なんだっけ？」
　名前を知られていなかったことに気を悪くしたのか、カスミちゃんが眉間にシワを寄せた。
「別に知っててもらわなくていいし。さっさと自分の教室帰ったら？」

「それはできないよ。だって、友達がひどいことをされているのを見ちゃったんだもん」

「……は？」

「どうして机の上のものを落としたの？　大声で怒鳴って、何かを命令するのもよくないよ」

「アンタさ……あたしに説教する気？」

　カスミちゃんがエマちゃんに体を向け、のけぞった体勢を取りながら腕組みをする。

「説教じゃないよ。でも、これってイジメだと思う。イジメの現場を目の前で見て、このままにしておくわけにはいかないもの」

「は？　イジメじゃないし。あたしと愛奈は小学校からの友達なの。最近転校してきたアンタに何がわかるっていうの？」

「友達にだったら、何してもいいの？　机のものをわざと落としても？」

「あんなの、ただの冗談だから。何マジになってんの？　ねっ、愛奈？」

　カスミちゃんが、わたしに視線を送る。

「う、うん……」

　蛇に睨まれたカエルのように、わたしはただ頷くことしかできない。

　そんな様子を見ていたエマちゃん。

「そうなんだ。ねぇ、じゃあエマと友達になってくれる？」

「友達？　あたしとアンタが？」

「そう。友達になって」

「まあ、そんなに頼むなら、なってやってもいいけど」

　ダ、ダメだよ。エマちゃん。カスミちゃんと関わっちゃ
ダメ。

　カスミちゃんと友達になったって、エマちゃんにはいい
ことなんて1つもない。

　それどころか、『友達』という言葉を利用してお金を巻
き上げられたり、とんでもないお願いをされたりする。

　結局、いいように使われるだけ。カスミちゃんと友達に
なるということは、そういうことだ。

　ところが……。

「ありがとう。じゃあ、エマとあなたはもう友達ね」

　そう言ってにっこりと微笑むと、エマちゃんはゆっくり
と歩き出した。

「え……？」

　思わず、私の口から声が漏れた。

　エマちゃんは迷うことなくカスミちゃんの席へ向かう
と、振り返って私やカスミちゃんがいるほうを見た。

「友達だもん、いいよね？」

　そして大きな瞳をわずかに細めて柔らかな笑みを浮かべ
たあと、エマちゃんはカスミちゃんの机の上にあったメイ
クポーチや鏡を、なんの躊躇もなくはたき落とした。

「なっ……!!」

　一部始終を目撃していたカスミちゃんは、弾かれたよう
に駆け出す。

「ふざけんな!!　お前、何してんだよ!?」

　カスミちゃんは、エマちゃんのＹシャツの襟元を掴み上げた。

　でも、こんな状況になっても、エマちゃんはにこやかな表情を浮かべたままだ。

「何してる……?　エマとあなたは、さっき友達になったんでしょ?　だから、冗談でやってみたの」

「ハァ!?」

「自分で言ってたんだよ?　冗談だって。違う?　エマ、間違ったこと言ったかな?　もし違うなら、教えて?　ちゃんとエマが納得するように、きちんと教えてね」

「アンタ、あたしにケンカ売ってんの……!?」

「ケンカなんて売ってないよ。ただエマは、イジメをイジメと認めずに『友達』って言葉を使う、あなたが許せなかっただけ。人を傷つけて楽しい?」

「ハァ!?　なに言ってんの?　あたしは愛奈をイジメてなんていない」

「それは、あなたがそう思っているだけ。自分にそんな気がなくても相手が嫌だと感じた時点で、それはイジメなの。あなたのようなイジメっ子がエマは大っ嫌い」

　エマちゃんはそう言うと、カスミちゃんのＹシャツの襟元を右手でギュッと掴んだ。

「みんなが、あなたに服従すると思ったら大間違いだよ。エマは絶対に服従しない。何をされても、あなたには絶対に負けない」

　今までカスミちゃんに逆らった人も、逆らおうとした人も誰1人としていなかった。

　独裁者だったカスミちゃんに反旗を翻した、反逆者のエマちゃん。

　エマちゃんとカスミちゃんの2人のやりとりに、教室中の全員が息をのんだ。

　互いの目を見つめ合ったまま、微動だにしない2人。

　その時、タイミングよく授業のはじまりを告げるチャイムが鳴り、エマちゃんが先にカスミちゃんから手を離した。

「愛奈ちゃん、教科書、借りていくね！　今日のお昼、一緒に食べよっ？　じゃあ、またあとでね！」

　エマちゃんはにこやかにそう言ってわたしに手を振ると、颯爽と教室から飛び出していった。

　その背中に手を振るわたしの横顔に、誰かの痛いほどの視線がぶつかった。

「……っ」

　視線の主は、カスミちゃんだった。

　憎々しげに、わたしを睨みつけているカスミちゃん。

「絶対に許さない」

　カスミちゃんがポツリと呟いた言葉に、体が凍りつく。

　エマちゃんに対する怒りが、すべてわたしに向いた瞬間だった。

壊れかけの心

　授業中にも関わらず、ずっと下を向いたままスマホをいじっていたカスミちゃんに気づいた瞬間から、嫌な予感はしていた。

　そして、その予感は的中していた。

　グループメッセージが飛んだ。

【拡散して】

　そんなカスミちゃんのメッセージの次にあったのは、1本の動画だった。

　以前、わたしの家で撮影されたダンス動画。

　それをカスミちゃんはクラス全員に送りつけ、わたしを晒し者にした。

　休み時間になると、メッセージを確認したのかクラス中のあちこちで笑い声が上がった。

「ちょっ、ヤバくね!?　超ウケる！」

「何これぇ。痛すぎ。なんで笑ってんの？」

　まわりからの白い目と嘲笑（ちょうしょう）に包まれて、わたしは身動き1つ取れずに固まった。

　それと同時に、グループチャットにはメッセージが流れ続ける。

【佐知子：キモっ】

【杏奈：これは痛い】

【アキナ：痛すぎでしょ！】

　胸が張り裂けそうになる。

　わたしが見ると知っていて、みんなはこのメッセージを打っている。

　みんなにとって、わたしはどうでもいい存在なんだろう。

　心が粉々に砕けそうになる。

　ダメだ。もう耐えられない。

　通知の止まらないスマホを握りしめ、わたしはある決心をした。

　もう抜けよう。このグループから。

【愛奈が退出しました。】

　そのボタンを押すと、ようやく通知が止まった。

「ちょっと、愛奈‼　アンタ、なに勝手に抜けてるの⁉」

　カスミちゃんの叫び声に、体をビクつかせる。

　もう何をやっても何を言っても、裏目にしか出ない。

　もうダメだ。もう限界……。

　心が壊れる寸前だった。

　目頭が熱くなり、胸が張り裂けそうになる。

　わたしは唇を噛みしめると、机の横にあるバッグをひったくるように掴んだ。

「無視してんじゃねぇーよ!」

　いつの間にか、カスミちゃんが目の前まで迫っていた。

　わたしは弾かれたように立ち上がると、カスミちゃんの横を通りすぎて駆け出した。

「愛奈⁉　アンタ、あたしに刃向かう気⁉」

　カスミちゃんの絶叫が、教室中にこだまする。

「あ、愛奈!!」

　真紀がわたしの名前を呼ぶ。

　わたしはカスミちゃんからも真紀からも逃げるように教室を飛び出すと、震える足に鞭を打ち、必死に走った。

　昇降口を目指して走り続けていると、前から歩いてきたエマちゃんと目が合った。

「あっ、愛奈ちゃん！　今、教科書を返しに──」

「──ごめん、エマちゃん」

　必死の形相で通りすぎていくわたしを、エマちゃんは不思議そうに見つめたあと、くるりと体を回転させてわたしのことを追いかけた。

「待って、愛奈ちゃん」

　手首を掴まれて制止される。

　慌ててエマちゃんの背後を確認したものの、カスミちゃんもクラスメイトたちも、わたしを追っては来ていなかった。

「帰るんでしょ？　エマも急いであとを追うから。先に昇降口で待ってて」

「え……？」

「絶対に待っててね！」

　エマちゃんは念を押してそう言うと、わたしの答えを待つことなく、再び教室のほうへ向かって歩きはじめた。

復讐の序章

　昇降口で合流したあと、わたしとエマちゃんは揃って学校をあとにした。

　昼間に制服でフラフラしていると目立つということもあり、わたしたちは学校から歩いて数分の距離にある公園へ向かった。

「どうしたの、暗い顔して」

　ベンチに座ると、エマちゃんが不思議そうにわたしの顔を覗き込んだ。

「無断で早退しちゃったな……って。学校から家に連絡が行っちゃうなぁって」

　無断で早退したことが両親に知られたら、烈火のごとく怒られるだろう。

　『誰が、お前の授業料を払っていると思ってる!?　誰のおかげでお前は学校へ通えているんだ!?　俺が授業料を払うのをやめたら、お前は学校へ通えなくなるんだぞ。それでもいいのか!?』と、父はわたしを恫喝するだろう。

　カスミちゃんたちから逃れるためとはいえ、突発的に教室を飛び出してしまったことを、今さらながらほんの少しだけ悔やむ。

「その心配はいらないよ。エマ、職員室で先生に『林さんは体調不良で早退しました』って伝えておいたから」

「え……本当に？」

「うん。だから、大丈夫」

　わたしは、どこまでエマちゃんにお世話になるんだろう。

「ごめんね、エマちゃん。わたしのせいでエマちゃんまで巻き込んじゃって……」

「いいの。エマもたまにはサボりたいなぁって思ってたし。1人じゃ勇気が出なくてできないことも、誰かと一緒ならできることってあるもの」

「ありがとう」

　そうお礼を言いながら、わたしは視線を足元に下げた。

　カスミちゃん……怒っているだろうな。

　カスミちゃんから逃げたって、なんの解決にもならないだろう。

　むしろ逃げたことで、カスミちゃんはわたしへの苛立ちを募らせているに違いない。

　放課後、うちにやってくることだって考えられる。

「なんでイジメって起こるんだろうね」

　ポツリとひとり言のように呟いたエマちゃんの言葉に、思わず顔を上げる。

「やってもやられても、どちらにとってもマイナスでしかないことをどうしてするんだろう」

「そう……だね」

　何度同じことを考えただろう。どうしてイジメなんてものが起こるのか……と。

「なんで……イジメって起きるんだろうね……」

　そう言った瞬間、涙と嗚咽が堰を切ったように溢れ出し

た。

　今までされてきた苦しくて辛い出来事が、一気に蘇ってくる。

　ずっと１人で溜め込み、誰にも相談できずにいた。

　真紀にも相談できなかった。純粋な真紀には、イジメという概念（がいねん）がないのかもしれない。

　悪意を誰かに向けたことはないだろうし、誰かに向けられた悪意に気づくこともない。

　そんな真紀に話したって、わたしの気持ちに共感などしてくれるはずもないだろう。

　言っても、『カスミちゃんはちょっと悪ふざけがすぎるだけだよ』って笑い飛ばすに違いない。

　真紀のそういう鈍感な部分にわたしがどれだけ傷つけられたのか、当の本人は気づいていないだろう。

　鈍感は時として罪（つみ）になり、誰かを傷つける。

「辛かったんだね。いいんだよ、エマは愛奈ちゃんの味方だから。全部吐き出してみて？」

　エマちゃんが、わたしの背中を優しくさする。

　その手のひらのぬくもりに、伊藤先生を思い出す。

　きっと、エマちゃんなら、わたしの気持ちをわかってくれるはずだ。

　きっと――。

「エマちゃん、あのね――」

　わたしは、今までの出来事をすべて、洗いざらいエマちゃんに話した。

　何度となく言葉に詰まって黙り込んだり、嗚咽を漏らしたりするわたしの背中を、エマちゃんはさすったり、私の手を握りしめたりして必死に励ましてくれた。

「愛奈ちゃん、ずっと辛かったんだね」

　話を聞き終えると、エマちゃんはわたしの欲しい言葉をかけてくれた。

「今までよく耐えたね。生きていてくれてありがとう」

「エマちゃん……」

　エマちゃんはわたしの顔を覗き込んで柔らかい笑みを浮かべたあと、こう言った。

「愛奈ちゃんは、このままでいいと思ってる？」

「このままでって？」

　目の下の涙を拭って聞き返す。

「高校を卒業するまで、カスミちゃんや志穂ちゃんにイジメられ続けるのは嫌じゃない？」

「そんなの嫌だよ。嫌に決まってる。でも、逃げられないの。逃げ場なんてないの。だからこうやって耐えるしかない」

「それは違うよ。やられっぱなしじゃダメ。どんな理由があったとしても、イジメという行為を正当化してはいけないの」

「それはそうだけど……。我慢する以外に方法はないの。イジメられなくなったらうれしいけど、そんなことありえない」

　わたしは高校を卒業するまで、ずっとカスミちゃんたちにイジメられ続けるだろう。

「無理に耐えようとすれば、いつか心を壊すよ。そうなっ
てからじゃ遅いの」

「そうかもしれないね。でも、それしか選択肢はないの。
下手に反抗でもしたら、さらにひどいことをされる……。
それが嫌なの」

　わたしの言葉に、エマちゃんの表情が一変する。

　真っすぐわたしを見つめるその瞳には、たしかな決意が
感じられた。

「やられたら、やり返すの」

「え……？」

「イジメっ子はね、妙な自信を持ってるの。自分はイジメ
られないだろうって。そのバカみたいな自信をへし折って
やればいいの」

「どういうこと……？」

「愛奈ちゃん、『イジメ返し』って知ってる？」

　エマちゃんは、真っすぐわたしを見つめた。

「き、聞いたことはあるけど……」

　昨年、ワイドショーや週刊誌の見出しで【イジメ返し】
というワードを見た。

　イジメられた人間が、イジメた人間にイジメ返しをする、
というものだった。

　そんな中、ある１人の少女がネット上で称賛を受けてい
た。

　たしか……西園寺カンナ……。

　数々のイジメ返しを成功させ、自分の母を自殺に追い

やったイジメっ子家族にイジメ返しをして、最後には自身も焼身自殺を図った。

　みずからの命と引き換えに無慈悲にイジメっ子への復讐を果たした彼女は、ネット上で絶大な支持を得て、現在も彼女を称える声は多い。

「エマもね、イジメられてたの。だから、愛奈ちゃんの気持ちはよくわかるよ。これ以上、ひどいことをされたくないっていう気持ちも理解できる」

「エマちゃんもイジメられてたの……？　まさか……エマちゃんがイジメられるなんて信じられない」

　意外だった。あの容姿だ。生まれた瞬間から光り輝き、幸せに満ち足りた生活を送ることを保証されているはずの彼女がイジメられていたなんて。

「どうしてそう思うの？」

「だって、かわいいから……。お世辞抜きで、わたしが今まで生きてきた中で出会った一番の美少女だもん。顔も小さいし、スタイルもいいし……。それに、勉強も運動もできるって噂になってるし。完璧だもん」

「ふふっ。かわいくたって頭がよくたって運動ができたって、イジメっ子にはそんなの関係ないの。目立つ行動をすれば『でしゃばりでウザい』って言われるし、大人しくしてれば『ぶりっこしてる』って非難されるの。かわいくなくて頭も悪くて運動もできないと、『ブス』『キモい』『バカ』『根暗』『運動音痴』『ダサい』などと悪口を言われる。イジメっ子はね、ターゲットにする相手を決めたら、その相

手がどんな人だって非難して、けなしてイジメようとする最低最悪の人間よ」

エマちゃんは、言いよどむことなくさらりと言ってのけた。

「卒業まで短いようで長いの。その間、カスミちゃんたちにやられたままでいいの？　理不尽なことを要求されても耐え続けるの？」

「それは……」

エマちゃんの言葉に、グッと固く手のひらを握りしめる。

このままでいいなんて思っていない。

イジメにあらがいたい気持ちは強い。だけど、そんな勇気も気力もない。

もし失敗すればどうなるか……想像するだけで恐ろしいし。

「エマが協力するよ」

「え……？」

「イジメは、イジメられる人が悪いんじゃない。イジメる人が悪いの。そう思わない？」

「それはそうだけど……」

「だったら、やり返そう。やられた分の倍……ううん、十倍……百倍の痛みを味わわせるの。イジメた分の代償を払ってもらう」

「やり返したい気持ちはもちろんあるよ。でも、そんなことできるのかな……？」

「1人じゃできないことも、2人ならきっとできるよ。エ

マが、愛奈ちゃんのイジメ返しに協力してあげる」

「協力してくれるのはうれしいよ。エマちゃんっていう味方ができたのだって心強い。でもさ、エマちゃんにはなんの得もないよ？　今日のことで、きっとカスミちゃんはエマちゃんにも目をつけたはずだもん。エマちゃんに、そんな迷惑……かけられないよ」

わたしは、ふるふると首を横に振った。

わたしとエマちゃんは、今朝初めて言葉をかわしただけの関係だ。

そんなエマちゃんに、そこまでのことをしてもらうわけにはいかない。

「迷惑だなんて思ってないよ。エマはね、ただ許せないだけ。イジメという卑劣な行為をする愚かな人間が。イジメによって苦しむ人を救いたいと思うことはダメなこと？」

「ダメじゃないけど……」

「じゃあ、決まりでいいよね？」

イジメ返し。

エマちゃんのその言葉に、わたしの心は揺さぶられた。

本当にできるものならば、わたしだってカスミちゃんたちにイジメ返しをしたい。

やられた分の倍以上……ううん、百倍にして返してやりたい。

わたしには、それぐらいしてもいい権利があるはずだ。

心も体も傷つけられて追い詰められた。

明日学校へ行けば、わたしへのさらなるイジメが待って

いることだろう。

　わたしにはもう、イジメ返しに……救世主のように目の前に現れたエマちゃんにすがることしかできなかった。

「うん。やる。カスミちゃんに……イジメ返しをする」

　わたしの言葉に、エマちゃんは優しく微笑んだ。

「気持ちが固まったみたいでよかった。でも、これだけは約束して。イジメ返しは、イジメられた相手にだけするもの。他の人を巻き込んだらダメ。もちろん、愛奈ちゃんが誰かをイジメることなんてあってはいけないの」

「それは大丈夫。イジメられたことはあるけど、誰かをイジメたことなんて一度もないよ」

「それならいいの。イジメの被害者だった人が加害者になることって……結構あるの」

　エマちゃんの言葉に、わたしは大きく首を振った。

「わたしに限ってはないよ。わたしはイジメられなければそれでいいの。ありきたりな学校生活を送って、この学校を卒業して、進学と同時にこの町を出られればそれでいい」

「そっか。じゃあ、これからイジメ返しのプランを練らないとね。まず、誰にイジメ返しをするか決めよう。愛奈ちゃんをイジメているのは誰？」

「イジメの首謀者はカスミちゃん。それと、その友達の志穂ちゃん」

「そう。じゃあ、イジメ返しはその２人だけでいいの？」

「あっ……」

　その時、ある人物が脳裏をよぎった。

　佐知子だ。佐知子も現在進行形で、わたしをイジメる加害者だ。

「佐知子も。最近からだけど……わたしは佐知子にもイジメられてる」

「じゃあ、３人ね。まずは誰から？」

　わたしは、グッと唇を噛みしめた。

「佐知子にする」

　エマちゃんの言う『イジメ返し』が成功するかどうかは、まだわからない。

　そんなリスクがあることを、カスミちゃんから試すということはためらわれた。

　まずは佐知子だ。佐知子にイジメ返しをしよう。

「わかった。佐知子ちゃんへは、どんなイジメ返しをしようか」

　エマちゃんはそう言うと、にっこりと微笑んだ。

仕返しのはじまり

イジメ返し

「なんか……エマちゃんってすごい」
「記憶力(きおくりょく)はいいの。だから、一度見た人や名前は忘れない。それと、人のことを観察するのが好きなだけ」

　エマちゃんに佐知子の特徴(とくちょう)や情報を伝えると、エマちゃんはそのすべての情報をメモではなく、一度で頭に入れたようだ。

　それどころか、意外な部分に目をつけていた。
「彼女、どうしていつもマスクをつけてるんだろうね」
「いくつかアレルギー持ってるみたいだよ？」
「アレルギー……そういう言い訳もあるか」

　エマちゃんはそう言うと、わたしにスッと右手を差し出した。
「エマと愛奈ちゃんは、これからともに戦う仲間だよ。愛奈ちゃん、よろしく」
「も、もちろんだよ。こちらこそ、よろしくね」

　わたしは、エマちゃんの手をギュッと握った。
「佐知子ちゃんはマスクの下に、いったいどんな顔を隠し持っているんだろうね」

　エマちゃんは目が合うと、天使のような笑みを浮かべてそう呟いた。

　その笑みは、背筋が寒くなるほどに美しかった。

「……本当に成功するのかな……」

　1人になると、急に不安になってきた。

　エマちゃんと連絡先を交換したあと、公園の入り口で別れたわたしは、1人自転車にまたがり家路を急いだ。

『自転車で家まで送っていこうか？』

　そうエマちゃんに提案したものの、『まだやることがあるから』とエマちゃんは断った。

　やることって、いったいなんだろう。そもそも、どうしてこんなわたしのために、エマちゃんは協力してくれようと思ったんだろう。

「ホントの天使みたい」

　エマちゃんという仲間ができたというだけで、わたしの心はいくらか軽くなった。

　イジメ返しというものが、成功するとは正直思っていない。

　スクールカーストの底辺に位置しているわたしが、カーストの上部の人間に下剋上を果たせるわけもない。

　そんなの漫画や小説の中だけの話。そんなの、現実ではありえない。

　でも、もしかしたら……エマちゃんの力強い瞳は、そんな前向きな気持ちにさせてくれる。

　わたしはふぅと息を吐くと、自転車を漕ぐ足を止めた。

　ポケットの中で、ずっと震えていたスマホを取り出す。

　不在着信15件。

　6件がカスミちゃんで、その他は真紀からの電話だった。

【真紀：愛奈、大丈夫？　気づいたら連絡して。お願い】

　真紀からは、わたしを心配するようなメッセージが複数届いている。

【カスミちゃん：死ね】

【カスミちゃん：逃げんな、カス】

【カスミちゃん：アンタんち燃やすよ】

【カスミちゃん：つーか、明日学校来んの？】

【カスミちゃん：死んで。つーか、死ね】

【カスミちゃん：死なないなら殺す】

【カスミちゃん：生きてる価値なし】

【カスミちゃん：無視？　マジなめてんね】

【カスミちゃん：マジ殺すから】

【カスミちゃん：絶対許さない】

　放課後になって自由にスマホをいじれる状態になったのか、わたしが返信せずにいる間にもカスミちゃんは烈火のごとくメッセージを送信してくる。

　そのすべてを既読にしたあと、わたしは震える右手の指で画面をタップした。

　もう嫌だ。もうカスミちゃんとつながってなどいたくない。

　ううん、むしろ、誰ともつながりたくない。

　もう嫌だ。こんな生活もう嫌だ!!

　わたしは、カスミちゃんやクラスメイトのアカウントをブロックした。

　ＳＮＳをブロックしても、カスミちゃんはわたしのスマホの番号も知っている。

　カスミちゃんの電話番号も、着信拒否設定にする。

　わたしは一心不乱に、カスミちゃんからの着信履歴（りれき）やメッセージを削除（さくじょ）した。

　こんなもの取っておいても、精神衛生上よくないだけ。

　今のわたしが何をしようとも、どんなにゴマをすってもカスミちゃんからの攻撃はやまない。

　だったら、もうこうするしか道はない。

　できるだけ心安らかにいられるように、模索（もさく）していくしかない。

　すべての削除が終わると、わたしは大きく息を吐き出した。

　そして、真っすぐ前を見据えると、そのまま自転車を漕いで再び家を目指した。

「そんな……！　嘘でしょ……」

　数メートル先の家の前にいるカスミちゃんと志穂ちゃんに気づいた瞬間、体が凍りついた。

　なんとなく、こうなることは予想していた。

　まだ2人は、わたしの存在に気づいていない。

　そのままUターンしようとゆっくりと自転車を傾けた時、タイヤがじゃりじゃりっと音を立てた。

　その音に気づいたカスミちゃんが、こちらに視線を向けた。

その瞬間、すべてが終わった気がした。

「あーいーなぁー。アンタ、あたしのことブロックしたでしょ〜？」

全身の毛が逆立った気がした。

カスミちゃんは、自転車にまたがったまま身動き1つ取れずにいるわたしに近づくと、思いっきり自転車のタイヤを蹴飛ばした。

ものすごい衝撃に自転車ごと地面に倒れ込んだわたしを、カスミちゃんは見おろす。

「カスミちゃ……」

「早く立ちなよ？」

グリグリと、わたしの足首を踏みつけてわざと立ち上がれないようにしておきながら、カスミちゃんは無慈悲な言葉を放ち、悪魔のような笑みを浮かべた。

「うっ……、お願い——助け——」

家の近くにあるさびれた公園に連れてこられたわたしは、カスミちゃんから暴力を振るわれた。

まわりを田んぼに囲まれたこの公園に、やってくる住人などいない。

それどころか、このあたりを通る人もまばらだ。

それを知っているカスミちゃんは、人の目がないのをいいことに暴力をエスカレートさせる。

顔をビンタされ、それに耐えられずに地面にうずくまると、今度は背中を蹴り上げられる。

　その痛みから逃れるように地面に転がり、体をクの字にさせて頭を両手でカードすると、今度は執拗に腹部を踏みつけられる。

「痛い……やめて、お願い！」

　制服は泥にまみれ、体中のありとあらゆる場所が痛むそのたびに、わたしは悲鳴を上げた。

　ほとんどの人間は、相手を傷つけたり痛みを与えているということに罪悪感を抱くだろう。

　そもそも、こんなふうに殴ったり蹴ったりできるはずもない。

　でもカスミちゃんは違う。相手の痛みや苦痛を、なんとも思っていない。

　そして、その隣でスマホを構えてケラケラ笑う志穂ちゃんも同じ。

「カスミ、そろそろやめたら？　これ以上やると死んじゃうかもよ？」

「これぐらいで死ぬわけないでしょ」

　カスミちゃんはそう言うと、雑巾のようにボロボロになったわたしの髪の毛を掴んで引っ張った。

「痛い!!　痛いよ……!!」

「立てよ!!　早く!!」

　髪の毛を引きちぎられるのでは、と恐ろしくなるほどの痛みに、顔を歪めて必死に抵抗する。

　でも、カスミちゃんはわたしが悲鳴を上げる度に足であちこちを踏みつける。

　殺されると思った。カスミちゃんは、わたしのことを人間として扱ってなどくれない。

　カスミちゃんには心がない。人間の心など、これっぽっちも持ち合わせていない。

　許さない。わたしがいったい何をしたっていうの……？
「や、やめて!!」

　公園内のトイレまでズルズルと体を引きずったあと、カスミちゃんは手を離した。
「わかった。しょうがないからやめてあげる。ただし、トイレの便器をちゃーんと舐めたらね？」
「便器を……？」

　1つしかない、男女共有の古ぼけた和式便座。そのまわりには、クモや名前もわからない小さな虫が這いつくばっている。

　入るのすら寒気がする、あのトイレの便器を舐めろ？
「そ、そんなことできないよ……」
「ふぅん。また蹴られたいんだ？　アンタってドMだねっ」

　クックッと喉を鳴らして笑うカスミちゃんの隣で、志穂ちゃんが「めんどくさいから、さっさと舐めちゃってよ。このトイレ汚いし早く出たいんだけど」と文句を言う。
「カスミちゃん……お願い。もうこんなことやめて……。わたし、何した？　何かしたなら謝るから。もうカスミちゃんをイライラさせることもしないから。だから――」
「別に、アンタに何かされたわけじゃないし。でも、なんかウザいんだよね。アンタって昔から。勉強もできるし、

運動だってそこそこできるじゃん？　親だって金持ちだし
さ。いつもいい物を持ってるし。いい暮らしして、なんの
悩みもないでしょ？　そういうの鼻につくんだよねぇ」
「そ、そんなことないよ……!!」
　勉強だって人よりも覚えが悪い分、必死に努力しただけ。
　親がお金持ちなのは、たしかかもしれない。でも、両親
の仲は冷えきっているし、わたしは両親に刃向かうことな
どできない。
　自由もなく我慢する生活を続けてきた。
　それをカスミちゃんは知らないだけ。わたしの苦しみも
悩みも苛立ちも悲しみも……何も知らないから、そんなこ
とが言えるんだ。
「認めればいいじゃん。自分は頭がよくて金も持ってて将
来有望です、って。そうやって謙遜されるたびに、なんか
イラつくの。そのたびに全部壊してやろうって思う。アン
タから全部奪ってやりたいって思う」
「カスミちゃん……」
「イジメなんてそんなもんでしょ？　あたしは、アンタを
イジメると気持ちがスーッて軽くなるの。楽しいの。アン
タをイジメんのが。今度はどうやってイジメてやろうかっ
て考えると、楽しくて楽しくて笑いが止まんなくなる」
「そんな……!」
　わたしが、カスミちゃんのイジメにここまで苦しんでい
るというのに、カスミちゃんは、わたしをイジメて楽しん
でいる……？

　楽しくて楽しくて笑いが止まらなくなる……？　何それ。なんなの……。

「悔しいならやり返してみれば？　まっ、アンタみたいに無力な人間にはできないだろうけど。アンタは、ずーっとあたしにイジメられ続けるの。それが嫌なら死ねば？　アンタが死んだってだーれも悲しまないから。あっ、今日死んでくれてもいいからねっ。遺書に、あたしの名前を書いてもいい。でも、あたしがアンタをイジメてた証拠なんて何１つないんだから」

　カスミちゃんは、トイレの床に座り込んでいるわたしを腕を組んで見おろした。

「アンタ、昔からあたしの顔色うかがってたよねぇ。怒らせないように気をつかってたでしょ？　でも、残念だったね。うかがうようなアンタの顔を見るたびに、もっとイジメてやろうって気になっちゃうの。あたしって根っからのドSだから」

「っ……」

「１人しかいなかった、真紀っていう仲間もいなくなっちゃったし。もうアンタ１人じゃん。あっ、違った。最近、また新しい仲間ができたんだっけ？　でも、残念。あの子だって、すぐにアンタを裏切るよ」

「エマちゃんは……わたしを裏切らない」

「何その自信？　バーカ、人を簡単に信じすぎ」

「カスミちゃんは……かわいそうな人だね。誰のことも信用できないんだから」

「は……？」

　カスミちゃんは誰のことも信用していない。きっと、今隣にいる志穂ちゃんのことだって。

「アンタ、誰に向かって口きいてんの？」

　カスミちゃんはそう言うと、右足を振り上げてわたしの顔面につま先を叩き込んだ。

　鼻からポタポタと垂れる真っ赤な血。

　わたしはそれを指で拭いながら、顔を上げてカスミちゃんを見つめた。

「何、その目。マジで死ねよ」

　カスミちゃんの低い声と同時に、再び何かがわたしの顔面に飛んできた。

　それが何であるのか、よくわからない速さだった。きっとカスミちゃんの足だろう。

　わたしは床に転がり、受け身もとれず頭をアスファルトに叩きつけられた。

　意識が徐々に遠のいていく。

「ちょっと、愛奈ってば、泡ふいてる！　カスミ、やりすぎだって。マジで死ぬよ」

　志穂ちゃんの声が、ぼわぼわと耳の奥に反響する。

「死んだっていいし」

「暴力振るって死んだら殺人で捕まるよ!?」

「少年法ってやつで守られてるし、大丈夫だって」

　カスミちゃんは、こんな状況になっても焦る様子が一切なく笑っているようだ。

頭がジンジンと痛む。

「もしもし？　佐知子〜？　今日の賭け、アンタの負け〜！アイツ便器を舐めたから。明日１万持ってきてよね」

　いったい、なんの話……？　わたし、便器なんて舐めてない。電話口の相手は佐知子？

　わたしが便器を舐めるかどうか、カスミちゃんと賭けでもしていたの？

　最低だよ、佐知子。許せない。

　絶対に許さない。

　わたしを賭けの道具に使ったこと、一生後悔させてやる。

　そう心に誓った瞬間、わたしの意識はシャットダウンした。

「あ……い……なちゃん……、愛奈ちゃん――」

　肩を揺すられて、瞼を薄っすら開ける。

　薄暗くなったトイレの床で目を覚ましたわたしの視界に飛び込んできたのは、エマちゃんの心配そうな顔だった。

「わたし……」

「かわいそうに。こんなことになるなんて……。連絡が取れないから探していたら……こんなところに……」

　エマちゃんの手を借りて体を起こすと、全身に痛みが走った。

　どこが痛いのかわからないぐらい全身が痛み、あちこちにアザができていた。

　ここまでの暴力を振るわれたのは、今までで初めてだっ

た。

　途端に急に恐怖が蘇り、自然と体が震えた。

　涙が溢れて止まらない。

「大丈夫。もう大丈夫だよ。エマがいるから。もう愛奈ちゃんは１人じゃないから」

　エマちゃんはそう言うと、躊躇することなくトイレの床に両膝をつくとわたしの体をギュッと抱きしめてくれた。

「エマちゃん……わたし、汚いから……エマちゃんまで汚れちゃう……」

「そんなこと気にしないで。愛奈ちゃんは何も悪くない。悪いのはイジメっ子なんだから」

　エマちゃんはわたしが泣きやんで落ちつくまで、ずっと抱きしめてくれた。

　わたしはエマちゃんの体温に包み込まれ、声を上げて泣いた。

「少し落ちついた？」

　ケガの手当てをしたあと、エマちゃんは近くの自販機で飲み物を買ってきてくれた。

「うん。ありがとう」

　公園のベンチでジュースを受け取ってお礼を言うと、先ほどまでの壮絶な暴行の詳細をエマちゃんに話した。

「そう。そんな賭けをカスミちゃんと佐知子ちゃんはしてたのね」

　エマちゃんの美しすぎるほどの横顔が、わずかに曇る。

「イジメ返しは明日からはじめましょう。もう1分1秒も時間をムダにはできない。このままじゃ、愛奈ちゃんの心を壊されてしまう」

「エマちゃん……」

「まずは佐知子ちゃん、ね。目には目を歯には歯を。やられた倍、ううん、百倍にして返してやろうね」

　エマちゃんはそう言うと、わたしに優しく微笑んだ。

「うん」

　決意を込めて頷くと、ポケットの中のスマホが震えた。

「真紀だ……」

　不在着信が数十件入っている。

「出なくていいの？」

「……うん」

　あたしは、そのままポケットにスマホを押し込んだ。

1人目

【佐知子side】
「ハァ……。もう嫌だ……」

　ずっと胃の奥がムカムカと痛む。何をしていてもつねに頭の中をグルグルと回るのは、さっきかかってきたカスミちゃんからの電話だ。

『もしもし？　佐知子〜？　今日の賭け、アンタの負け〜！　アイツ便器を舐めたから。明日１万持ってきてよね』

　唐突に電話口のカスミちゃんはそう言い放って、電話を切った。

　たしかに放課後、カスミちゃんはあたしの席にやってくるなりこう言った。

『今日、愛奈んちに行ってアイツを捕まえるから。公園に連れてってリンチしようと思ってんの。でさ、アイツに便器を舐めさせようと思ってんだけど、どう思う？　アンタは舐めると思う？』

　まくしたてるような口調のカスミちゃんに、あたしは顔を引きつらせてこう答えた。

『え？　便器でしょ……？　いくらなんでも舐めないと思うけど……？』

『あっそ。じゃあ、佐知子は舐めないのほうに賭けるってことね』

『え？』

『賭けに負けたほうは1万払うってことで。じゃね〜！』

　カスミちゃんは早口で言うと、あたしに返事をする隙を与えずに教室から出ていってしまった。

　賭けをするともしないとも言っていないのに、勝手に決めてしまったカスミちゃん。

　しかも、負けたほうが1万なんて額が大きすぎる。

　そもそもこの賭けは、絶対的にカスミちゃんに有利になっている。

　カスミちゃんが勝つ以外は、ありえない。

　だって、あたしは愛奈が便器を舐めたかどうかなんて確認のしようがないんだし、証拠もない。

　カスミちゃんの口車に乗せられてしまった自分を恨めしく思うと同時に、カスミちゃんという人間への恐怖心がさらに募った。

「ただいま」

　家に帰ると、母が「おかえり」と笑顔で迎え入れてくれた。

「佐知子、どうしたの？　何かあった？」

「別に。ねぇ、マスク、買っておいてくれた？」

　あたしが尋ねると、母はハッとしたような表情を浮かべたあと、申し訳なさそうに言った。

「あっ！　そうだったね。ごめんね。忘れてた。週末でもいい？」

「……は？　どうして忘れたの!?　マスクがなかったら、

あたし学校へ行けないって、いつも言ってるじゃない!!」
「ねぇ、佐知子。お母さんは佐知子の顔、隠す必要なんて
ないと思うわよ?」
「うるさい!!」
　あたしは、テーブルの上のマグカップを掴み上げて床に
叩きつけた。
　母が仲のいい友人にもらって大切にしていたと知ってい
たからこそ、このマグカップを選んで壊したのだ。
「ああっ……」
　母が泣き出しそうな表情を浮かべて、割れたマグカップ
の破片を床に這いつくばって集めはじめる。
　その背中を、あたしは足の裏で踏みつけた。
「今すぐ町まで買いに行って!!　わかった!?」
「さ、佐知子──!!」
　何度か母の背中を踏みつけて怒りを発散させると、あた
しは階段を駆け上がって2階の自室へ飛び込んだ。

　ベッドの上にバッグを放り投げて、部屋の姿見に自分の
姿を映す。
　鏡の中にいたのは、髪を1つにまとめてマスクをつけた、
太っていること以外、なんの特徴もない地味な女だった。
　それでよかった。なんの特徴も持ちたくはなかったから。
　右手の人差し指と親指で、耳にかかったマスクの紐を外
す。
「ひどい顔……」

　長い顎と上を向いた大きな鼻。幼いころからのコンプレックスだ。

『佐知子ちゃんってブスだよね』

　小学校の時、何気なく放たれた友人のその一言は、あたしの人生の根底を覆すほどの衝撃を与えた。

　たしかに特別美人ではないけれど、特別ブスではないと思っていた。

　両親からは愛情深く育てられたし、『佐知子はかわいいね』と、両親はいつも呪文のように繰り返していたから。

　家に帰ってその話をすると、『そ、そんなことないわ。佐知子はかわいいわよ』と母はわずかに目を泳がせた。

　その瞬間、あたしは気づいてしまった。

　両親は自分たちの娘がブスだと思いたくなかったから、一心不乱に『かわいい』と口にすることで、自分たちに言い聞かせていたのではないのか。

　あたしはそんな両親の言葉に乗せられて、自分の容姿を客観的に見ることができていなかったのかもしれない。

　その日から、自分の顔をマジマジと鏡に映すことが多くなった。

　そして気づいてしまった。自分の顔にある、鼻と顎が他人と違うことに。

　もちろん目だって一重だし、お世辞にも大きいとは言えないだろう。

　でも、鼻と顎は明らかに違う。鼻は豚のように丸く大き

いし、顎は異常に太くて長い。

　幼いながらに、鼻が小さくなったり顎が短くなったりするというマッサージをした。

　でも、顔にはなんの変化も見つけられない。

　そんな時、クラスメイトの男子があたしを見て言った。

『うちの姉ちゃんの英語の教科書に、ロングロングアゴーって書いてあったんだけど!!　アイツのことだろ!?』

　そう言って、彼はあたしを指さして笑った。

『え……?』

　顔中の筋肉という筋肉が引きつったのが、自分でもわかった。

『ロングロング、顎?』

『ねぇ、なんの話?』

　女子たちも加わり、クラス中が大騒ぎになる。

『佐知子の顎の話をしてんだよ。佐知子ってロングロングアゴーじゃね?』

『あー、長い顎ってこと!　あははははは!!　超ウケる!!』

『ぎゃはははは!!　たしかになげーな!!』

『まさに、佐知子のための言葉だな!!』

　みんなは、ただふざけていただけかもしれない。でも、あたしはその場の空気に耐えられず、そのままランドセルを掴んで教室を飛び出した。

　ショックでもあり、怖くもあった。

　からかわれたり、バカにされたりしたことは何度もある。

　でも、今みたいに悪意のある言葉で晒し者にされたのは

初めてだ。

その日から、あたしのあだ名は『ロングロングアゴー』になった。

『顎さん』とか『アゴちゃん』とか、クラスメイトたちはそう言ってあたしを笑い者にした。

クラス中の女子がよそよそしくなり、孤立するのに時間はかからなかった。

それどころか、みんなはあたしという存在を見下し、イジメるようになった。

給食に消しゴムのカスを入れ、体育の授業では誰もペアになってくれなかった。

あたしに触れると顎が伸びるらしく、『アゴ菌がつく』と言われて、誰もあたしに近づかなくなった。

まさか容姿が原因で、ここまでのイジメにあうなんて。

『佐知子ちゃんってブスだよね』

そんな言葉がつねにあたしにつきまとい、苦しめた。

それからしばらくして、あたしは風邪をひき、マスクをして登校することになった。

教室に入ると、みんなの視線が一斉にあたしに集まった気がした。

そのころには顔のことが原因となり、他人からの視線にひどく敏感になっていたあたしは、オドオドしながら自分の席に座り、まわりの人の反応をうかがった。

イジメがさらに悪化するかもしれないと、恐ろしくてた

まらなかった。

けれど、みんなは意外な反応を示す。

『マスクすると別人みたいだね』

そばにやってきたクラスメイトのその一言に、あたしの中で"ある閃き"が生まれた。

そうだ。隠せばいい。隠してしまえばいいんだ。

自分のコンプレックスである顎と鼻を隠せば、あたしだってそこそこかわいい。

少しぽっちゃりだけど、体は痩せようと努力すればどうにだってなる。

その日から、あたしはつねにマスクをつけるようになった。

春夏秋冬関係なく、365日、マスクをつける生活。

マスクをしなければ、あたしは生きていけない。マスクはあたしにとって必要不可欠なものになっていた。

その結果、あたしへのイジメはわずかに落ちついてきた。

男子は他にからかう相手を見つけてあたしの顎をいじらなくなったし、それにならうように、女子たちは手のひらを返したようにあたしに声をかけてきた。

でも、風邪が治ってからもマスクをし続けているあたしを、先生や友達は、明らかにいぶかしげに思っている様子だった。

だから、『ハウスダストや花粉のアレルギーがひどくなって、マスクを外すことができない』と説明した。

両親はマスクをすることに反対していたし、つける必要

なんてないと言っていたけど、『だったら、どうしてこんなひどい顔であたしを産んだの!?』、『マスクがなくちゃ家から出られない！　不登校になってもいいの!?』と抵抗すると、何も言えなくなったようだ。

　それから、あたしは家にいる時以外、ずっとマスクをつけて生活をしていた。

　高校に入学してからも、それは続いている。

　友達と食事をする時だけは、マスクを下げて顎にかけたまま食事をとっている。

　『食事中くらいマスク外したら？』と友達に言われても、あたしは断固それを拒否した。

　絶対に見られたくなかった。この顎を見られたら、また誰かにイジメられてしまうかもしれない。

　高校になって、ようやく心を許せる友達もできた。

　クラスに居場所があるということが、どんなにありがたいか実感する。

　もう、教室の中でビクビクする必要なんてない。

　それだけのことに、これ以上ない幸せが広がる。

　でも、手放しで喜べない事情があった。

　愛奈だ。あたしの幸せは、愛奈の不幸の上に成り立っているとわかっていた。

　あの日……、カスミちゃんから踊れと指示された日、あたしは恐怖に支配されていた。

　カスミちゃんというクラスのボスに目をつけられてしまったことで、また小学生のころのようにイジメられてし

まうかもしれないと思ったからだ。

　もう二度とイジメられたくない。

　でも、どうすればいい……？

　その時、ピンときた。代わりの人間がいれば、あたしは逃れられる。

　あたしは自分かわいさのために、愛奈のことを蹴落とすことにした。

　話題のアイドルの動画に合わせて、踊らされそうになった日のこと。

『ねぇ、みんな聞いて。あたし……愛奈にひどいことされた……』

　あたしは友達に、あることないこと言って泣きついた。

『は、何それ。アイツ最低なんだけど』

『ウゼー』

　あたしの話を聞いた友達は、愛奈に敵意をむき出しにした。

　その日から、あたしは愛奈をイジメた。

　それをまわりの友達ははやしたて、イジメはクラス中に広がっていった。

　正直、ここまでするつもりはなかった。

　そもそも、あたしに『踊れ』と命じたのはカスミちゃんだし、悪いのは愛奈ではなくカスミちゃんなのだ。

　でも、数週間もたてばそんなことどうだっていいことのように思えた。

　キッカケはどうであれ、あたしは愛奈をイジメることに

快感を覚えるようになっていた。

　あたしが愛奈をディスるようなことをSNSに書き込めば、みんなも乗ってくれる。

　教室内で大声で愛奈の悪口を言えば、あたしの発言にみんなが反応する。

　自分が、どんどん強くなっているような気持ちになった。

　それは、きっと錯覚ではない。今では、カスミちゃんが自分から話しかけてくれるようになった。

　クラス内で権力を伸ばしているのは間違いない。

　このままこの権力を維持できれば、今後イジメられることだってないだろう。

　ビクビクとまわりの人の目を気にせずに、自由な学校生活を送れる。

　そう考えると、胸が躍った。

　明日は、愛奈をどうやってイジメようか。

　あたしは、日々そんなことばかり考えるようになってしまっていた。

「おはよ」

　翌朝、学校につくと、仲よしの香織があたしの元へ駆け寄ってきた。

「ちょっと、佐知子。見た〜？」

「何を？」

「隣のクラスの全員、今日は黒マスクしてきてるの」

「黒マスク？」

「そうそう。神宮寺エマっているじゃん？　隣のクラスの子に聞いたんだけど、あの子がクラス全員に黒マスクを配って、全員で動画とか写真を撮るみたいなことをやってるらしいよ」

「へぇ……」

　黒マスクか。

　普段マスクをしているのは自分しかいないし、マスクをする人が増えたらうれしいと単純に考えていた。

「ねぇ、ちょっと見に行ってみない？」

「うん。いいよ」

　香織に誘われてあたしはバッグを自分の机に置くと、そのまま隣のクラスへ向かった。

「うわっ、なんか異様な光景だね」

　香織の言葉に大きく頷く。たしかに、香織の言うとおりだった。

　全員が黒いマスクをして、教室の後方のロッカー前に集まって写真撮影をしている。

　和気あいあいとした楽しそうな雰囲気は伝わってくるものの、端（はた）から見るとどことなく違和感（いわかん）があった。

　廊下には、他のクラスの生徒や下級生まで集まり、大騒ぎになっていた。

　写真撮影しているところを、スマホで撮影する生徒まで出てきた。

　すると突然、隣のクラスの担任が教室に飛び込んできた。

「お前たち、何をやってる‼　どうして黒いマスクなんて

してる!!　今すぐ外しなさい!」

　先生の大声と同時に、みんなの輪の中心にいた神宮寺エマがスッと前に出た。

「先生、どうしたんですか?」

　口元はわからない。ただ、目元を見ただけで美人だとわかる彼女。

　全身から漂うオーラに息をのむ。

「ど、どうしたじゃない!　この学校へ通う生徒が黒いマスクをつけて集団で歩いていると、ご近所の方から学校に苦情の電話が入ってる。今すぐ外すんだ!」

「マスクをつけることは悪いことですか?　あれっ、校則にマスクは禁止とありましたか?」

「マスクは禁止じゃない!　ただ、黒いマスクは例外だろう。黒いマスクはファッション性がある。今日のことを認めたら他のクラスの生徒も真似をしかねない!　だから、禁止だ!」

「そうですか……。残念です。じゃあ、明日は全員で白いマスクをつけてきます。それならいいんですよね?」

「白いマスク……?　ダメだ!　理由もなく白いマスクをつけてくることは禁止だ!　全員、今すぐ外しなさい!!」

　先生は慌てたようにそう答えた。その瞬間、エマちゃんがこちらを向いた。

　明らかに、彼女はあたしを見つめていた。

　そして、ゆっくりとした動作であたしのことを指さした。

「それなら、あの子は特別ですか?」

エマちゃんの言葉に、教室や廊下にいる全員の視線があ
たしに注がれた。

「えっ……」

思わず言葉が漏れた。

「いや、彼女にも外してもらう」

先生の言葉に、エマちゃんは黒いマスクをゆっくりとし
た動作で外した。

「わかりました。ごめんね、みんなを巻き込んじゃって。
みんなも外そうか？」

「うん。でも、別によくない？」

「ね。写真撮影、楽しかったのにね」

「マジウザいよね」

全員が、あちこちで先生の文句を言いながらもマスクを
外す。

次の瞬間、エマちゃんがあたしを指さした。

「先生、あの子……佐知子ちゃんにも、今すぐ言ってくだ
さい。マスクを取れって。そうじゃないと不公平ですよね」

「な、なんで……？」

一瞬にして体が凍りついた。

どうしてこんなことに……？

彼女はどうして、あたしの名前を知っているの？　どう
して――。

「そうだな。君、今すぐ外しなさい」

「む、無理です！　あたし、アレルギーが――」

首をブンブンと横に振りながら、必死に拒否する。

　そうだ。あたしには正当な理由がある。アレルギーだと言えば——。

「先生、エマも風邪気味なんです。つけていいですか？」

　あたしの言葉にかぶせるように、エマちゃんが先生に尋ねる。

　すると黒マスクをつけたい人たちが、エマちゃんに続くように「あたしもアレルギー」とか「風邪でセキが出る」と言いはじめた。

　自分でも顔面蒼白になっていくのを感じた。焦りで額に大粒の汗が噴き出る。

「ちょっ、なんか騒ぎになってるし、佐知子めんどくさいから、この場だけはとりあえずマスク取っちゃえば？」

　香織が、面倒くさそうにあたしに言ってくる。

　簡単に言わないで。そんなことできるなら、もうとっくに外している。

　あたしのことを何も知らないくせに、口出ししてこないで。

「それはできない」

「なんでよ。早く取っちゃいなってー。先生がいなくなってから、またつければいいじゃん」

　今は、香織のことなんて構っていられない。

　どうやったらこの場を切り抜けられるのか、そのことに頭をフル回転させる。

　逃げる……？　とりあえず、この騒ぎにまぎれて教室に戻ろうか。

でも、先生はあたしの顔を認識しているだろう。

だとしたら、逃げてもムダだろう。

どうしよう。どうしたらいい？

「ダ、ダメだ！　これじゃ収拾がつかない。今すぐ全員取れ！　廊下にいる生徒も全員だ！」

先生が苛立ったように叫ぶ。

とりあえず、他の理由をつけて今日だけは先生にマスクの着用を認めてもらおうか？

きっと明日になれば、エマちゃんたちだってマスクをつけてこないだろう。

そうなれば、明日からもあたしはまたマスクを——。

「——ねぇ。佐知子ってば」

その瞬間、香織があたしの腕を掴んで引っ張った。

その程度のことをいくらされても、いつもだったらイラつくことなどなかったはずだ。

でも、追い込まれている今の状況で、あたしに心の余裕はなかった。

「——うるさい!!　触らないで！　ちょっと黙ってて!!」

香織の手を振り払って叫ぶと、香織が顔を歪ませた。

「ちょっ、アンタ、何キレてんの？」

ハッとして我に返る。

「あっ、ごめ……。ちょっと今、余裕なくて……」

「つーか、痛かったんだけど。佐知子の分際で、あたしの手を振り払うとか……信じらんない」

眉間にシワを寄せたあと、香織は苛立ったようにあたし

を睨みつけた。

「ごめん。ホントごめん……」

　顔を強張らせて謝ったものの、香織の表情は険しいままだ。

　マズい。香織を怒らせていいことなどない。

　仲良しグループの中でも発言力のある彼女は、性格もきつく、言いたいことをハッキリ言うタイプだった。

　一番気をつけなくてはならないタイプの人間なのだ。

「香織、ホントごめんね」

　何度も平謝りしていると、エマちゃんがツカツカとあたしの前に歩み寄ってきた。

　エマちゃんのことを目で追う生徒たち。その視線が一斉にあたしへ向けられる。

「佐知子ちゃんだけズルいよ。マスク、取って？」

「い、嫌！　あたしはマスクを取れない。あたしはアレルギーだから」

「そうなの？　でも、エマにはそんなこと関係ないもの」

　エマちゃんはそう言うと、そっと手を伸ばして、あたしの耳にかかっていたマスクの紐に触れた。

「や、やめて!!」

「どんなに抵抗してもエマはやめないよ？」

「どうして、どうしてこんなことを——!?」

　あたしがそう叫んだ時、あたしの隣にいた香織が、あたしの口元のマスクを右手で引っ張った。

　その拍子にマスクが弾かれたように取れ、床に転がる。

「あっ、あっ……」

　口元がスースーして、慌てて拾い上げようとしたマスクを香織が蹴飛ばす。

　すると、エマちゃんがくるりと教室の中心にいた先生のほうを向いた。

「先生、もう全員マスクを取ったので大丈夫です」

　エマちゃんの言葉に、先生があたしを見た。

　目が合った瞬間、先生はあたしの顔を凝視して困ったように顔を歪ませた。

　先生は誤魔化しているみたいだったけど、その表情にはあざけっているのが見て取れた。

　何よ。あたしの顔……そんなにひどいってこと？

　ふざけんなよ。だから外したくなかったのに。

　みんなして、あたしのことバカにしやがって……！

「そ、そうだな。じきにホームルームがはじまる。各自クラスへ戻るように」

　先生はそう言うと、そそくさと教室から出ていってしまった。

　嫌な雰囲気が広がる中、あたしは香織を睨んだ。

「か、香織。どうして!?」

「マスクぐらいさっさと取ればいいのに、いつまでも抵抗してるからでしょ。あー、めんどくさ!!」

　吐き捨てるように言った香織が、あたしを見つめた。

「ていうか、佐知子ってそんな顔だっけ？」

　香織が口の端をわずかに上げて、バカにしたような笑みを浮かべた。

　あたしは、慌てて自分の手のひらで顎を隠す。

　まるで裸を見られたかのような恥ずかしさが全身に湧き上がり、顔が真っ赤になったのが自分でもわかった。

　すると、突然「佐知子」と誰かがあたしの名前を呼んだ。

　慌ててその声に視線を向けると、そこにいたのは愛奈だった。

　眉毛の上に絆創膏を貼り、顔のところどころに小さな傷ができている。心なしか顔が腫れているような気がする。

　もしかして……。昨日カスミちゃんにやられたの……？

　まさかここまで……？

　たしかに、昨日のカスミちゃんの怒りっぷりは半端ではなかった。

　でも、誰が見てもわかるように、傷が残るほどの暴力を振るうなんて……。

　あたしが絶句していると、愛奈はニヤリと笑った。

　そして、こう言った。

「佐知子の顎、すごいね。長すぎ。あっ、前に、英語の授業であったよね。ロングロングアゴーって」

　その言葉に、教室中だけでなく廊下までもシーンッと静まり返ったような気がした。

　足が小刻みに震えてめまいがする。あたしは、倒れないよう必死に教室の扉に右手をついて体を支えた。

「……ぶっ!!」

　すると突然、香織が吹き出した。

「愛奈、ウケる！　あったよね！　ロングロングアゴー！　むかしむかし〜っていうやつね!!　あはは!!　あたしの中学でも、そう言われてる奴いたわ〜！」

　ギャハハハハハと下品な声を上げて笑う香織につられて、他の生徒も笑い出す。

「あっ、そういえば佐知子って、たしかに言われてた！　なんだっけ……えっと、そうそう。アゴちゃん!!　男子からも『アゴちゃん』って言われてたじゃん！」

「そうそう!!　思い出した！　超ウケる!!」

　田舎のこの学校には、あたしと同じ中学に通っている人間は大勢いた。

　だから、知っているんだ。みんな、あたしが小学校の時なんて呼ばれていたのかを。

　知っていても、最近は言われることはなかった。みんなの記憶からは薄れていたはずなのに。

　それなのに。それなのに——!!　よくも——!!

　あたしは愛奈の前まで歩み寄ると、Yシャツの襟元を掴んだ。

「許さない。アンタのこと、絶対に許さないから!!」

「佐知子、それはわたしのセリフだよ？」

「は？」

「わたしのことをイジメていたこと、後悔させてやるから」

「なに言ってんの？　アンタに味方してくれる人なんて誰もいないんだから！」

　愛奈の目がほんのわずかに動いた。必死に虚勢を張っているものの動揺しているのは明らかだった。

　スクールのカーストの中でも最底辺にいる愛奈が、あたしに刃向かってもムダだ。

　偉そうなことを言ったところで負け犬の遠吠え。たしかに小学校の時、あたしはイジメられっ子でスクールカーストの底辺にいた。

　でも、今は違う。2軍だ。2軍にいる。2軍のあたしが、最底辺の愛奈にどうこう言われる筋合いなどない。

「何をしてるの？　手を離して」

　すると、突然あたしの手が誰かによって弾かれた。

　……エマちゃんだ。

　エマちゃんは、あたしの目を真っすぐ見つめた。

「傷つけられる痛みを知っているのに、どうして同じようなことをするの？」

「え……？」

「人を傷つければ、いつか必ず不幸になるの。それをエマが教えてあげる」

　顔が歪む。心の中のすべてを、彼女に見透かされているような気がする。

「うるさい!!」

　あたしはグッと奥歯を噛みしめると、香織を残したまま1人駆け出して自分の教室に飛び込んだ。

「えー、朝の緊急の職員会議で、今日から原則的にマスク

禁止の措置をとることになりました。明日からは、やもなく着用する場合、保護者に一筆もらってくるように」

　先生の話を聞いても、教室中の誰もがとくに気にしている様子は見られなかった。

　机の下で手を震わせてうつむいていたのは、あたしだけだった。

　どうして。どうしてこんなことに……。

　ただ、我慢するのは今日だけだ。母に一筆書いてもらえば、明日からはマスクを着用できる。

　今までのように平和な日常を過ごせる。

　それにしても……。

　あたしは、愛奈のことを憎々しげに睨んだ。

『佐知子の顎、すごいね。長すぎ。あっ、前に英語の授業であったよね。ロングロングアゴーって』

　愛奈の言葉が蘇り、腸が煮えくり返りそうになる。

　底辺の分際であたしに楯突くなんて許せない。

　授業がはじまると、あたしはそんなのそっちのけで学校の裏サイトを開いた。

　中学校の時もそういうサイトは存在していたけれど、噂や悪口の温床であえて避けていた。

　それに自分の悪口がそこに書き込まれていたらと思うと、なんとなく怖くて開けなかったのだ。

　でも、今は違う。高校デビューを果たし、友達もたくさんできた。

　クラスの中では２軍だし、最底辺にいたころのあたしと

は違う。

　とにかく、この気持ちを今すぐに吐き出して誰かと共有したかった。

　休み時間になったら、香織や他の友達に相談しよう。

　以前、愛奈のことを話したら、『は、何それ。アイツ最低なんだけど』などと怒ってくれた。

　また、彼女たちを味方につけて愛奈を痛めつける。

　ついでに、あたしに恥をかかせたエマちゃんも一緒に地獄へ突き落としてやる。

　かわいいし、昔からチヤホヤされてなんの苦労もなく育ってきたんだろう。

　それが間違いだと思い知らせてやる。なんでも許されると思ったら大間違いだ。

　あたしには今、力がある。愛奈とエマちゃんを潰すだけの力が。

　今はもう、昔のあたしじゃないんだから。

【２－Ａ組】

　というグループを開いて、あたしはすぐにそのページを開いた。

　そして愛奈の悪口を書き込もうとした瞬間、あたしは自分の目を疑った。

　えっ……？　なんで……？

　そこには、あたしの名前が溢れていた。

【匿名：ロングロングアゴー!!】

　それは、さっき耳にしたばかりの言葉だった。

【匿名：めっちゃ懐かしい！　wwwww】

【匿名：佐知子のための言葉じゃん】

【匿名：ロングアゴーを隠すために、伊達マスクが手放せませんwww】

【匿名：アイツさ、イジメてた愛奈に指摘されて泣きそうになってたから！　超ウケる！】

【匿名：マスクですべては隠せるわけではありません。マスクで顎を隠す前に、痩せましょうww】

【匿名：デブ隠しは失敗しました】

【匿名：デブ死ね】

【匿名：高校デビュー豚】

　そこには、延々とあたしの悪口が書き込まれていた。

「な、なんで……？」

　消え入りそうなほど小さな声が、自分の口から漏れた。

　恐る恐る振り返ると、香織が机の下にスマホを隠して何やら操作している。

　そのそばの杏奈もだ。楽しそうな表情を浮かべて画面をタップしている。

　まさか……。コミュニティサイトに書き込んだのは……香織と杏奈なの？

　あの場にいた香織は、あたしが愛奈に侮辱されているのも知っている。

【匿名：アイツさ、イジメてた愛奈に指摘されて泣きそうになってたから！　超ウケる！】

　あの書き込みをしたのは、間違いなく香織だ。

　でも、書き込みをしているスピードを見ると、2人しかいないとは考えられない。

　もっといるっていうこと？　いったい、何人いるの？

　姿の見えない悪意に晒されて、全身に鳥肌が立つ。

　誰？　いったい、誰があたしの悪口を裏サイトに書き込んでいるの？

　どうしたらいい……。どうしたら……。

　必死になって頭をフル回転させる。

　書き込みを自制するように、第三者を装ってみるのはどうだろう？

　思いついたことは、とにかく全部やってみるしかない。

　あたしは、震える指先で画面をタップした。

【匿名：佐知子のこと、いろいろ言うのやめなって】

　自分のことを擁護（ようご）するコメントを書いていることに、情けなさを覚える。

　でも、仕方がない。これしか方法はない。

　投稿するとすぐに反応があった。

【匿名：え、誰？　本人？】

【匿名：本人降臨（こうりん）!!　ｗｗｗｗウケんだけど!!】

　そのあとも、あたしを煽（あお）るようなコメントが続く。

　あたしは仕方なく、再び書き込みをすることにした。

【匿名：違うよ。最近、佐知子ってカスミちゃんともつるんでるから気をつけたほうがいいよ】

【匿名：カスミちゃんと佐知子がつるんでる？　何それ】

【匿名：カスミちゃんの奴隷にされてる、じゃなくて？】

【匿名：佐知子はカスミちゃんの奴隷です】

　あたしは奥歯をグッと噛みしめた。

　あたしはカスミちゃんの奴隷じゃない。奴隷なんかじゃないんだから――!!

　心の中で必死に言い訳をしていても、それをどうネットの向こう側にいる相手に伝えたらいいのかわからない。

　この書き込みをしているのが、うちのクラスの生徒なのは間違いない。

　何人いるのかはわからないけれど、仲良しだと思っていた香織や杏奈が、裏ではあたしを口汚い言葉で罵っているということだけはわかった。

　許せない。

　怒りとともに蘇ってくるのは、『アゴちゃん』と呼ばれてイジメられた過去だった。

　もうイジメられたくない。あんな思いは、絶対にしたくない。イジメられることへの恐怖が全身に蘇ってくる。

　顔を歪めてスマホを握りしめた時、誰かの視線を感じた。

　ふと顔を上げて視線を左右に振ると、ジッとあたしのほうを見つめる愛奈と目が合った。

　愛奈はあたしと目が合うと、にこりと楽しそうな笑みを浮かべた。

　あたしが焦っているのを楽しんでいるかのような愛奈の様子に、怒りが込み上げてくる。

　何よ。アンタだってモブキャラのくせに。

　こんなことになったのは、全部アンタのせいなんだから。

　さっきの『ロングロングアゴー』って言葉……あたしへの仕返し？　腹いせだよね？

　あたしがアンタのことをイジメたから。

　でも、しょうがないじゃない。あたし、もうイジメられたくない。

　カスミちゃんに目をつけられたら、と考えるだけで足が震えてくる。

　カスミちゃんは、イジメっ子の中でも最恐クラスの人間だ。

　ひとまずクラス替えまで、カスミちゃんのターゲットが愛奈ならば安心していられる。

　愛奈をイジメることで、カスミちゃんのあたしへの評価も上がるだろう。

　いわば愛奈は、カスミちゃんへの生贄だった。

　生贄には、その役目を全うしてもらわなくては困る。

　あたしは、なおも目を離そうとしない愛奈をギロッと睨みつけた。

　休み時間になり、楽しそうにしゃべっている香織と杏奈の元へ行く。

　裏サイトに書き込みをしたのが２人だとわかっていても、ここで２人を突き放すのは得策ではないと思った。

　今このクラスを牛耳っているのはカスミちゃんと志穂ちゃんで、香織と杏奈は２軍に甘んじている。

　でも、カスミちゃんたちがいなければ、１軍にいてもお

かしくない人間だ。

　そんな力のある人間のそばにいることは、デメリットよりもメリットのほうが大きかった。

　内心では腸が煮えくり返りそうになっていたものの、あたしは笑顔で2人に声をかけた。

「ねぇ、あのさ——」

　あたしが声をかけると、2人は目を見合わせてヘラッと嫌な笑みを浮かべた。

「何？　なんか、用？」

「うん。あの——」

　話し出そうとした瞬間、杏奈がブハッと噴き出した。

「無理無理無理！　マジ、その顎ウケるわ〜！　ダメだ！笑いが止まんない!!」

　目に涙を浮かべて、あたしの顎を指さして笑う杏奈に唖然とする。

「ちょっとぉ、杏奈ってばやめてよ〜！　我慢するって言ってたじゃん！」

「だってぇ。無理だって！　想像以上にすごいもん！　こりゃ、マスクをして隠したくなるわけだわ！　あたしだって隠すし！」

「あはははは！　でしょ〜？　ウケるでしょ〜？」

　あたしを見ては、ゲラゲラとお腹を抱えて笑う2人に顔が強張る。

　その様子を見ていた他のクラスメイトたちも、あたしのことを見ては、コソコソと互いに耳打ちし合いながら笑っ

ている。

　血の気が一気に引いていく。

　この感覚に覚えがあった。

　小学校の時と同じ空気が教室中に広がっている。

「や、やめてよ。香織も杏奈も……」

　声が上ずり、言葉が続かない。恐ろしかった。他人の視線が、すべてあたしの顎に向いている気がして。

　その時、「佐知子」と誰かがあたしの名前を呼んだ。

　振り返ると、視線の先にいたのは悪魔のような笑みを浮かべたカスミちゃんだった。

　あたしは、カスミちゃんに屋上に呼び出された。

　なぜ呼び出されたのか、すぐにわかった。

　あたしは、なけなしの１万円をカスミちゃんに手渡す。

「ちゃんと約束守れたんだ？　偉いじゃん。また賭けやって遊ぼうね」

　カスミちゃんは満足そうに微笑みながら、ポケットの中に１万円を押し込んだ。

「あっ、ねぇ。そういえばさ、アンタ今日なんかあったの？香織と杏奈とヤバい雰囲気だったじゃん」

「えっ……」

「裏サイト、見た？　あたし、今日たまたま見たんだけどさ、いろいろ書かれてたじゃん？」

「う、うん……」

　カスミちゃんの言葉に小さく頷く。まさか、カスミちゃ

んまであの裏サイトを見ていたなんて。

「つーかさ、裏でああいうこと書く奴ってマジちっちゃくね？　直接言えないくせに匿名であれこれ言うんじゃねぇよって思わない？」

「っ……」

「あれ書き込んだの、香織と杏奈だよ？　アンタのことよく知ってるみたいな書き方だったじゃん。マジ最低だね」

　やっぱり……あれを書き込んだのは香織と杏奈だよね。

　さっきの態度からしても間違いないだろう。あの２人は、あたしを陰でいつもバカにしていたに違いない。

　友達のふり……あたしの味方のふりをして。

「あたしが守ってあげようか？　アイツらから」

「え？」

「アンタの悪口を言ったら、あたしが言い返してあげるから。アンタがイジメられないように、あたしがアンタを守るよ」

「カスミちゃんが……？」

「人の容姿のことを、あれこれ言うような人間って最悪じゃない？　あたし、ああいう奴ら許せないんだよね」

　カスミちゃんの口から、そんな言葉が飛び出すなんて信じられなかった。

　でも、クラスを牛耳っているカスミちゃんが、あたしの後ろ盾になってくれるとしたら、こんなにも心強いことはない。

　ゴクリと生唾を飲み込む。

「大丈夫だって。あたしに任せてよ。あたしがアンタのボディガードになってあげる」

「う、うん。ありがとう」

　ボディガード……か。

　正直、香織と杏奈に悪口を書かれていたのは頭にきている。でも、高校に入学してから、ずっと仲良くしていてくれた子たちだ。

　2人と今後もうまくやっていきたい、という気持ちがあった。

　カスミちゃんがあの2人に何かをするとか、そういうことでないならば頼むのも手だ。

　あたしは、これからも3人で仲良く過ごしたい。

「あたしは……悪口を言われても香織と杏奈と友達でいたいの。ボディガードっていうか……これからも友達でいられるように協力してくれる?」

　あたしがそう言うと、カスミちゃんは「任せてよ」と誇らしげに微笑んだ。

「あー、お腹すいた。佐知子、学食でパック弁当とパン買ってきて。ダッシュねー」

　その日、昼休みになりカスミちゃんに呼び出されたあたしは、突然そう告げられた。

「えっ、パン?　あっ、でも、あたし、お弁当を持ってきてるから買いに行く用事はないんだけど」

　学食は、校舎1階の渡り廊下を渡った一番奥にある。

　そこまで行ってお弁当とパンを買って戻ってくると、相当な時間がかかる。

「は？　アンタに用事があるかないかなんて聞いてないし。つーか、混むからマジ急いで行けって。早く！」

「えっ？」

「ハァ……。チッ。だーかーら、パック弁当とパン！　ダッシュ！」

「あっ、う、うん！」

　カスミちゃんの怒声に思わず肩を震わせて、弾かれたように駆け出す。

　な、なんであたしが、カスミちゃんのお弁当とパンを買いに行かなくちゃいけないの？

　意味がわからない。しかも、お金ももらっていない。

　さっきカスミちゃんに１万円を渡したばかりで、お財布の中のお金だってもうほとんどない。

　理不尽な気持ちを抱えながらお弁当とパンを買い、走って教室に戻る。

「お、おまたせ！」

　肩で息をしながら買ってきたお弁当やパンをカスミちゃんに差し出すと、カスミちゃんはそれを奪い取りながらあたしを睨んだ。

「足、遅すぎー。まっ、デブだから仕方がないかっ。つーか、もう用ないから邪魔。汗臭いしどっか行ってー」

　カスミちゃんは、手であたしをシッシッと追い払う仕草

を見せた。

　お弁当とパンを買ってきてもらってこれ……？

　顔の筋肉という筋肉が引きつり、痙攣を起こす。

「あっ、あの……カスミちゃん……お、お金は……」

「はっ？　ケチケチしないでよ。あたし、アンタのために
いろいろ動いてるし、それぐらいしてくれてもよくない？
何？　もしかして、全部タダだと思ってんの？　それじゃ、
あたしにはなんのメリットもないじゃん」

「そんな……」

「これぐらい安いもんでしょ？　大丈夫だって。ちゃんと
アンタがアイツらと仲直りできるようにしてあげるから」

　愕然とした。

　そうだ。カスミちゃんは、こういう人間だ。

　自分にはメリットのないことを、率先して引き受けるは
ずはない。

　弱っていたところに、つけ込んできただけ。

　どうして気づけなかったんだろう……。

　悶々とした気持ちを抱えながら、香織と杏奈の元へ向か
う。

　いつも決まって３人で机をくっつけてお弁当を食べてい
たのに、今日は先に２人で食べてしまっている。

「あぁ、お腹すいた。早く食べないと、お昼休みが終わっちゃ
うよね」

　そう言いながら２人の座る席に机を移動しようとする

と、2人は目配せしてお弁当のフタを閉めはじめた。

「えっ、香織？　杏奈……？」

　2人は黙っている。あたしの声が聞こえているのに無視している。

　そのままお弁当を包むと、2人は揃って教室の出口へと歩いていった。

「な、なんで……」

　2人は教室の扉の前で突然立ち止まると、振り返って呆然とするあたしを見つめた。

　そして、「今の顔見た？」、「マジキモい！」とキャッキャ言い合いながら教室を出ていった。

　その場に残されたあたしは、呆然と立ち尽くすことしかできない。

　もう戻れないと悟った。仲良し3人組には戻れない。あの2人は、あたしのことを共通の敵とみなした。

　こうなってしまったら、最後。

　あの2人は一致団結して、あたしをイジメるだろう。

　ほんの数時間前まで友達だと思っていたあの2人は、あっけなくあたしという人間を切り捨てた。

　ひどい。どうして……。あたしのことを、ずっと見下してたの？

　ひどいよ。ひどすぎる。

　目頭が熱くなる。

「佐知子」

　その時、ポンポンッと肩を叩かれた。

　振り返ると、そこにいたのは真紀だった——。

「真紀、今日は愛奈と一緒に食べないの？」

　真紀に誘われて、中庭で一緒にお昼を食べることになった。

「うん。最近、愛奈はエマちゃんといることが多いから。たぶん、今もエマちゃんといるんじゃないかな……？」

「真紀は焦んないの？　愛奈のこと、エマちゃんに取られた気がして嫌な気持ちにならない？」

　あたしは、１人になることが怖い。

　たとえ悪意を向けられたとしても、香織と杏奈という友達を失うことが恐ろしくてたまらない。

「全然。愛奈に新しい友達ができるのはいいことだと思うし。だから邪魔したくないの」

「真紀は、どうしてそんな優しいの……？」

「あたしは、ただみんなで仲良くしていたいだけ」

「ふぅん」

　真紀の言葉にあたしは適当に頷き、言葉を切った。

「ていうかさ……、真紀。あたしの話を聞いてくれない？じつはね——」

　あたしは今日の出来事を真紀に吐き出した。

「裏サイト、かぁ。あたしはそういうの嫌で見ないからなんとも言えないけど……匿名なのを利用して悪口を書くなんて最低だね」

　真紀は、ため息交じりに言った。

「でもさ、事の発端は愛奈なんだよ。アイツ、あたしのことを見て、『ロングロングアゴー』ってみんなの前で言ってさ……。たしかに、あたしも愛奈の悪口をグループチャットで流したりもしたし、無視もしたし、暴力だって振るった。最低なことをしたってわかってる。その仕返しだとは思うけど、ひどすぎだよ」

　自分のことを棚に上げているのはわかっていた。

　でも、どうしても愛奈のことを許せなかった。

「愛奈、本当にそんなこと言ったの？　愛奈は、そんなことする子じゃないと思うんだけど？」

「なんで真紀は、愛奈のことをそんなにかばうの？」

　真紀は、いつだって愛奈のことをかばっていた。

　あの日だってそう。タイムラインの中で、あたしたちは愛奈の悪口で盛り上がっていた。

【真紀：悪口はやめようよ。こんなのよくないと思う】

　真紀は、ハッキリとそう言ってのけた。

　正直、正義感丸出しの真紀をウザいと思ったけれど、誰もそのことについて文句を言う人はいなかった。

　真紀の言葉が正論だったから、言い返せなかったのだ。

「だって、あんなふうに誰かを傷つけるのはよくないことだから」

　たしかに悪口を１人が言えば、さらに１人が加勢し、人数が増える。

　悪口は助長し、歯止めがきかなくなっていた。

　そのあと真紀の言葉で白けてしまい、タイムラインで愛

奈の悪口は続かなかった。

　さっきだって、そうだ。

　カスミちゃんがクラスのグループラインで愛奈の動画を流したあと、愛奈がグループを抜けると同時に、真紀も続くようにグループから抜けた。

　動画に対して真紀からのコメントはなかったけど、あの動画を投稿したカスミちゃんへ無言の抵抗の表れのようだった。

「あたしは、ただみんなで仲良くしたいだけ。イジメたり、イジメられたり、そんなの嫌だよ」

「まぁね。でも、イジメはなくならないよ。現に今、あたしは、イジメるほうからイジメられるほうになろうとしてるし」

「佐知子……」

「明日からどうしようって感じ。香織と杏奈とは、もう一緒にいられないだろうし。あたし、明日からポツン決定」

　あははっと自嘲気味に笑うと、真紀が優しく微笑んだ。

「じゃあ、これから一緒にいようよ。あたしと愛奈と、3人で仲良くする？」

「そんなの無理だって。愛奈は、あたしのことを憎んでるだろうし」

「大丈夫。愛奈は、ちゃんと話せばわかってくれるよ」

「そうかな？」

「もちろん。でも、ちゃんと謝ろう？　愛奈と佐知子の間にあったゴタゴタはあたしにはわからないけど、お互いの

誤解もあると思うの。佐知子、愛奈に無視とか暴力を振るったんでしょ……？　そんなことしたら絶対にダメだよ。愛奈がかわいそう。それはちゃんと謝らないと。心から謝って許してもらって仲直りしてほしい」

　謝る……？　あたしが、愛奈に？

「うん……」

　頷いてみたものの、愛奈が許してくれるはずがないと思っていた。

　少なくとも、あたしが愛奈の立場だったら、イジメてきた相手を簡単に許すことはできないだろう。

　それに、あたしだって許してほしいなんて思っていない。

　今日、愛奈に言われたことだって思い出すと腸が煮えくり返りそうになるし、簡単に許せるはずもない。

　そもそも、あたしはアイツが……愛奈が嫌いなんだ。

　だから、イジメていた。鼻についたのだ。ちょっと人より頭がいいだけで優越感に浸っている様子の愛奈が。

「あたしね……、愛奈とみんなが仲良くなってほしいの。自己満足かもしれないけど、愛奈に幸せになってほしい。いつも笑っていてほしい」

「真紀……」

「今ね、愛奈とちょっとケンカっぽくなってて。全部あたしが悪いの。愛奈の気持ち、ちゃんと考えてあげられなかったから。あたしバカだから、思ってることがうまく伝えられなくて変な感じになっちゃう。あたしの気持ち、ちゃんと愛奈に伝えられたらいいのに……」

　真紀は、どうして愛奈なんかと一緒にいるんだろう。

　真紀ならば、愛奈ではなく、もっと派手な子と仲良くすることもできたはずだ。

　あんな子を、かばってやる必要なんてないのに。

「あっ、あのさ、真紀——」

　その時、ふと頭に浮かんだ考えが喉元まで出かかる。

　明日から真紀と2人でいたい、な。

　そう言いたかった。

　愛奈は、どうだっていい。正直、いないほうがいい。

　あたしのことをディスったアイツは、絶対に許すことができない。

　それに、アイツは最底辺の人間だ。あたしは、最底辺の人間とは一緒にいたくない。

　それに比べて、真紀はクラスの誰とでも仲良くできるスキルを持っている。

　みんなに好かれているし、そういう子と仲良くしたほうがメリットも大きいだろう。

　そして何より真紀は純粋だし、扱いやすい。こういう人間をそばに置いておけば、いろいろと便利に違いない。

「ん？　なぁに？」

「ううん、なんでもない」

　あたしはにこりと笑ってそう答えながら、これからどうやって愛奈をさらに蹴落とせるか考えていた。

「1万」

「えっ……、また？　もうお金ないよ」

　カスミちゃんに廊下に呼び出されて渋々従うと、カスミちゃんは右手のひらをあたしに向けた。

「ハァ？　ないならどっかから借りてくるなり、親の財布からパクるなりすればいいじゃん」

　その日からカスミちゃんは、たびたびあたしのことを呼び出し、お金をせびるようになった。

　それだけでなく、あたしを奴隷のように扱って支配しようとする。

　ものを取りに行かせたり、雑用を押しつけたりもした。

　そんな日々が数日続き、あたしはいよいよ我慢の限界に達した。

「そ、そんなの無理だよ！」

「……は？」

「カスミちゃん、あたしたちが仲直りできるように協力してくれるって言ってたでしょ!?　でも、香織にも杏奈にもずっと悪口を言われて無視され続けてるよ？　他の子たちもなんかよそよそしいし。裏サイトの悪口も、いつまでたってもやまないし……」

「悪口言われるぐらい、誰だってあるでしょ」

「だけど、カスミちゃん協力してくれるって言ってたじゃない」

「どうやって協力するかは言ってないけど？　つーか、悪口なんて日常茶飯事だから」

「そんな……！」

「で、もう無理なの？」

「も、もう無理だよ……。おこづかいだってお年玉だって、全部カスミちゃんに……」

「だったら、あるだけ出して」

「えっ、ないよ……」

「ふぅん。……じゃ、しょうがないね」

　カスミちゃんはほんのわずかな間のあと、そうポツリと呟いた。

「カスミちゃん……」

　ようやく諦めてくれたのかもしれない。

　それならばと、なけなしの5000円札をカスミちゃんに手渡した。

「こ、これで最後だけど……あたしの気持ち。今までいろいろお世話になったから」

　それに、もしもの事態になったらまたお願いしたい。ここまですれば、カスミちゃんだってあたしに情が生まれて、今後は何かの時に協力してくれるかもしれない。

「アンタ、持ってたの？」

「1万は持ってなかったんだけどね」

「そう。5000円は持ってたんだ？」

　心の中で安堵していると、カスミちゃんは苛立ったようにあたしを睨んだ。

「アンタさ、マジで舐めた真似してくれるよねぇ。あるならさっさと出せよ。つーか、今日でアンタとの契約は解除ってことで。あたしは今後、アンタがイジメられても関係な

いからよろしくねぇ」

「えっ、そ、それってどういう……？」

　あたしが焦っているのを楽しんでいるかのように、カスミちゃんが口角をわずかに上げた。

　カスミちゃんのその笑みには、どす黒い悪意が感じられた。

　全身の毛という毛が逆立ち、頭の中に警告音が鳴り響く。

「まっ、せいぜい頑張ってよ。デブスブス顎女！」

　カスミちゃんはそれだけ言うと、教室に戻っていった。

「か、か、カスミちゃん!!　ま、待って……!!」

　嫌な予感がした。

　これからカスミちゃんが何をしようとしているのかは、わからない。

　ただ、あたしを地獄に突き落とそうとしているのはたしかだった。

　慌ててカスミちゃんの腕を掴もうとしたものの、すんでのところで届かなかった。

「ちょっとー、香織、杏奈～！　聞いてくんない～？」

　すると、カスミちゃんは教室に入るなり叫んだ。

「佐知子ってマジで最悪だから。あたし、2人のことをイジメるようにって頼まれたんだけど。ひどくない？」

「えっ？」

「何それ」

　香織と杏奈の元へ歩み寄ると、カスミちゃんは手のひらの5000円札を2人に見せつけた。

「お金……？」

「香織と杏奈に、無視されたり悪口言われたりしてムカついたんだって。で、これ渡すからお願いって。2人がクラスから浮くようにしてほしいって頼まれたの。マジで最低じゃない？」

　カスミちゃんの言葉に、足がガタガタと震えた。

　言っていない。あたしは、そんなこと頼んでいないし言ってもいない。

　お金だって、そのために払ったわけではない。

　カスミちゃんが、2人と仲直りできるように協力してくれるって言ってたから。

　カスミちゃんから提案してきたくせに──!!

「ハァ……？　何それ。マジ最低!!　カスだね、アンタ!!」

　香織は鬼のような形相を浮かべて立ち上がると、あたしの机を思いっきり蹴飛ばした。

　ものすごい衝撃音に、クラス中の視線が一斉に香織に向く。

　香織はそんな視線などお構いなく、あたしの元へ歩み寄るとあたしの顔面を平手打ちした。

「アンタ、マジ最悪」

「ち、違うの……。カスミちゃんに2人をイジメてなんて、あたしは頼んでないの。あたし、本当に2人とずっと友達でいたか──」

「アンタなんて友達なわけないじゃん!!」

「え……？」

「友達なんて思うわけないじゃん。アンタみたいなモブキャラが、うちらと友達とか笑えるんだけど」

　固まるあたしに追い打ちをかけるように、今度は杏奈があたしのロッカーの中身を取り出してゴミ箱に放り投げる。

　そしてツカツカとあたしの元へ歩み寄ると、顔面に怒りを貼りつけながら、あたしを睨んだ。

「マジ勘違いすんなよ？　アンタが小学校の時になんて呼ばれてたのかなんて、みーんな知ってるから。マスクで顎を隠ししてるのだって知らない人なんていないし。まさか、隠せるとか思ってた？　んなわけねぇーじゃん」

　杏奈の言葉に顔面蒼白になる。

「だよね。佐知子みたいなモブキャラに、うちらがやられるわけないじゃん。バカなんじゃないの？　つーか、マジで絶対に許さないから」

「ち、違う！　ご、誤解だよ……！　信じて、あたしは２人のことを──」

　友達だと思っている。

　そう言おうとして言葉に詰まる。

　本当に２人は友達なんだろうか？　そもそも２人があたしを無視したり、聞こえるように悪口を言ってきたりしたのが事の発端だ。

　自分のことを棚に上げて、あたしだけを責めるなんてそんなの理不尽だ。

　でも、ここで２人をこれ以上怒らせてしまえば、このクラスにあたしの居場所はなくなってしまう。

　そうなったら困る。ようやく平穏（へいおん）な高校生活を得たはずなのに、それがするりと指の隙間から零れ落ちていってしまうなんて耐えきれない。

　ずっとずっと、どんなに理不尽なことがあっても耐え抜いてきた。

　これから先もそうやって生きていくしか、この狭い教室という世界の中では仕方がない。

「お願い、許して——」

　必死になって謝ろうとした時、

「佐知子、謝る必要なんてないよ」

　突然、あたしの言葉を遮るように誰かが言った。

　振り返ると、そこにいたのは愛奈だった。

「あ、愛奈……。アンタ……」

「佐知子、この間、謝ってきたもんね。わたしのことをイジメてごめんね、って。香織と杏奈に指示されて、わたしのことをイジメてたんでしょ？　そんな子たちと無理に友達でいる必要ないよ。それに、佐知子いつも言ってるでしょ？　香織はメイクが濃いとか、杏奈はＳＮＳの画像を加工しすぎて別人みたいって。だったらなおさら、嫌な人と嫌々友達でいる必要はないと思うの」

「へっ？」

　自分でもどこから出たのかわからないような情けない声が、口から零れ落ちた。

　愛奈の言葉の意味がまったく理解できずに、ただ、ぽかんと口を開けることしかできない。

　何を言ってるの？　あたし、愛奈に謝ったことも2人の悪口を言ったこともない。

　頭の中で、愛奈の言葉を整理するのに時間がかかる。

　でも、その言葉で火に油を注いだのはたしかだった。

「ハァ……!?　アンタ、愛奈にそんなこと言ってたの!?　つーか、もともと愛奈のことイジメるように仕向けたのってアンタじゃん!!　それなのに、何!?」

「マジでクソ野郎じゃん！　最低なんだけど！　マジ消えろよ!!」

　2人の怒りが爆発する。

「ちょっ……」

　弁解しようとすると、クラス中から痛いほどの視線が突き刺さった。

　あちこちでクラスメイトたちが、あたしたちの会話を聞いてコソコソと囁き合っている。

「最低じゃない？」

「ありえない」

「クズじゃん」

　そんな声があちこちから聞こえて、顔が引きつる。

　どうして。どうしてこんなことに——。

　どうしよう、どうしよう、どうしよう、どうしよう。

　またあたし、イジメられる？　また、あの苦しみを味わうの？　嫌、そんなの嫌。

　絶対に嫌。嫌だ、嫌だ、嫌だ、嫌だ。

　怖い怖い怖い怖い怖い怖い。

　なんて言ったらいいのか困り果てて視線をあたりに漂わせた時、愛奈と目が合った。

　愛奈は笑っていた。

　あたしが困り果てている様子を楽しむかのように、わずかに口角を上げて笑っていた。

　ハメられた……？　あたしが、愛奈に……？　クラスの最底辺のアイツに。

「ご、ごめん。ま、ま、またあとで」

　苦しまぎれにそう言うと、あたしは自分の机にダッシュしてカバンを掴むと、そのまま教室を飛び出した。

「おい、逃げんな!!」

「佐知子!!」

　香織と杏奈の怒声が背中にぶつかる。

　それを無視してあたしは全速力で廊下を駆け抜けて、この状況から逃げ出した。

「——さ、佐知子!?　学校はどうしたの？」

　顔面蒼白で家に帰ったあたしに、母は驚きを隠せない様子だった。

　あたしはその問いに答える余裕などなく、顔を硬直させたまま自分の部屋に入ると、すぐにドアのカギをかけた。

　カバンを床に放り投げ、ベッドの上に座って膝を抱え込む。

　目をつぶると、嫌でもさっきの出来事が蘇ってきて胸が張り裂けてしまいそうになる。

　もう終わりだ。もう学校へは行けない。

　今日の１件で、香織と杏奈を敵に回してしまった。２人は絶対に許してくれないだろう。

　カスミちゃんだって、もうあたしを守ってくれる気などさらさらないだろう。

　いや、むしろカスミちゃんは最初からこうするつもりだったのかもしれない。

　カスミちゃんが、自分のプラスにならないことを自分から引き受けるはずはない。

　できるところまでお金を引っ張り、使えなくなったら切り捨てる。

　あたしはカスミちゃんにとって、そういう人間だったのだ。

　それなのにカスミちゃんを信じて、香織や杏奈との仲を取り持ってもらおうとするなんて、あたしは心底バカだ。大バカ者だ。

　それに……。愛奈の笑みが瞼に浮かんで、腸が煮えくり返りそうになる。

『佐知子、この間、謝ってきたもんね。わたしのことをイジメてごめんね、って。香織と杏奈に指示されて、わたしのことをイジメてたんでしょ？　そんな子たちと無理に友達でいる必要ないよ。それに、佐知子いつも言ってるでしょ？　香織はメイクが濃いとか、杏奈はＳＮＳの画像を加工しすぎて別人みたいって。だったらなおさら、嫌な人と嫌々友達でいる必要はないと思うの』

　あんな嘘までつくなんて信じられない。

「なんでよ……。なんであたしが……‼」

　そう叫びながら頭を抱える。

　でも、いつだったか、あたしも同じことをした。

『愛奈さ、前に香織と杏奈のことムカつくって言ってたよ？　2人には内緒ね、って言われたけど、そういうこと言うのあたしは許せなくて』

　愛奈はそんなこと一言も言っていない。あたしが作った話。

　香織と杏奈に、愛奈のことをあることないこと話を盛って悪く言い、2人が愛奈を嫌うように仕向けた。

　自業自得、身から出た錆、因果応報。

　そんな言葉がグルグルと頭の中を巡る。

　どうして、こんなことになってしまったんだろう。

　そうだ。マスクだ。あたしがマスクをしていないから。

　マスクをすれば、またみんなは、あたしのことを受け入れてくれるかもしれない。

　この顎さえ隠せれば、なんとかなるかもしれない。

「さ、佐知子……？　どうしたの？　学校で何かあった？」

　コンコンッと部屋のドアがノックされた。母が部屋の前に立ち、あたしを心配している姿が目に浮かぶ。

　渋々部屋の扉を開けると、案の定、曇った表情を浮かべた母が立っていた。

「別に。ねぇ、明日からずっとマスクをして登校したいから、学校に許可を取って」

「え？」

「マスク禁止になっちゃったの。だから、マスクをしなければいけない理由を保護者に書いてもらって提出しなくちゃいけないの。だからお願いね」

　禁止になってからも、先生が見ていないところではこっそりマスクをつけていた。

　でも、これからはずっとつけ続けていたい。親の一筆があればそれが可能だ。

「佐知子……」

　母は少しだけ困惑したようにあたしの名前を呼ぶと、ふぅと息を吐き出して決意を決めたように言った。

「それはできない。もうマスクは卒業しましょう」

「……は？」

「佐知子がどうしてマスクをしたいって言ってるのか、お母さんは理解しているつもりよ。でも、ずっとマスクをつけていても、佐知子のためにはならないと思うの。今日だって、マスクをつけずに登校できたじゃない。また、マスク生活に戻るのはやめましょう」

「な、何を言ってんの？　そんなの無理に決まってる!!」

　母の言葉に、体の奥底から怒りが湧いてきた。

「マスクをつけていると、あたしのためにならない？　何それ。何を言ってんの。じゃあ、どうしてこんな顔に産んだわけ？　あたしだってかわいい顔に生まれたかった！かわいければ、マスクをする必要なんてなかったんだから!!　あたしだって、好きでマスクつけてるわけじゃない。

それなのに、理解してるなんて言わないで！　あたしのこと、何もわかってないくせに!!　あたしが今まで、どんなに辛い思いをしてきたのか知らないくせに!!」

　怒りに任せて母を怒鳴りつけると、母は悲しそうに目に涙を浮かべた。

「佐知子、人間は容姿がすべてじゃないのよ。一番は心よ。誰かを思いやってあげられる優しい気持ちが一番大切なの。佐知子は昔から本当に優しい子だったもの。お父さんとお母さんの自慢の娘よ？　正直ね、お父さんもお母さんも、佐知子がどんな顔でも体でもいいの。ただ、元気に生きていてくれればそれでいい」

「お母さんたちはそう思うかもしれないけど、あたしはそうは思わない!!　あたしはマスクに救われたの!!　小学校の時のイジメも、この顔が原因だった。でも、マスクをつけて学校へ行ったらイジメは収まったの!!　マスクをつければすべてがいい方向に行くの!!　だから、あたしの言うとおりにしてよ!!」

「それはできないわ。それに──」

「なんでよ!!」

　あたしは怒りに任せて母の胸ぐらを掴むと、前後に揺する。

「だったらどうしてこんな顔に産んだのよ。どうして!?」

　細身で背の低い母は、なすがままの状態だった。

　お世辞にもきれいとは言えない容姿だけど、いつもニコニコと笑顔を絶やさない母のまわりには、つねに人が集

まっていた。

　友達からも近所の人からも先生からも、『いいお母さんだね』といつも褒められた。

　『でも、美人じゃないから』と、あたしはいつも反論していた。

「もっと美人に産んでくれれば、こんな人生は歩まずにすんだのに!!」

　そう叫んで母の胸ぐらから勢いよく手を離すと、母は受け身をとれずにその場に倒れ込んだ。

　その拍子に、チェストの角に頭をぶつける。

「あっ!」

　ゴンッという鈍い音のあと、うつぶせに倒れた母の頭の付近から真っ赤な鮮血が流れ出した。

「えっ、ちょ……お母さん……?」

　母の肩を恐る恐る揺らすと、母は「うっ……うぅ……」とわずかなうめき声を上げたあと、ゆっくりとした動作で起き上がった。

　よかった。生きてる……。

　こめかみのあたりが切れてしまったようだ。

「だ、大丈夫?」

「ええ」

　母はエプロンの中のタオルを取り出すと、出血している場所を押さえた。

　でも、そのタオルはすぐに血に染まる。

「きゅ、救急車、呼ぶ?」

　今まで母に何度となく暴力を振るった。でも、ここまで血が出たのは初めてだ。

　自分のしてしまったことの重大さに戦慄（せんりつ）する。

「ダメよ。そんなことしたら大事（おおごと）になってしまうから。お母さんなら大丈夫だから」

「でも、血が止まらないよ。今、止血方法を調べるから!!」

　慌てながらバッグの中に入れておいたスマホを取り出して、画面をタップする。

　その瞬間、浮かび上がってきた文字にあたしは愕然とした。

【愛奈：明日から楽しみだね】

　愛奈のメッセージのあとには、動画が添付（てんぷ）されていた。

　恐る恐るその動画ファイルをタップすると、そこには愛奈が隠し撮りしたと思われる杏奈や香織たちの姿が映っていた。

『ねぇ、明日からどうやって懲らしめる？』

『とりあえず、無視でしょ。つーか、みんな佐知子のことブロックしてよね！』

『ＳＮＳ荒す？』

『いいかも！』

　あたしの悪口で延々と盛り上がっている香織や杏奈。それに続くように、カスミちゃんの声がする。

『つーか、もう来ないでしょ。あの豚』

『あはははは！　豚とか、きつっ!!』

　ギャハハと不快な声を上げて大勢が笑っている。

　もうあたしの居場所はない。残ってなどいない。どうしてこんなことに。

　どうして……。

　だらりとおろした手のひらから、スマホが転がって床に落ちる。

「さ、佐知子。あなた……また……」

　母が今にも泣き出しそうな表情で、あたしを見つめた。

「またって何……？」

「またイジメ……られてるの？」

　母の顔から血の気が引いていく。

「何？　あたしがイジメられてたことなんて知らなかったくせに」

　もう、何もかもがどうだってよくなった。あたしは、もう終わりだ。

「大丈夫。お母さんがなんとかするから。佐知子のためならなんだってするから」

「口だけだったらなんとでも言えるもんね!?　だったら死んで!!　あたしのためなら、なんだってできるんでしょ!?」

　そんなつもり、さらさらなかった。ただ、怒りに任せてそんな言葉を口走ってしまっただけ。

　母が悲しそうな表情を浮かべた。そのことに苛立ったあたしは再び叫んだ。

「お母さんは知らないでしょ!?　あたしが小学校の時、なんて言ってイジメられていたのか。どうしてマスクをつけるようになったのか!　何も知らないくせに!!」

「——知ってるわ。佐知子が苦しんでいたことも全部知ってる。ごめんね、佐知子。お母さん、クラスの子たちの家に行って、佐知子のことをイジメないでくれって直談判に行ったの。……それでイジメがひどくなった？　お母さん、余計なことしちゃったかな」

　母の言葉に、あたしは言葉を失った。

「どういう……意味？」

「小学生の時、佐知子……クラスの子にイジメられてたでしょ？　この町は小さな町だから、親同士もみんな顔見知りなの。だからね、イジメている子たちのお母さんに、お願いしたの。うちの佐知子と仲良くしてほしいって」

「え……」

　まさか。母がそんなことをしていたなんて。

　そうだ……。思い起こせば、たしかに風邪をひいて休んだあと、イジメは突然ピタリとやんだ。

　マスクをつけていったことでイジメはなくなったと思っていたけど、本当はそうじゃないの？

　お母さんが裏で手を回してくれていた？

　だから、イジメは収まった？　マスクのせいなんかじゃなかった……？

「そんな……」

　今まで必死になってしてきたことが、根底から覆されたような気持ちになった。

　あたしはヘナヘナとその場に座り込んで、泣き崩れた。

「なんで……だったらなんで、もっと早く言ってくれなかっ

たの……？　あたし、無理して……マスクつけて……バカ
みたい‼」

　そう叫んだ時、母の様子がおかしいことに気づいた。

　体をわずかに痙攣させ、視界が定まらない母。

「お、お母さん……？」

　こめかみを押さえていた母の手が、だらりと床に投げ出
される。

「さ、ちこ……」

　そしてあたしの名前を呟くと、母はそのまま床に崩れ落
ちた。

　顔面蒼白で、こめかみ付近から溢れ出た血が床にじわり
と広がる。

　それだけではない。よく見れば後頭部からも出血してい
る。サラサラしているものではなく、ドロドロとケチャッ
プを垂らしたような真っ赤な鮮血に、あたしは呆然とした。

「お、お母さん。お母さん……⁉」

　体を揺らしても母の反応はない。

「嘘。嘘でしょ……いや、嫌……いやぁぁあーーー‼」

　慌ててスマホを手に取り、救急車を呼ぶために画面を
タップする。

　その時、画面に表示されたのは愛奈からのメッセージ
だった。

【愛奈：動画見た？　どう？　今の気分は。まさに因果応
報だね】

【愛奈：イジメ返されて悔しかった？　残念だったね、

今度は佐知子の番だよ】

「ハァハァハァ……。何よ、アイツ。なんなのよ!!」

　一瞬でカッとなり、あたしはスマホを床に叩きつけた。

　画面が割れ、ボロボロになったスマホをかかとで何度も踏んづける。

「死ね、死ね、死ね、死ね、死ね、死ね」

　念仏のようにそう繰り返す。足元には、割れたスマホと意識のない母が倒れている。

　あまりにも非日常のことに頭が混乱して、何をすべきなのかわからない。

　ただ、体の内側からどうしようもない感情が溢れてきて、あたしは叫んだ。

「ど、どうしよう。きゅ、救急車——!!」

　ハッと我に返ったものの、足元のスマホは粉々だ。

　あたしは慌てて部屋を飛び出し、母のスマホを探す。

　でも、母のスマホはどこにもない。

　固定電話も去年、勧誘の電話しかかかってこないことを理由に撤去してしまっていた。

「なんで!?」

　パニックだった。物事を正しく考えることができない。

　とにかく一刻も早く救急車を呼ばなくてはいけないと思えば思うほど、次の行動がとれない。

「そ、そうだ。隣の家のおばさんに呼んでもらおう——」

　隣の家まで少し距離はあるものの、走ればすぐにつく。

　あたしは玄関の靴を履くことすら忘れ、そのまま家を飛

び出した。

「えっ……」

　すると、目の前に見覚えのある顔があった。

　神宮寺エマだ。

　エマちゃんはあたしの様子に気づき、首をかしげた。

「どうしたの？」

「お願い！　助けて——!!　お、お母さんが——!!」

　藁にもすがる思いで叫ぶ。

「お母さん？」

「あ、あ、頭を打って、それで血が出て……救急車を——!!」

「わかった。今、呼ぶから」

　エマちゃんはそう言うと、すぐに救急車の手配をしてくれた。

「お母さん——!!」

　部屋に入ると、母は先ほどと同じ場所に力なく倒れていた。

　あたしが体を揺すると、エマちゃんがそれを制止する。

「頭を打ったんでしょ？　揺らしたらダメ。ちょっとどいて。止血しないと。きれいなタオルを持ってきて」

　エマちゃんは動揺することなく、あたしに指示を出す。

「救急車まだかな……。どうしよう、お母さんが……」

　さっきから、時計を何度も見てしまった。

「救急車の到着まで、しばらくかかるって言ってたわ。ここは山の中だし、仕方がないね。でも呼吸も安定している

し、きっと大丈夫よ。ほらっ、出血も止まってきたし」

　エマちゃんの言葉に、ホッと胸を撫でおろす。

　エマちゃんがいてくれてよかった。混乱してパニックのあたしが、ここまで落ちつけたのも彼女のおかげだ。

「エマちゃん、ありがとう。あたしのために」

　そう言うと、エマちゃんはゆっくりとこっちを向いた。

　その表情は、恐ろしく冷たかった。

「勘違いしないで。これは、あなたのためじゃない。あなたのお母さんのためにしただけだから」

「え……？」

「あなた、小学校の時にイジメられてたんでしょ？　その痛みを知っていながら、今度は愛奈ちゃんをイジメた。そんな人間を助けるはずがないでしょ」

「な、なんでそれを……」

　どうして転校してきたばかりの彼女が、あたしの過去を知っているんだろう。

「あなたのことなら全部知ってるの。調べたから」

「どうして？　いったい、なんのために？」

「イジメ返しのため。やられたらやり返す。イジメられた分の倍……ううん、百倍にして返してあげる」

　エマちゃんはそう言うと、にこりと天使のような笑みを浮かべた。

　そして、あたしの首に手を伸ばすと……。

「ひいっ!!」

　エマちゃんは馬乗りになって、あたしの首を両手でギリ

ギリと絞めはじめた。

「地獄に落ちて、一生後悔すればいい。イジメという行為によって、どれだけ相手を傷つけて苦しめたか。イジメはイジメられた人間を殺し、心をズタズタに切り裂く行為よ」

「ご、ごめんなさい……」

　あまりの苦しみに手足をバタバタと動かしたものの、エマちゃんは微動だにしない。

　細い体のどこにそんな力があるのかと不思議になるぐらいの力で、あたしの首を絞め続ける。

「ごめん、ですんだら警察なんていらないの。でも、ちゃんと反省しているなら、これぐらいで許してあげる」

　かすかに、遠くのほうから救急車のサイレン音がした。

　それに気づいたエマちゃんは、そっとあたしの首から手を離した。

「ゴホッゴホッ!!」

　一気に肺に酸素が送られ、思わず咳き込む。

　あまりの苦しさに、目には涙が浮かんだ。

　どうしてあたしが!!　湧き上がってくる感情を抑えることはできなかった。

「た、たしかに、あたしは愛奈をイジメたかもしれない!!でも、イジメてたのはあたしだけじゃない。香織だって杏奈だって、一緒になって愛奈をイジメた!!　それに、カスミちゃんや志穂ちゃんはどうなの!?　あの子たちのほうが、よっぽど前から愛奈をイジメてた!!　イジメ返しするなら、2人にするべきじゃないの!?　どうしてあたしが、

こんなことをされなくちゃいけないの!?　どうしてあたし
が、こんな目に……!!」

　そう叫ぶと、エマちゃんは無表情のまま、あたしをジッ
と見つめた。

「あなた、なんにも反省してないのね。イジメという行為
を軽く考えているから、そういう言葉が出てくるの。自分
のしたことを棚に上げて正当化しているの。何もかも全部
人のせいにする、自己中心的で浅ましい人間。やっぱり許
すことなんてできない。今、ここであなたを許したら、あ
なたは、また懲りずに同じことを繰り返すわ」

「な、なんなの偉そうに!!」

　救急車の音がどんどん近づき、やがて玄関の前についた。

「もう帰ってよ!!　アンタに声をかけたあたしがバカだっ
た!!」

　あたしが叫んだと同時に、エマちゃんはポケットから取
り出したスマホを顔の前で掲げた。

「さっきの会話、全部録音してあるの。あれ、カスミちゃ
んたちに明日聞いてもらうから」

「え?」

「それと、これ、今朝ＳＮＳにアップされたものなんだけ
どね、結構バズッてるの。知ってる?」

　エマちゃんはそう言うと、何かの動画をあたしに見せた。

　人のまばらなホームで、中年の男が逃げている様子が映
し出されている。

『痴漢です!!　誰か捕まえて!!』

　女性の絶叫とともに、駅にいた数人の男性が中年男を取り押さえる。

『ち、違う！　俺はしていない!!』

『嘘よ！　あなたがあの子のお尻を触ったの見たんだから!!』

　目撃者の女性に怒鳴りつけられて、顔を青ざめさせる中年男。

　まわりの乗客に肩を抱かれて、うつむきながら泣いている様子の女子高生。

『さ、触ったんじゃなくて触れてしまっただけだ!!』

『言い訳するんじゃない!!』

『た、たまたま指先に触れただけだ！　どうして俺が、こんな目に遭わないといけないんだ。俺は悪くない!!』

　絶叫して暴れる中年男の顔が、アップで映し出される。

　まん丸の顔の中にある一重の細い目、それに大きくて団子のような鼻、しゃくれて長くて太い顎。

『佐知子ちゃんは、お父さんにそっくりね』

　数えきれないほどそう言われた。あたしにそっくりな父が、画面の中で唾を飛ばしながら、惨めな言い訳を繰り返していた。

「何これ……」

「何って、あなたのお父さんじゃないの？　やっぱり親子ね。自己保身に走って素直に謝らないところもそっくり。痴漢をする旦那とイジメっ子の娘を持ったお母さんが、不憫すぎるわ」

　エマちゃんの声にガタガタと体が震える。

　そうしている間にも動画の再生回数は増え続け、否定的なコメントが続く。

　まさか父が痴漢なんて……。そんなの信じられない。

　もしかしたら、あれは作り物かもしれない。

　エマちゃんが、あたしをビビらせるために作ったフェイク動画。

　そうだ。きっとそうに違いない。

　その時、玄関のチャイムが鳴った。

　救急隊員がやってきたに違いない。

「は、はい！　今行きます!!」

　エマちゃんを部屋に残して階段を駆けおりる。

　この状況を救急隊に聞かれたら、なんて答えようか。

　母を突き飛ばしてこうなったと言えば体裁が悪い。そうだ、母が転んだことにしよう。

　転んで頭を切り、意識を失った。

「こっちです。こっちにいます！」

　救急隊員を部屋に招き入れると、母が意識を取り戻して目を開けていた。

　その傍らで、エマちゃんが母の手を握っていた。

「どいて!!」

　彼女を突き飛ばして母の手を握る。

「お母さん、大丈夫？　突然転ぶからビックリしたよ！」

　あたしの言葉に母は驚いたように目を見開いたあと、瞼を閉じた。

　母の目尻から一筋の涙が零れた。

　よかった、と心の底からホッとする。母は今のあたしの言葉を理解してくれたはずだ。

　母はどんな時だって、あたしを守ってくれると言っていた。

「大丈夫ですか？　僕の手を握れますか？」

　救急隊員の言葉に、母が目を開ける。

「この部屋で転んだと娘さんに聞いています。今から病院へ向かいます。よろしいですね？」

　救急隊員の言葉に、母は「違います……」と消え入りそうなほど小さな声で言った。

「え？」

「娘に暴力を振るわれました」

「えっ、娘さんに……？」

「ずっと……暴力を……」

　救急隊員が眉間にシワを寄せて、あたしをいぶかしげに見つめる。

　でも、すぐに母のほうに向き直った。

「話は、あとでゆっくりうかがいます。まずは、病院に行きましょう」

「はい……」

　そう答えた母に、あたしはあっけにとられた。

「な、何を言ってんの……？　あたしがそんなことするはずないじゃん！　頭を打って頭おかしくなっちゃった？ねぇ、ってば！　お母さん！」

　そう叫ぶと、母は悲しそうに言った。

「佐知子が悪いことをしたら、悪いって言えるのはお母さんしかいないから……。今まで甘やかしすぎたの。お母さんが間違ってた」

　ボロボロと涙を流す母を、呆然と見つめる。

　そんな……。あたし、これからどうなっちゃうの？

　お父さんが痴漢で逮捕されて、母への暴力を病院から警察に通報されたら、あたしは児童相談所に通告されるの？

「自業自得ね」

「そ、そんな……」

「まぁせいぜい頑張ってね」

　エマちゃんは絶望の淵に立たされたあたしの耳元に唇を寄せてそっと小声で囁くと、あたしの目を真っすぐ見つめて、天使のようにきれいな顔で微笑んだ。

喜びと加速

　佐知子が学校に来なくなってから1週間がたった。

　クラス中、いや、この町の大人たちの間にもSNSで拡散されたことにより、佐知子の父親の醜態は知れ渡ることになった。

　痴漢行為を繰り返している中年男性がいるとの情報が警察にあり、内偵捜査をしていたところに、まんまと現れた佐知子の父親が痴漢行為に及び、現行犯逮捕された。

　そして、佐知子は母親への暴力を理由に児童相談所に一時的に保護されたと噂になっていた。

　2、3日は大騒ぎになっていたクラスも、1週間もたてば佐知子のことなど誰も口にしなくなり、何事もなかったかのように日常へ戻った。

　佐知子がいなくなると、香織と杏奈はわたしをイジメることはなくなった。

　もともとファッションや恋バナの大好きだった2人は、佐知子がいなくなり、清々したかのように毎日楽しそうにSNSや雑誌を読み漁り、おしゃれに勤しんでいる。

　必死になってあの2人に媚びを売り、一緒に行動しようとしていた佐知子の存在は、2人にとってその程度だったのだろう。

「どう？　佐知子ちゃんへのイジメ返しに成功した気分は」

　放課後、誰もいない教室の中でぼんやりと佐知子のいた席を眺めていると、急に声をかけられた。

「エマちゃん……！　ホントにいろいろありがとう！　まさか本当にイジメ返しに成功するなんて思ってもなかったよ」

　教室に入ってきたエマちゃんは、わたしの前の席に腰かけてにっこりと笑った。

「佐知子ちゃんも、これで反省してくれるといいけど」

「どうだろう。正直、佐知子のことはもうどうだっていいの。次は志穂ちゃんでしょ？　志穂ちゃんには、どうやってやり返す？」

　イジメ返しなど成功するはずがないと思っていたからこそ、佐知子へのイジメ返しが成功したことで、それが弾みになった。

　もしかしたら、次のイジメ返しも成功するかもしれない。

　いや、必ず成功させて見せるという気持ちになる。

「なんだか愛奈ちゃん、楽しそう。気持ちが前向きになったの？」

「うん。だって、クラスでわたしの悪口を言う人がいなくなったんだもん！　佐知子がいなくなって、学校生活がすごく楽になったの！」

「そっか。よかったね」

「でもさ、佐知子のお父さんが痴漢していたのも、佐知子がお母さんに暴力を振るってたのも、どうしてエマちゃんは知ってたの？」

「うん。いろいろ調べるツテがあるの」

「そっか。すごいね。でも、まさか佐知子のお母さんが自分から娘の暴力を告発するなんてね」

　エマちゃんに、だいたいの流れは聞いていた。

　佐知子が早退したことを知り、エマちゃんも早退して佐知子の家を見に行くと、佐知子が血相を変えて家から飛び出してきたらしい。

　佐知子のお母さんは、家の中で血を流して倒れていた。

　救急車を呼び、家に救急隊がやってきたタイミングで、佐知子のお母さんが目を覚ました。

「エマがお母さんに言ったの。佐知子ちゃんが学校でイジメをしているって。お母さんだけでなく、クラスメイトにも暴力を振るっているって話した」

「そうなんだ……」

「佐知子ちゃんを思うなら、正直に話したほうがいい。それが佐知子ちゃんのためになるからって、娘の家庭内暴力を話すように促したの」

「さすがエマちゃん！　すごいよ！」

　心底そう思った。エマちゃんはすごい。人の気持ちを逆手に取ることに長けている。

「……悪いことをした人間には必ず罰が下るの」

　そう言って微笑んだエマちゃん。その笑みは、すぐに消えて真剣な表情になった。

「次は誰？　志穂ちゃん？」

「そうだね。カスミちゃんは最後にしたい」

「じゃあ、志穂ちゃんにしようか。あの子、いろいろやらかしてるみたいだから、いつかは勝手に自爆してくれそうだけどね」

「そうなの？」

「うん。でも、ちゃんとやり返そうね」

「うん！」

　わたしは、エマちゃんの言葉に大きく頷いた。

　心が躍るというのは、こういう時に使うのだろうか。

　イジメ返しをすることで平穏に学校に通えればいいと思っていたはずなのに、今は、どうやったら、わたしが受けた苦痛を相手にも味わわせられるのかばかり考えてしまっている。

　苦しめたい、と切実に思う。

　わたしが受けた屈辱を必ず……。

　わたしは、志穂ちゃんの席をジッと見つめながら決意を固めた。

2人目

【志穂side】

「ね、ね、カスミ。この人、咲人っていうんだけどさ。ヤバくない？　イケメンでしょ？」

　あたしはスマホ画面の中で笑顔を浮かべる彼を、誇らしく思いながらカスミに見せつけた。

「それ誰？　アンタの彼氏？」

「ん〜、まだそこまではいってないけど、そのうちそうなるかも。紅蘭と華の友達なんだって。紹介してもらう予定なんだ」

「ふぅん。顔はそこそこだけど加工してんじゃん。実際は、こんなキラキラした目なんかしてないでしょ。全身の写真ないの？」

「全身のはないけど……」

「じゃあ、チビ確定じゃん」

　鼻で笑うカスミに、顔面の筋肉がぴくぴくと引きつる。

　あたしは、「クソ女！」と心の中で吐き捨てた。

　最近、ＳＮＳを通じて隣町に住むあるグループと知り合った。

　年も同い年で互いの趣味もあったグループ内の女子・紅蘭とリアルでも連絡を取り合うようになり、先月、紅蘭の親友の華と３人で会うことになった。

　２人は、おしゃれでかわいくて明るくて面白くて、とに

かく眩（まぶ）しい存在だった。

　２人の住む町はあたしの住む町に比べて人口も多く、たくさんの店が立ち並んでいる。

　あたりを山に囲まれてなどいない。

　刺激的（しげきてき）な２人に触発（しょくはつ）され、田舎者な自分が急に恥ずかしくなった。

　でも、２人は『そんな変わんないって。志穂もかわいい』と優しく微笑んでくれた。

　うれしかった。この閉鎖的な町から抜け出すことで、こんなにきらびやかな人間と会えるなんて。

　まるで自分まで特別な人間になったような、優越感に浸ることができた。

「アンタって男いないと何もできないよね」

　カスミがバカにしたように言う。

「別にそんなことないよ」

　さらりとそう言ったものの、腸は煮えくり返っていた。

　カスミは昔からずっとこうだ。すべて自分の意見が正しいのだ。

　人の話に耳を傾けようとしない。

　史上最強の自己中なワガママクソ女。

「カスミも男とか作ったら？」

「今は男なんていらない。アンタみたいに男に媚び売るなんて、まっぴらごめんだし」

　カスミは吐き捨てるように言うと、興味なさげに再びスマホをいじりはじめた。

　小学校の時、カスミが転校してくる少し前から、あたしはクラスの中でほんの少しだけ浮いていた。

　『志穂ちゃんってぶりっこだよね』『男好き』『色目つかってる』と、クラスの女子があたしの悪口を言っていた。

　幼稚園の時に初恋をしてから、あたしはこれまで数多くの男を好きになってきた。

　顔がカッコいいとか、勉強ができるとか、足が速いとか、理由はさまざまだったけれど、少し優しくされると、すぐにその人のことを好きになってしまった。

　理由はわからない。でも、恋をしている時のキラキラとしていてドキドキする毎日が、あたしにとっては何よりも幸せだった。

　でも、そのせいで一部の女子からは非難され、イジメとまではいかないにしても、クラスにいづらい雰囲気になってしまっていた。

　そんなある日、あたしのペンケースに、自分のものではない鉛筆や消しゴムが入っていることに気がついた。もちろん、誰かのものを盗んではいない。

　でも、それをクラスの女子にとがめられ、あたしは『泥棒』や『人の物を盗む』というレッテルを貼られた。

　クラス中から浮き、非難され、罵倒されているあたしの前に現れたのが転校してきたカスミだった。

　あの日の衝撃は、いまだに覚えている。このあたりには絶対にいないタイプの子供だったから。

　髪を染め、小学生ながら流行の派手なブランドの洋服を

着ている目つきの鋭いカスミ。

この子と一緒にいることが自分のメリットになると、あたしは瞬時に判断した。

そして、その目論見は正しかった。

カスミはすぐにクラス中、ううん、学年中を牛耳るようになったし、カスミに反論する者もいなくなった。

カスミと一緒にいることであたしはすぐにスクールカーストの頂点に立ち、あたしのことを『男好き』と悪口を言う人間もいなくなった。

でも、その分たくさんの苦労と犠牲と代償を払ってきた。

女王様気質で自己中でワガママで常識が通用せず、人の気持ちを一切考えず、すぐに感情的になるカスミと一緒にいることは、苦痛の連続だった。

それでも耐えることができたのは、あと数年という思いがあったから。

高校を卒業したら、すぐにこの町を出て上京するつもりだ。

夜の仕事につき、1人暮らしをする。

いい相手が見つかれば、一緒に暮らすのも楽しいかもしれない。

東京には、きっとあたしが今まで出会ったこともないようなイケメンと出会う機会もあるだろう。

山しかないこの町から出て、きらびやかな世界にあたしは羽ばたくのだ。

毎晩、美容院でセットされたヘアスタイルで店に出勤し、

スパンコールのついたロングドレスに身を包み、お酒を注ぎながら満面の笑みで客を迎え入れる。

枕営業を嫌がる女の子は多いけど、あたしはむしろ買って出るぐらいの気持ちでいる。

男は好きだ。優しくしてくれて、お金まで落としてくれる男ならばなおさらのこと。

きっと夜の仕事は、あたしの天職になる。ナンバー１にならなくてもいい。

女の世界だし、蹴落としたり蹴落とされたりすることはあるはずだ。

でも、カスミにメンタルを鍛えられたあたしは、きっとそこそこうまくやれるだろう。

カスミとは高校を卒業したら、おさらばするつもりだ。連絡を取り合うことも一切なくなるだろう。

別にそれでも構わないと思った。カスミとは長い時間一緒にいたけれど、心を許したことなど一度もない。

あの女は信用ならない。

人を人とも思わない極悪非道な行為をして楽しむ、最悪な人間だ。

あの子に目をつけられてしまえば最後、心も体も痛めつけられてボロボロにされる。

同級生で何人、カスミにやられた子がいただろう。

引っ越してしまった子、心を病んで引きこもりになった子、自殺未遂を繰り返しているという子。

どの子も、カスミに何かをしたわけではない。でも、

248

ちょっとでも気に障るようなことをすれば、カスミは許さない。

イジメ……ううん、そんな言葉では表せない。それだけの行為をカスミは平然とした顔でする。

恐怖を覚えるものの、カスミから離れようとすれば今度は自分がどんな目に遭うかわからない。

あたしはなんとしてでも、高校を卒業するまでカスミという人間にしがみついて生きようと決めていた。

「あーあ。佐知子っていう金ヅルがいなくなっちゃったから最悪」

昼休みになり、屋上でカスミが購買のパンを頬張りながら眉間にシワを寄せた。

「佐知子、今どうしてるんだろうね」

「さぁ？　バカだよね、アイツ。つーか、そもそもなんで香織と杏奈と揉めたわけ？」

「うちが聞いた話だと、隣のクラスのマスク事件が発端らしいよ」

隣のクラスの全員で写真撮影をするという神宮寺エマの提案で、黒マスクをつけてきたことが教師の耳に入ったことで問題となり、校風を損ねないようにマスク着用が禁止になった。

詳しく話すと、カスミは「へぇ」と呟いた。

「神宮寺エマって……前に、あたしに楯突いてきた女？」

「そうそう。ちょっと前に転校してきた美少女」

「そんなにかわいい？」

「え、かわいいでしょ。性格はわかんないけど、少なくとも容姿はパーフェクトじゃん。家も金持ちらしいし。なんで、こんな田舎町に引っ越してきたんだろうね」

　以前は、東京の一等地に住んでいたという噂を聞いたことがある。

　神宮寺エマは、順風満帆な人生を約束された特別な人間だ。

「アイツ、気に入らないんだよねぇ。しかもさ、最近は愛奈とつるんでるの。アンタ、知ってた？」

「あー、たしかにそうかも。最近、愛奈ってば真紀と一緒にいるところを見ないよね。ていうか、真紀、最近は学校に来ないじゃん。愛奈となんか揉めたのかな？」

「さぁ　つーか、愛奈の奴、エマっていう仲間ができたと思って調子に乗ってるし。アイツ、マジウザい」

　カスミはそう言うと、パンの袋をポンッと地面に放り投げた。

　そして、再び口を開く。

「エマっていう力の強い人間に媚びて、自分まで強くなったとか勘違いするなんてバカみたい。あっ、それ、アンタもか」

「へ……？」

　カスミの言葉に、あたしは顔を歪めた。

「アンタも愛奈と一緒じゃん。あたしの金魚のフンだし？あたしなしだと、なーんにもできないじゃん」

　カスミの言葉に、体中の血という血が一気に頭に上っていくのを感じた。

「な、何それ。うちは別にカスミの金魚のフンじゃ──」

「あっそ。じゃあ、愛奈のこといたぶってよ」

「……な、なんでそうなるの？」

「アンタって昔から弱虫だから。あたしがいないと、なーんにもできないくせに。今だって男にしがみつくことばっかり考えてるし。だから、あたしがその根性鍛え直してあげるって言ってんの」

　どうして、こうも上から目線であれこれ指示を出せるのか不思議で仕方がない。

「べ、別に、うちだってやろうと思えばできるけどさ」

　バカにされて正直頭にきた。

　売り言葉に買い言葉だった。カスミがいなくたって大丈夫だと証明してみせたかった。

「そう。じゃあ、見せてよ。アンタが強いってところ」

　そう言って、カスミはニヤリと笑った。

　昼休み、あたしは愛奈を屋上に呼び出した。

「な、何か用……？」

　危険を察してか、明らかに身を固くする愛奈のことをあたしは見おろした。

　愛奈には申し訳ないけれど、ここは犠牲になってもらうしかない。

　自分と愛奈を天秤にかけたら、どうやったって、あたし

は自分を取るだろう。

　誰だってそう。自分が一番かわいいのだ。

「別にアンタに対してどうこう思ってるわけじゃないけど、カスミがやれって言うから。まっ、許してよ」

　あたしはそう言うと、愛奈の顔を平手打ちした。

　パチンっという乾いた音。頬を押さえながら愛奈が驚いたようにあたしを見つめる。

「そんな目しないでって。うちも、やりたくてやってるわけじゃないんだからさ」

「やりたくてやってるわけじゃない……？　だったら、やらなければいいんじゃないの？」

「え？」

　愛奈の言葉に目が点になる。昔から愛奈のことはよく知っていた。

　自分の意見はどんな時だってグッとのみ込んで、言いたいことの1つも言わない子だった。

「カスミちゃんに従わなければいいのに」

「えっ、何。愛奈ってば、どうしちゃったの？」

　突然の愛奈の変貌（へんぼう）ぶりに笑いが込み上げてきて、堪えきれず、言葉を続ける。

「何、キャラ変？　ちょっとやめてよ。そういうの愛奈らしくないって」

「わたしらしいって何？　ずっと言いたいこと我慢して抑え込んで、好きなようにやられる子？　カスミちゃんや志穂ちゃんたちにイジメられても、ずっと黙ってるのがわた

しらしいってこと？　バカにしないで！」

　血走った目であたしを睨みつける愛奈に、思わず後ずさる。

「そういうことじゃないけどさ」

「志穂ちゃんって本当にズルいよね。昔からそう。自分は悪くないって顔して、カスミちゃんがわたしをイジメても知らんぷりしてさ。直接的に危害を加えなくても、イジメ行為をそばで見ていながら何も言わないなら、志穂ちゃんも同罪だよ」

「は……？」

「わたし、もう我慢するのはやめたの。わたしは、あなたたちにたくさんのものを奪われた。だから今度は、わたしが奪う番。アンタたちの好きなようにはさせない。やり返してやる」

　ジリジリと間合いを詰めてくる愛奈に、顔が強張っていくのがわかった。

　こんな愛奈、見たことない。本当に人が変わってしまったみたいだ。

「で、できるわけないじゃん！　やり返すことなんて絶対に無理！」

「無理じゃない。佐知子のことだって成功したから」

「佐知子？」

「そう。佐知子がどうなったか、志穂ちゃんだって知ってるでしょ？　あんなに素敵なお母さんを傷つけたこと、一生後悔しても後悔しきれないかもしれないね」

　愛奈は、クックと楽しそうに喉を鳴らして笑う。

　その笑みにゾッとする。以前はオドオドしていたのにまるで人が変わってしまったように今は堂々としている。

「佐知子はわたしをイジメた。だから、やり返された。それもこれも、因果応報なの。やったらいつかはやり返される。だから、志穂ちゃんも気をつけたほうがいいよ？」

「うちにやり返そうって言うの……!?　うちはアンタに何かしたわけじゃないじゃん！　たしかに、佐知子とカスミはアンタのことイジメてたよ!?　でも、うちは違うし!!」

　だって、あたしは直接的に愛奈を苦しめたり痛めつけたりしていない。

　たしかにカスミが何をしようと黙っていたけど、それと愛奈へのイジメを一緒にしないでほしい。

「そう。それは認識の違いっていうもの。まっ、わたしは志穂ちゃんもイジメの加害者だと思っているから、必ず仕返ししてやる。イジメ返された時、今までの自分の行いを後悔したらいい」

　愛奈はそう言うと、にっこりと笑った。

　そして唐突に、あたしの頬に右手の拳を叩き込んだ。

　顎にヒットした愛奈の拳。鈍い痛みのあと、唇から顎にかけてじんわりと温かくなった。

　指で拭う。真っ赤な血が指先にべったりと張りついている。

「あ、アンタ……!　よくも……」

「イジメっ子が、ずーっとイジメっ子でいると思わないで

ね？　どう？　立場が逆転して何か感じる？」

「っ……！」

　唇からの血が止まらない。なんの受け身も取れずに殴られたせいで、脳が揺れたのか頭がくらくらする。

　すると、今度は腰に痛みを覚えた。

　蹴られた……？　まさか、あたしが？　愛奈に？

　はずみで地面に尻もちをつくあたしを見おろすと、愛奈は何度も何度も、あたしのわき腹に蹴りを入れて踏みつけた。

「いたっ!!　や、やめてって!!　こ、こんなのズルい!!」

　ひどいめまいがする。無抵抗のあたしの体を愛奈は容赦なく蹴り飛ばす。

「無抵抗のわたしを、いたぶったのは誰？」

「だから、それはカスミが──」

「志穂ちゃんには何を言ってもムダだね。『だから』とか『でも』とか……ぜーんぜん反省していないんだから。だったら、ずっとカスミちゃんの犬でいればいい。でも、カスミちゃんは飼い犬も蹴り飛ばすってこと、覚えておいたほうがいいよ？」

　愛奈はそう言うと、あたしを残して屋上から出ていった。

　何、これ。なんなの……？

　まさか立場が逆転するなんて……。衝撃を受けると同時に猛烈なイライラが込み上げてきた。

　どうして、こんなことをされないといけないの？　悪いのはカスミなのに。それなのに──。

「愛奈……絶対に許さない」

　もっともっともっと……カスミに愛奈をいたぶってもら
おう。

　あたしは屋上の地面に座り込みながら、痛いぐらいに唇
を噛みしめた。

「アンタ、それどうしたの？」

「な、何が？」

「唇切れてんじゃん」

「あぁ、これ。ちょっと乾燥しちゃってさ。リップちゃん
と塗らないとダメだね」

「ふぅーん。乾燥……ねぇ……。で、愛奈のことはやった
の？」

　教室に戻ると、カスミはあたしの顔をジッと見つめた。
必死にトイレで口紅やグロスを塗りたくって誤魔化そうと
したものの、カスミの目は誤魔化せなかったようだ。

「まぁね。引っぱたいたら泣いてたよ」

　話を大きくして虚勢を張ると、カスミは目を細めた。

「アイツ、意外と元気そうにしてるけどね？」

「そ、そんなことないって」

「まぁいいけどさ」

　カスミが信じてくれたことにホッとして、あたしは話し
出す。

「でもさ、愛奈ってムカつくね。今度はカスミもアイツの
こと痛めつけてよ」

「何よ急に」

「別に〜。なんか気に食わないなぁって」

「アンタが急にそんなこと言い出すなんて、ね」

　カスミが、あたしをジッと見つめる。

　あたしはカスミに心の中を悟られないよう、できるだけ平静を装って笑顔を浮かべた。

「マズいなぁ」

　カスミは、きっと気づいてしまっただろう。

　あたしが愛奈を屋上へ呼び出したものの、たいして痛めつけることができなかったと。

　むしろ、やり返されたことに——。

　放課後になりカスミと別れると、あたしは紅蘭と華と遊ぶためにバスに乗って隣町に向かった。

　2人に会う前に、1人で近くのテナントショップのトイレに寄ってメイクを直す。

『咲人も呼ぶから。うまくやんなよ！』

　紅蘭と華の共通の友人である咲人も、あとから合流することになっていた。

　カスミの言うとおり、少しだけ背は小さいけど顔はなかなかいい。

　何より咲人とうまくいけば、紅蘭と華との関係もさらに深くなるだろう。

　わざわざ、カスミに依存することもなくなる。

『あたしね、小学校の時からカスミって子に奴隷みたいに

扱われてるの。ひどくない？』

　紅蘭と華に話すと、２人は目を見合わせて『マジで？　志穂ってば、かわいそう。なんかあったら相談に乗るよ』と優しく励ましてくれた。

　紅蘭と華がいれば、もうカスミは用なしだ。

　あんな小さな田舎の学校の中でしか威張れないカスミと、この町一帯に顔がきく紅蘭と華とを天秤にかけたら、すぐに答えは出る。

　メイクを直しを終えて、咲人を必ず落とすと決意を固めてからトイレを出る。

　その時、見覚えのある顔に思わず足を止めた。

「あっ……」

「あれ。あなた、愛奈ちゃんのクラスの子だよね？」

　そこにいたのは神宮寺エマだった。でも、あたしの視線は、にこりと微笑む彼女の隣にいた男に向けられていた。

　身長は180センチほどあるだろうか。細身でスラリとした体形。手足が長くて顔が小さい。そして何より、誰もが口を揃えて『イケメン』と言うであろう容姿をしていた。

　ベージュアッシュの髪色は、あたしの理想そのままだった。

　彼の瞳が、あたしをとらえて離さない。そして、あたしも彼から目が離せなかった。

「志穂ちゃん、だっけ？」

「あ、うん」

　エマに顔を覗き込まれて、ようやく我に返る。

　心臓がドクンドクンッと激しく震えて、立っているのも
やっとだ。

　急激に顔が赤みを帯びていく。こんな状態になるのは生
まれて初めてだ。

　こんなふうに一瞬で恋に落ちるなんてことが、あたしの
身に起こるなんて。

　たしかに昔から惚れっぽいし、恋多き女だとは自負して
いる。でも、こんなふうに、妥協抜きにして誰かのこと
を好きになったのは初めてだ。

　体中の細胞という細胞が彼を欲していた。

「エマちゃんの彼氏……？」

　聞きたいのはそれだけだった。この男とエマが付き合っ
ているのかどうかが知りたくて仕方がなかった。

「龍くん？　あぁ、違うよ。エマのお友達」

「友達……？」

　そう言いながら彼を見ると、彼は切れ長の瞳をわずかに
細めて小さく頭を下げた。

　その仕草にすら胸がときめき、鼓動が速まる。ヤバい。
超カッコいい。

「龍くん、カッコいいでしょ？　今、彼女募集中なんだっ
て」

「えっ、そうなの？」

　天にも昇りそうなほどの気持ちになりながら聞き返す。

「うん。あっ、ねぇ、志穂ちゃんって今日何か予定ある？
エマ、これからちょっと用事があって龍くんとバイバイし

なくちゃいけないから、2人で遊んだら？」

「2人で遊ぶ……？」

　あたしと、彼……龍くんと、2人っきりで？

　今すぐに首を縦に振りたいのをグッとこらえて、彼に視線を向ける。

　すると、彼は眩しいほどの笑みを浮かべた。

「志穂ちゃんが暇なら遊ばない？　正直、志穂ちゃんのことタイプなんだよね」

　う、嘘でしょ……？　まさかそんな……。

　くらっとして倒れそうになる。あたしがタイプ……？だからさっき、あんなに熱視線を送ってきたの？

「ちょっと、龍くんってばストレートすぎ。志穂ちゃんはどう？」

「あ、あたしも暇だったから。遊びたい」

「そっか。じゃあ、決まり。エマはもう行くね！　あとは2人で仲良くしてね」

　エマはそう言うと、龍くんに一度視線を向けてにっこりと微笑むと、そのまま背中を向けて走り出した。

「じゃ、俺らも行こうか」

「う、うん」

　彼は自然な動きで、あたしの手を握った。

　そのスマートな動きにすら、あたしは胸をときめかせてしまっていた。

「志穂、かわいいよ」

　きっとこれが阿吽の呼吸というやつだ。

　あたしと龍くんの足は、どちらが言い出したわけでもないのにホテルへ向かっていた。

　ベッドに寝転んだ時、バッグの中に入れていたスマホが鳴り続けていることに気がついた。

　きっと紅蘭や華だろう。そういえば咲人を紹介してもらうことになっていた。でも、今はそんなことどうだってよかった。

　目の前には今まで交わったことがないほど、きれいな顔の龍くんがいる。龍くんの腕に抱かれながら幸せを噛みしめる。こんな幸せがあるなんて。

　エマはすごい。やっぱり美人にはイケメンの友達ができるんだろうか。

　彼のようなイケメンを、あたしにパスしてくれたことさえ奇跡だ。

　あたしがエマだったら、彼のことを紹介などしないだろう。

　紅蘭や華が紹介してくれることになっていた咲人が急にちっぽけな男に思えてくると同時に、そんな男を紹介しようとしてきた紅蘭や華すらも小物に感じた。

「写真撮っちゃおうっと」

　事が終わると、疲れていたのか龍はそのまま眠ってしまった。

　あたしは幸せを噛みしめたまま、シーツに体をくるんで

龍との2ショットを撮影した。

　気持ちが高揚していた。目をつぶっていても龍がイケメンだということはすぐにわかる。

　こんなイケメンがあたしの相手だと知ったら、きっとカスミも驚くだろう。

　あたしは、カスミに写真つきのメッセージを送った。

【新しい彼ができました。マジでイケメン！　彼の友達、カスミに紹介してあげようか？】

　盛大にマウンティングできた。

　カスミは彼氏ができたことなど一度もない。むしろ、男を毛嫌いしているように感じる。

　カスミのような気の強い女に彼氏ができないのは納得だけど、きっと心のどこかでは、すぐに彼氏のできるあたしを羨ましいと感じて僻んでいるはずだ。

　メッセージは、すぐに既読になった。

　でも、カスミからの返信はない。

　きっと今ごろ返す言葉もなく、悔しさに地団駄を踏んでいるに違いない。ざまあみろ。あたしを散々コケにしてきた罰だ。

「ふふっ、ふふふふふっ」

　肩が震える。龍にはまだ『付き合おう』と言われたわけではない。

　でも、いずれはそうなっていくだろう。彼だって、あたしを気に入ってくれているに違いない。

　あぁ、今日はなんていい日だろう。

「ヤベ。寝てた……」

　龍は目覚めると、眩しそうに目をこすりながら起き上がった。

　そして、枕元のスマホを手に取り時間を確認すると、すぐさま着替えはじめた。

「龍、よく寝れた？　このあと、どうする？」

　あたしが尋ねると、龍はズボンをはく動作を続けながらあたしを一切見ずに言った。

「急いで出る準備しろよ。つーか、まず会計。玄関のところにパネルがあるから、そこで払って」

「えっ、もう出るの？　もう少しゆっくりしても——」

「うるせぇな!!　いいから急げよ！」

　龍が眉間にシワを寄せながら、激しい口調であたしを怒鳴りつけた。

「えっ、あっ、うん……」

　あたしは龍に言われるがままに準備をして、なけなしのお金で会計を済ませた。

　ホテルを出たあとも、龍は無言だった。

　しきりにスマホをいじり、誰かと連絡を取り合っているように見える。

「ねぇ、龍。あのさ、あたし、龍の連絡先を知らないから教えて？」

　龍の腕にギュッとしがみつき、胸を押し当てて上目づかいで見つめる。

　すると、龍はその場に立ち止まり、あたしを見おろした。

「離せ。お前にもう用はないんだよ」

「えっ……？」

「1回ヤッたぐらいで俺の女気どりすんじゃねぇよ！」

　龍はあたしの腕を力いっぱい振りほどくと、そのままスタスタと大股で歩き出す。

「ちょっ、龍……!?　待ってよ!!　ねぇってば!!」

　必死に追いかけると、龍は振り向きざまにあたしの顔面を手のひらではたいた。

　その容赦のない攻撃に唖然とする。

「ウゼェんだよ。消えろ、ブス」

　その言葉は、あたしを天国から地獄に突き落とした。さっきまで龍と過ごした時間が、夢のように感じられる。

　どうして……。どうしてこうなっちゃうの……？

　龍の背中がどんどん小さくなっていく。その背中を、もう追いかけることはできない。

　ジンジンっと頬が痛む。それと同時に全身に込み上げてくる惨めさ。

　涙で視界がハッキリしない。

　必死になって涙を拭っている間に、龍は幻のようにあたしの前から姿を消してしまった。

「最悪……」

　最初からあたしの体が目的だったんだろうか。しばらくすると、龍への憎しみの気持ちが湧き上がってきた。最初からそのつもりで、やることを済ませたから、あたしは用

済みってこと？

　なんて男……!!　いくら顔がよくたって、こんなことを
するなんて最低最悪のクズ野郎だ。

　同時に、龍を紹介したエマに対しての憎しみが湧き上
がってくる。

　あの女、どういうつもりであんな男をあたしに紹介した
の……？

　絶対に許さない。プライドはズタズタだった。

　明日からカスミに協力してもらってエマをイジメよう。
そうだ。ついでに愛奈も……。

　あの２人を、カスミにいたぶってもらおう。

　そう考えると、ほんのわずかに先ほどまでの苛立ちが緩
んだ。

「ん？」

　ポケットの中のスマホが震えている。

　スマホを取り出してみると、紅蘭と華から大量のメッ
セージが届いていた。

【紅蘭：今どこ？】

【紅蘭：無視？】

【紅蘭：連絡して】

【紅蘭：アンタ、ナメてんの？】

【華：電話して】

【華：無視続けてるとアンタんち行くよ？】

【華：殺すよ、お前】

　２人のメッセージに凍りつく。

　殺すよ……？

　何それ。たしかに遊ぶ約束はしたけど、そこまで怒ること？

　ひとまず2人に電話をして謝ろう。

　画面をタップした時、画面に【カスミ】の文字が浮かび上がった。

「チッ、忙しいのに何よ」

　今は、紅蘭と華に連絡するのが先なのに。

　しばらくして切れるだろうと予想していたのに、カスミはしつこく電話を鳴らし続ける。

　きっとあの女のことだ。出るまでかけ続けてくるだろう。

　さっき、龍との写真をカスミに送ってしまったことを心底後悔した。

　やり逃げされたなどと知られれば、きっとカスミにバカにされる。

　自分で自分の首を絞めてしまうことになるなんて、思ってもみなかった。

　仕方ない。うまく誤魔化すしかない。

　根負けしたあたしは、仕方なく電話に出ることにした。

「もしもし？　カスミ？」

《あれ。まだ元気なんだ》

「何それ。どういうこと？」

《アンタってマジで大バカ者だね。あたしにあの男の写真送ってマウンティングでもしようって考えた？》

「そ、それは……」

　返す言葉が見つからず言葉に詰まったあたしは、話題を変えることにした。

「そうだ。そんなことよりさ、隣のクラスの神宮寺エマって、愛奈と一緒にカスミの悪口を言いふらしてるらしいよ。マジ最低じゃない？　ちょっと痛い目見せてやったほうがいいって。カスミ、２人にナメられてるんじゃない？」

　まくしたてるようにしゃべると、電話の向こうからカスミの笑い声が聞こえてきた。

《あはははは！　別にいいんじゃない？　言わせておけば。別に、あたしは痛くもかゆくもないし？》

「でも、アイツらさ──」

《つーかさ、あたしの悪口を言ってんのってアンタでしょ？あたしさぁ、ぜーんぶ知ってんの》

「え……？　カスミ、何を言って──」

《紅蘭と華に言われたんだよねぇ。志穂がよく、アンタの悪口を言ってるよって。その話を聞いた時、すぐにアンタのことをボコッてもよかったんだけどさ、それじゃつまんないなって思っててさ》

「え……？　カスミ、何を言ってんの……？　ちょっと待って。紅蘭と華と……カスミが？　嘘……そんなはず……」

　頭の中で紅蘭と華にした話を思い出す。２人とカスミはつながっていないという妙な安心感があり、あたしは２人に悪口を言った。

　２人だって、何かあったら相談に乗ってくれると言っていた。

　カスミと友達だなんて、一言も言っていなかったのに。
　それなのに――。
《紅蘭も華も楽しんでたんじゃないの？　アイツらと友達
になろうと思う奴なんて、このあたりにはいないよ？　ア
イツら、このあたりを仕切ってる相当タチの悪い連中とつ
るんでるし》
「え……？」
　さっきの2人のメッセージを思い出して、背筋が冷たく
なる。
《アンタもバカだよね。あたしにあんな写真を送りつけて
きてさ。あたしもアンタに陰で悪口を言われてストレス溜
まってたから、仕返ししちゃった》
「仕返しって……？」
《あの男、紅蘭の彼氏じゃん。知ってて寝たわけ？　それ
とも、たまたま？　紅蘭に転送したら、怒り狂ってたよ。
今ごろ、アンタのこと血眼になって探し回ってんじゃな
い？　仲間たち引き連れてさ》
「へっ？」
　自分の口から零れたその声は、信じられないぐらいにマ
ヌケだった。
《あたしずーっと、紅蘭と華のことが嫌いだったんだよね。
アイツらが隣町でデカい顔すんのも許せなくてさぁ。いつ
か自滅してくんないかなぁって思ってた。だから、アン
タにはお礼を言いたいぐらい。紅蘭の彼氏を寝取るなんて
マジ最高！　アイツら去年も事件を起こしてるような人間

だから、まぁせいぜい頑張ってよ。死なないことを願ってるから》

　カスミの電話で、すべてを思い知った。

　全身が、ガタガタと震え出す。

　あたしは、とんでもない男に手を出してしまったのかもしれない。

「ま、待ってカスミ!!　あたしどうしたらいいの!?　2人には家も知られてる!!　2人がうちに来たら……。そうだ、お願いカスミ！　あたしを助けて。これには訳があるの。神宮寺エマに紹介されたの！　それで、そういうことになって……。だから、あたしが誘惑したとかそんなんじゃなくて！」

《神宮寺エマが龍を……？》

「そう！　男友達だって紹介されて……それで……」

《龍っていつも金に困ってるし、エマに金で雇われたんじゃないの？》

「どうして？　いったい、なんのために!?」

《アンタ、ハメられたんじゃないの？　あの女に》

　カスミの冷静な声に、ふと我に返る。

　ハメられた……？　あたしが……？　神宮寺エマに？

「ま、まさか！　だってあたし、あの子とはなんの関わりもな——」

　言いかけてハッとする。

　1つだけ思い当たる節がある。愛奈だ。愛奈とエマが手を組んでいたとしたら……？

　そういえば、屋上で愛奈が言っていた。

『……必ず仕返ししてやる。イジメ返しされた時、今まで
の自分の行いを後悔したらいい』

「あたし……愛奈に仕返しされたの……？　これってイジ
メ返し……？」

　ポツリと呟く。

《イジメ返し？》

「そ、そうだよ！　愛奈が言ってたの。あたしにイジメ返
しするって。イジメた人間にやり返すって。佐知子があん
なふうになったのも、愛奈のせいだよ。愛奈が裏で仕組ん
だことなの!!」

《ふぅーん》

　カスミは気のない返事をする。

「アイツら怖いよ。何をするかわかんない。次にイジメ返
しをされるのはカスミだよ!?」

《別にアイツらのことなんて何も怖くないし。やれるもん
ならやってみろって感じ？》

　さらりとカスミがそう言った瞬間、前方から誰かが歩い
てくる気配がした。

　視線をそちらに向けた瞬間、体中が凍りついて喉の奥に
言葉が張りついた。

　悲鳴を上げなくてはいけない。今すぐに誰かに助けを求
めなくてはいけない。

　でも、声に出すことはできない。

　徐々に人影が近づいてくる。膝が震えて立っていること

すらやっとだ。

　すぐそばまで迫ってきたのは紅蘭と華、それに複数の強面の男たちだった。

　全員から怒りと憎しみの感情が伝わってくる。

「か、カスミ……、お願い……。た、助けて……」

　もうすがりつける相手は、電話口にいるカスミしかいなかった。

《……助ける？　あはははは!!　冗談言わないでよ。つーかさ、アンタがこれから行きそうな場所を紅蘭たちに教えたの、あたしなんだよね。もしかして、アイツらもう近くにいんの？　まぁ、せいぜい頑張ってよ。生きていられることを願ってるね》

「か、カスミ!?」

《まっ、アンタが生きていようが死んでいようが、あたしはどうだっていいけどさ。じゃーねー》

「カスミ、待って──!!」

　あたしが叫んだと同時に、ピッと一方的に電話は切られた。

「……志穂。アンタ、よくもあたしの男に手を出してくれたね。写真まで撮るなんて、いい度胸してんじゃん」

　紅蘭が、あたしの前髪を掴んで思いっきり引っ張り上げた。

　うつむきたいのに、強制的に顔を上げられてしまう。

「ご、ご、ごめん！　これは誤解なの！　エマに……神宮寺エマっていうあたしの学校の子に彼を紹介されて……。

まさか紅蘭の彼氏だなんて知らなくて……。知ってたら、あんなことしなかった!!　紅蘭を裏切ることなんて絶対にしなかったよ!?」

　思いつく限りの言い訳を必死になってする。でも紅蘭は、あたしの言葉に耳を貸そうとはしない。

「あたしの彼氏を寝取ったのもそうだし、うちらとの約束を一方的に破っただろ?　お前のそういう舐め腐った根性、うちらが叩き直してやるよ」

「お、お願い!　やめて!!」

　前髪を引っ張られ、頭皮が激しく痛む。

「は、華!　お願い、助けて!!」

　そばで腕組みをしていた華に助けを求めたものの、華はあたしを睨みつけたまま吐き捨てるように言った。

「アンタたち、こいつのこと好きにしちゃっていいよ。とりあえず、人気のないところに拉致ろうか」

　華の言葉に、男たちがあたしの両腕をガシッと掴んだ。

「女子高生か。いいねぇ。楽しみだねぇ」

　1人の男が、あたしの体を舐めるように見つめる。

　全身に鳥肌が立つ。

「紅蘭……やめて!!　お願い、謝るから。お願いだから!!」

「謝ってすんだら警察なんていらねぇんだよ」

　紅蘭はそう言うと、あたしの顔面を拳で殴りつけた。

　指輪が前歯にぶつかり、小さな塊がころりと床に転がる。

「ううぅーーー!!」

　それと同時に訪れた歯痛に悶絶するあたしを、紅蘭は何

度も容赦なく攻撃する。

　唇が裂け、大量の血が顎から首に滴り落ちた。

「こんなもんで済むと思うなよ。アンタには生き地獄を味わわせてやる」

　再び殴られ、戦意喪失したあたしの体から力が抜ける。

　なんてことをしてしまったんだろう。

　まさか、こんなことになるなんて……。

　ただ、あたしはキラキラと輝く世界で生きていきたかっただけなのに。

　それなのに、愛奈をイジメたせいでこんなことになるなんて……。

　あたしは愛奈を直接的にイジメていない。ただ傍観していただけ。そんなの逆恨みだ。そう思っていた。

「た、助けて……」

　暗闇の中、犬の散歩をしていた中年の男性が、不審な動きをするあたしや紅蘭たちに気づき、視線を送った。

　必死になって、おじさんに手を伸ばす。

　警察を呼んで。お願い。そうすればきっと助かる――。

「おい、ジジイ。チクったらテメェも犬もぶっ殺すぞ!!」

「ひぃ!!」

　男たちに恫喝されたおじさんは、そのまま背中を向けて走り去っていく。

　愛奈は、いつもこんな気持ちだったんだろうか。

　あたしは愛奈がカスミにイジメられていても、止めることなどしなかった。

　自分が一番かわいかったから。自分が一番大切だったから。

　たった一言だけでも『やめなよ』とカスミに言っていたら、愛奈は、あたしへイジメ返しをしなかった……？

　今となってはわからない。

　ただ、1つだけたしかなことは、これからあたしは紅蘭や華、そしてガラの悪い男たちにひどいことをされるということだけ。

　ズルズルと引きずられ、もう叫ぶ気力すら残っていなかった。

　これは、イジメを軽く考えていたあたしに訪れた罰なのかもしれない。

　あたしは彼らのなすがままとなり、後悔の涙を流し続けた。

人の不幸は蜜の味

「ここで速報です。〇月〇日午前6時ごろ、ウォーキングをしていた女性が●●町の河川敷の土手の上で全裸で倒れている女性を発見し、警察に通報しました。倒れていたのは隣町に在住の10代女性と見られ、全身には激しく暴行された跡が残されていたとのことです。現在、女性は意識不明の重体で、市内の病院に搬送されているということです。警察は暴行事件として捜査をはじめています。詳しくはわかり次第、中継を交えてお伝えいたします。では、続いてのニュースです」

　朝のニュース番組の女子高生とは、きっと志穂ちゃんのことだろう。

　またうまくいったんだ。

　イジメ返しに成功してしまった……！

　顔が自然とほころんでいく。

　体中の細胞という細胞が活性化していくような、妙なエネルギーが体中に湧き上がってくる。

　エマちゃんの作戦は、うまくハマったようだ。

　学校へ行く用意をしていると、自然と陽気な曲を口ずさんでしまっていた。

　気持ちが高揚し、自分でも浮き足立っているのがわかる。

　でも、止められない。

　気持ちがいい。最高に。

　スキップしたい気持ちを必死になって押し殺して家を出ると、軽い足取りで学校を目指して歩き出した。

「おはよう、愛奈ちゃん」

　校門の前に、エマちゃんが立っていた。

　わたしに気づくと、にこりと笑いながらこちらに歩み寄ってきた。

「今朝のニュース見た？」

「うん！　エマちゃんの作戦、大成功だったね！　エマちゃんって本当にすごいよ！」

　紅蘭と華という隣町の不良と志穂ちゃんがつるんでいることを知ったエマちゃんは、紅蘭の彼氏である龍という男に金を握らせて、志穂ちゃんと関係を持つように仕組んだ。

『でも、その龍って男に渡すお金……どうしよう……。わたし、お金が全然なくて……』

　カスミちゃんに搾り取られてしまったわたしには、持ち金がなかった。

　でも、エマちゃんは『お金のことなんて気にしないで。大丈夫。エマが出すから』と言ってくれた。

「ううん、誤算はあるの。まさか、ここまで早く紅蘭にバレるとは思わなかった。きっと、カスミちゃんが何か絡んでるんだろうとは思うけど」

「カスミちゃんが……？」

　カスミちゃんと紅蘭たちにつながりがあるというのは、エマちゃんから聞いて知っていた。

　でも、まさか今回の暴行事件にカスミちゃんが関わってるっていうの……？

　つねに一緒にいた志穂ちゃんのことも、カスミちゃんはいとも簡単に切り捨てた……？

「あの子は、友達ですら簡単に切り捨てることができる人間だもの。極悪非道ね」

「……うん。次は……最後のイジメ返しだね。カスミちゃんには、わたしが味わった以上の痛みや苦しみを味わわせてやらないと気がすまない」

「これで最後、だね」

「うん」

　わたしはエマちゃんに、にこりと微笑んだ。

　すると、エマちゃんがわずかに表情を曇らせた。

「じつはね、愛奈ちゃんに大事な話があるの。しかも、いい話ではない」

「大事な話？」

「そう。これは絶対に口外しないで。イジメ返しは加害者にだけする約束、覚えているよね？　エマは彼女や家族を傷つけるつもりは一切ないから。約束、守ってくれる？」

「もちろんだよ。わたし、絶対に言わないから。それで、話って？」

　早くその話が知りたくてウズウズしてくる。

　今度は誰の弱みだろう。誰の弱みを握ることができるんだろう。

　人の不幸は蜜の味、という言葉が頭をよぎる。

「じつはね——」

　わたしはエマちゃんの話に耳を傾けた。

「職員室、すごいことになってんだけど。電話ひっきりなしに鳴ってるって」

「朝のホームルーム中止だって。1時間目も自習らしいよ。先生たちがマスコミとか親の対応に当たるんだって」

「マジ？　ヤバくない？」

「まさか志穂ちゃんがね……」

　今朝のニュースは、瞬く間にクラスメイトたちの間で伝わったようだ。

　教室中がザワザワと、いつにもまして騒がしい。

　わたしは涼しい顔をして自分の席に向かい、机の横にバッグをかけた。

　すると、「愛奈、ちょっといい？」と、突然目の前に誰かが現れた。

　聞き覚えのある声に顔を上げる。

　そこにいたのは、顔を強張らせた真紀だった——。

　体調でも悪いのか、もともと白い肌がさらに白い。

　目の下のクマも気になった。

「なんか……こうやってしゃべるの久しぶりだね。あたし、ずっと愛奈としゃべりたかったんだ」

　真紀に連れられて廊下にやってきた。真紀が無理して明るくわたしに接しようとしていることが、空気を通して伝

わってくる。

　それが妙に鼻についた。

「何？　何か用？」

　あえて冷たく言うと、真紀は困ったように苦笑いを浮かべて口を開いた。

「用って言うかね……あたしさ、前に愛奈のこと怒らせちゃったでしょ？　あたし、鈍感なところとか空気を読めないっていうか人の気持ちを考えるのが下手なところがあって。だから、愛奈がどうして怒ってるのか全然わかんなくて。それで──」

「いいよ。もうわかってくれなくて」

「え？」

「だから、もういい。わかってほしいと思ってないから。わたしの気持ちをわかってくれる人なら、もういるから」

「愛奈の気持ちをわかってくれる人……？」

「そう。エマちゃん。神宮寺エマちゃん」

「隣のクラスのかわいい女の子だよね。そっか。そんなに仲良くなったんだね。よかったね、愛奈!!」

　真紀の言葉は、わたしの心の深い部分を小さくえぐった。

　どうしていつも真紀は、こうなんだろう。こういう言い方をするんだろう。

　どうしていつも、わたしが求めている言葉をくれないの？

　わたしは、真紀がわたし以外の子と一緒に遊んだり友達になったりするたび、不安に押し潰されそうになった。

　ずっとずっと不安だった。わたしは真紀のことを親友だと思っていたけど、真紀がわたしのことをどう思っているのかわからなかったから。

　真紀は誰とでも仲良くできるけど、わたしはそうじゃない。

　真紀はわたしの特別だけど、わたしは真紀の特別なんかじゃない。

　そこにあるのは嫉妬だ。わかっていても止められない。

　好きだから……。真紀のことが大切であるからこそ、今は、わたしの気持ちをわかってくれない真紀が憎らしく感じた。

「なんか最近……いろいろあって、クラスの中がメチャクチャだね。佐知子も……それに志穂ちゃんまで……。いったいどうしちゃったんだろう」

「ねぇ、真紀。それ、全部わたしが仕組んだことだって言ったら？」

「え……？」

「あの2人がああなったの、わたしとエマちゃんのイジメ返しのせいなの」

「……イジメ返し？　どういうこと？」

「わたし、あの2人にイジメられてた。だから、あの2人に復讐してるの。イジメられた時の苦痛の倍……ううん、十倍、百倍にしてやり返すって決めたの」

「愛奈……？　どうしちゃったの？」

　真紀が困惑したように顔を歪める。

「次は、カスミちゃんの番。わたしはカスミちゃんを絶対に許さない」

　小学校の時からずっと苦しめられてきた。長年の恨みを必ず晴らしてやる。

「ダ、ダメだよ！　イジメ返しなんて……！　復讐したって、愛奈にプラスになることなんて何もない。そんなことしたって泥沼にハマるだけだよ。抜け出せなくなって残るのは苦しみだけだよ？」

　真紀のその言葉に、今まで溜まっていた真紀への不満が一気に噴き出した。

　いつもそう。真紀はいつだって正義感を振りかざして、わたしを傷つける。

　わたしの気持ちなんて考えてくれない。

「真紀って、いっつもそうだよね。正義感を振りかざして、誰にでもいい顔してさ」

「愛奈……」

　もう限界だった。溢れ出した感情はセーブできなくなっていた。

「わたしね、ずーっとカスミちゃんにお金を取られてたの。必死に貯めたお金を、カスミちゃんたちはわたしの家に来てむしり取っていった。そのお金……何に使われたと思う？　真紀が一緒に遊んだ時、使ったんだよ。おしゃれなカフェ行ったりカラオケ行ったりしたんでしょ!?　あれ、わたしのお金だから。アンタが何も知らずに楽しんだお金は、わたしが必死になって貯めたお金なの!!　カスミちゃ

んがお土産を買ってくれた……？　アンタのその言葉に、
わたしがどんな気持ちになったかわかる!?　何も知らない
くせに偉そうなこと言うな!!」

　わたしの言葉に、真紀がぽろりと涙を零した。

「そ、そんな……。ご、ごめん。愛奈……。あたし、何も
知らなくて……」

「そうだろうね。知らないから、わたしにあんなこと言え
たんだろうね。もういいから。とにかく、わたしの邪魔を
しようとしたら誰であろうと許さない。それが、たとえ真
紀だとしても」

「愛奈……」

「ていうか、人の心配する前に、自分の心配したほうがい
いんじゃない？」

　わたしは真紀を冷めた目で見つめると、そのまま背中を
向けて教室に入った。

　真紀が涙を流した瞬間、心の中にスーッと気持ちのいい
風が吹いた。

　もっと早くからガツンと言ってやるべきだった。

　空気が読めないとか鈍感とか自覚してるなら、それを直
そうとすべきでしょ？

　真紀ってホントにムカつく。

　保健室にでも行ったのか、授業がはじまってからも真紀
は教室に入ってこなかった。

　わたしを傷つけた罰よ。ちょっとぐらい反省してよね。

282

　わたしは心の中でポツリと呟くと、裏サイトにアクセスした。

【投稿者：２－Ａ　上田真紀は偽善者】

【投稿者：真紀嫌い】

【投稿者：真紀って、ホントにウザいよね！】

【投稿者：真紀いなくなってほしい。アイツのことハブらない？】

　憂さ晴らしに真紀の悪口を羅列する。

　偽善者の真紀は、裏サイトなんて見ないだろう。

　別にそれでもよかった。もし、この投稿を見た人間で真紀のことをよく思わない人がいれば共感を生む。

　その悪意の共感が広がれば、いつか真紀は痛い目を見ることになるだろう。

　ひととおり悪口を書き込むと、心がスッとした。

　そして、さっき知り得た真紀のとっておきの情報を裏サイトに書き込んだ。

【投稿者：真紀ってじつは──】

　エマちゃんには絶対に口外するなって念を押されたけど、いいよね。

　これぐらいしてもいい権利が、わたしにはあるはずだ。

　さて、次は……。

　寝坊でもしたのか、まだ登校していないカスミちゃんの席を見つけてニヤリと笑った。

　次は、いよいよアンタの番だ。

　──源田カスミ。

3人目

【カスミside】

「んー……」

　もぞもぞと体を這う何かの感触に、薄っすらと目を開けた。

　時計の針は午前10時を回っている。その時、腹部を撫でつける手に気づいて、とっさに布団から跳ね起きた。

「テメェ、何してんだよ!?」

　立ち上がって、乱れている服を直しながらあたしの布団に我が物顔で寝転ぶ中年男を睨みつける。

「おいおい、カスミ。つめてぇ言い方すんなってぇ。久しぶりに会えたんだからさぁ」

　酒の匂いをぷんぷんとさせ、ボクサーパンツとタンクトップという季節感のない格好をしている金城（かねしろ）は、酔（よ）っぱらっているのか頬を赤らめながらうつろな視線を向けた。

「あたしは、アンタになんて会いたくない」

「お前は冷たい女だなぁ。お父さんに向かって、そんな口をきくなんてよぉ」

「アンタは、あたしの父親なんかじゃないでしょ!?」

　金城とあたしは、血がつながっていない。

　あたしが小学校の時、母親が浮気した不倫（ふりん）相手がこの金城だ。

　金城が現れるまでは、そこそこの暮らしを送っていた。

父親と母親とあたしの３人家族。仲がいいのかどうかはわからないけれど、とくに不自由なく暮らしていた。

それから母親がひょんなことから金城と出会い、のめり込み、家庭をおろそかにしはじめた。

そんな母親に堪忍袋の緒が切れた父は母と離婚し、バカな母は、父から解放されたと喜び金城との生活を選んだ。

その結果、あたしはこの縁もゆかりもない地に小学生で引っ越す羽目になった。

金城は典型的なダメ男だった。女、酒、たばこ、ギャンブル、そのすべてに手を出した。

その思いつきと計画性のなさは折り紙つきで、身内にだけでなく知人にも借金を重ねて、そのたびに夜逃げする生活を送っていたらしい。

そして、金を持つとうまいこと言い弱い人間にとんでもない利息をつけて金を貸し、ヤクザまがいの恫喝をして金を取り立てた。

そんな悪魔のような男の魔の手に落ちたのが、母だった。

無職の金城を『あたしがいないとダメなのよ』と、うぬぼれたことを言い、スナックで毎日深夜まで働き生活の面倒を見ている母も大バカ者だ。

男の面倒は見るくせに、子供の面倒は一切見なかった。

血も涙もない母はそういう冷血な女だ。その女から生まれたあたしもその血を引いているのかもしれない。

自分のまわりの誰かがたとえ死のうが、苦しもうが、別にどうだっていい。

　正直、自分にもあまり興味はない。

　ただ惰性（だせい）と、その時の感情で生きているだけだ。

「なぁ、カスミ。ずいぶん、大きくなったなぁ。久しぶり
に遊ぶか……？　隣に来いよ？　なぁ？」

　金城が自分が寝転んでいる布団の隣を、ポンポンッと叩
いた。

　あたしは黙って金城を見おろす。

　小学生の時、家に帰るとつねに母は不在だった。

　金城とあたしの2人っきりになることも多かった。その
たびに、金城は、あたしをおもちゃのようにして遊んだ。

　最初は、何をされているのか理解できなかった。理解し
たと同時に全身に鳥肌が立ち、とんでもないことをしでか
してしまったという罪悪感が体中を包み込んだ。

　その日、家に帰ってきた母に泣きつき金城にされたこと
を話すと、母は鬼のような形相であたしの頬を引っぱたい
た。

『アンタ、小学生のくせに男に色目を使うのか！　気色悪
い！　わたしにもう近づくんじゃない！』

　自分の娘に手を出した金城を、母はかばった。それどこ
ろか、あたしに金城を取られたと激高した。

　頼れる人間は1人もいない。大人は誰も信用ならない。

　いや、自分以外の人間は信用してはならない。心を許し
てもいけない。

　信じられるのは自分だけ。あたしは小学生ながらにそれ

を学んだ。

「……ハァ？　テメェ、なに言ってんだよ。死ねよ、クズ」

　あたしは吐き捨てるように言うと、制服とバッグを掴んで部屋を出た。

「おー、怖い怖い。昔はかわいかったのによぉ」

　クックッと喉を鳴らして、嫌な笑い声を上げる金城を無視する。

　たまに気が向くと、ふらりとこうやって家にやってくる金城にあたしは辟易していた。

「カスミ、腹減ってねぇか？　最近、ちょっといいことがあって金まわりがいいんだよ。飯でも行くかぁ？」

　怒りと憎しみがごちゃまぜになって、湧き上がってくる。

　金城の言葉を無視して学校へ行く用意を済ませたころ、自分の部屋から金城のいびきが聞こえてきた。

「死ね、クソ野郎」

　そう吐き捨てた時、お腹がぐぅっと鳴った。そういえば昨日の夜から何も食べていない。

　お腹をさすりながら冷蔵庫を開ける。

　中には数本の缶チューハイと、賞味期限の切れたつまみが入っているだけ。

　あたしが食べたいものが、この冷蔵庫の中に入っていたためしがない。

　からっぽな心は、いつだって満たされることはない。今も、きっとこれからもずっと永遠に。

　あたしはそのまま家を出ると、空腹に耐えながら学校へ向かった。

「ねぇ、見て！　ニュース更新<ruby>更新<rt>こうしん</rt></ruby>されてる！」

　学校につくと、クラス中が志穂の話題で持ちきりだった。

「うるせーな」

　ポツリと呟きながら自分の席に座る。

　昨日、志穂と龍のベッド写真が送られてきたあと、それを紅蘭に転送すると、胸がスーッとした。

　ざまあみろ。あたしに逆らおうとするからこうなるんだ。

　怒り狂った紅蘭たちに、志穂がどんなことをされるのか予想はついていた。

　以前にも、紅蘭の彼氏の龍に手を出した女が集団リンチにあったことがあった。

　髪を丸刈り<ruby>丸刈<rt>まるが</rt></ruby>りにされ、暴行され、心も体もボロボロにされた。

　龍が勝手に女をナンパしただけで、その女は紅蘭という彼女がいたことも知らなかったに違いない。

　どうして彼氏が浮気したら、その怒りを女に向けるのかあたしにはさっぱりわからない。

　そもそものキッカケを作ったのは、龍のはずなのに。

　龍を罵り、別れればいいだけなのに。

　何度浮気されても、結局は龍を受け入れる紅蘭もバカな女だ。

　けれど、そんなことあたしにはどうだってよかった。

　以前からウザいと思っていた紅蘭と華、それにあたしに

刃向かった志穂を一気に排除できたことに、あたしは満足していた。

それにしても……。

騒がしい教室内でどのクラスメイトたちも困惑や動揺が隠せないという様子だった。

クラスメイトが全裸で河川敷に放置されていたというセンセーショナルな事件に、普通ならば動揺するだろう。

それなのに、教室の中で1人だけ平然と自分の席に座っている人物がいた。

「愛奈……。アイツ……」

志穂との電話の最後、志穂はたしかに言っていた。

『愛奈が言ってたの。あたしにイジメ返しするって。イジメた人間にやり返すって。佐知子があんなふうになったのも、愛奈のせいだよ。愛奈が裏で仕組んだことなの!!』

『アイツら怖いよ。何をするかわかんない。次にイジメ返しをされるのはカスミだよ!?』

志穂の必死な声が耳にこびりついている。

イジメ返し……？ あの愛奈が……？

まさか、と心の中で呟く。と同時に、あることを思い出した。

そういえば隣のクラスの神宮寺エマと仲良くしはじめてから、愛奈は少しだけ変わった気がする。

今までは、あたしや他の人間を怒らせないよう気ばっかりつかっていたくせに、今は少し違う。

どことなく黒いオーラを漂わせ、時にギラギラとした悪

意に満ちた表情を浮かべることがある。

　志穂をけしかけて愛奈を屋上に呼び出させた時だって、志穂は頬を赤らめて教室に戻ってきた。

　なんでもないと言っていたけど、本当にそうだった？まさか愛奈に叩かれた……？

　神宮寺エマに何か入れ知恵でもされたんだろうか……？

　愛奈のことをジッと見つめていると、愛奈がゆっくりとこちらに視線を送ってきた。

　普通だったらすぐに目をそらすのに、愛奈は反抗的にあたしから目をそらそうとはしない。

　それどころか、挑発しているかのように、わずかに口の端を上げて嫌な笑いを浮かべた。

　その瞬間、急激な怒りが湧き上がってきた。

　あたしは立ち上がると、愛奈の席に真っすぐ向かった。

　途中、美術部の女の机の上にコンパスが乗っているのに気がついた。そのコンパスを右手に握りしめると、あたしは愛奈の席の前に座った。

「テメェ、なに笑ってんだよ」

「笑ってないよ」

「神宮寺エマっていう味方ができたからって、調子に乗んなよ？」

「別に調子になんて乗ってないよ。それよりもカスミちゃん、自分の心配をしたほうがいいんじゃない？」

　愛奈は饒舌に言うと、ニヤリと笑った。

「……は？」

「志穂ちゃんはいなくなっちゃったし、教室で1人ぼっちになっちゃったじゃない」

「だから？」

「いつまでも、スクールカーストのトップでいられるなんて思わないでね？」

「ふぅん。言いたいことはそれだけ？」

　あたしはニッと笑うと、愛奈の手首を掴んで机に押しつけた。

　そして、話を続ける。

「ちょっとゲームしよ？　大丈夫。ちゃーんっと手を開いておけば刺さないから」

「か、カスミちゃん……？」

　一瞬、愛奈がたじろいだのがわかった。

　このぐらいでビビってんじゃねえよ。

　あたしはなんの躊躇もなく、愛奈の指の間にコンパスの針を動かした。

　一度机に、次に愛奈の指と指の間に。リズムを取りながら思いっきり右手で握りしめたコンパスを振りおろす。

「や、やめてよ！」

「動くと刺すかもよ？」

　愛奈が必死に抵抗するのを押さえ込んで続ける。その時、タイミングがずれて、あたしは愛奈の指をコンパスの針で突き刺した。

「痛い!!」

　愛奈の中指の第一関節部分に、コンパスの針が刺さって

いる。

　それをなんの躊躇もなく引き抜くと、真っ赤な鮮血が机にポタポタと垂れて赤いシミを作った。

「だから言ったじゃん。動くと刺すよって」

「ひどい……、どうしてこんなこと……!!」

　痛みに顔を歪めて今にも泣き出しそうな愛奈の姿に、ぞくぞくする。

　もっとだ。もっと痛めつけてやる。

「はい、もう一回。今度左手ね」

　今度は愛奈の左手を掴んでコンパスを握りしめる。

「ちゃんと手を開いてよね。今度はもっと速くやるから」

　愛奈の左手を固定すると、あたしは再びコンパスを動かした。

　刺さらないようにではなく、意図的に刺さるように動かした。

「痛っ!!　やめて、カスミちゃん!」

「ほらほら、動くと刺すよ?」

「お願い……やめてよ……!」

　コンパスの針が、幾度となく愛奈の手の甲や指を突き刺さる。

　そのたびに、その部分からわずかな出血が起こった。

「生意気なこと言ったアンタが悪いんでしょ?　あたしに刃向かったらどうなるかわかったでしょ?　あたし、志穂に聞いたの。アンタがイジメ返ししてるって。今度はあたしに仕返しするつもり?　だったらやるだけムダだから。

そんなことできるはずない」

　愛奈があたしを見つめる。その瞳には怒りと憎しみが色濃く映し出されていた。

　あぁ、この目……見覚えがある。あたしと一緒だ。あたしもきっとあの男……金城のことをこんな目で見つめているに違いない。

「何その目。ナメてんの？」

　あたしは愛奈の右頬を平手打ちした。

　愛奈がうつむいている。その頭を、今度は引っぱたいてやろうと右手を振り上げた時、

「やめて、カスミちゃん！　そんなことしちゃダメ！」

　あたしの右手は、何かによって押さえつけられた。

「邪魔すんな」

　そこにいたのは真紀だった。今にも泣き出しそうな表情で真紀は「お願い。やめて」と懇願した。

「アンタには関係ないでしょ？」

「か、関係あるよ。もう愛奈を傷つけないで。お願いだから……！」

「ハァ？　アンタ、自分が何してるかわかってんの？」

「カスミちゃん、お願い。こんなことしないで。こんなとしていいなんて本当は思ってないでしょ？」

「……ウザッ！　マジ死ねよ！」

　あたしは真紀の手を振り払い、そのまま真紀の顔を平手打ちした。

　一瞬、静寂（せいじゃく）が教室中を包み込んだあと、突然後頭部に何

かがぶつかった。

　足元に転がる消しゴム。

　振り返ると、クラスの複数の女子がこちらを見て嫌悪感丸出しの瞳をあたしに向けた。

「アンタたち、自分が何したかわかってんの……？」

　その消しゴムを拾い上げて投げたと思われる女子たちに投げ返しながら言うと、今度は前方から消しゴムが飛んでくる。

「いたっ……！」

「……ぶっ。ウケるんだけど！」

　香織と杏奈が、顔を見合わせてケラケラと笑う。

　怒りにこめかみが引きつる。こいつら……いったいどういうつもり……？

「真紀のことイジメんなよ。つーかさぁ、いつまでも偉そうにしないでくれる？　志穂ちゃんもいなくなって、もうカスミちゃん１人ぼっちじゃん」

　杏奈の言葉に、クラスメイトたちがクスクスと笑う。耳障りなその声に顔が歪む。

「つーか、真紀じゃなくてアンタが死ねよ」

　香織の言葉に同調するように、クラスのあちこちからあたしを非難する声が飛ぶ。

「み、みんな……あたしのことはいいから」

　真紀が必死に仲裁に入る。

「だよね。前からひどかったもんね」

「学校来ないでほしいよね」

「マジでウザッ」

　志穂がいなくなってあたしが１人になった途端に、手の
ひらを返したかのように攻撃的になるクラスメイトたち。

「ハァ？　別に１人だからってどうこうなるわけじゃない
し。アンタたち、バカ？」

「そう言ってられるのも今のうちだけじゃない？」

「お願い……！　みんな、もうやめようよ……」

　真紀が半泣きになる。

「——みんな、どうしたの？　もうチャイム鳴ってるわよ。
席につきなさい」

　香織と杏奈が薄ら笑いを浮かべた時、担任が教室に入っ
てきた。

　渋々席につく。

　そして、その日からクラスメイトたちからの執拗な攻撃
がはじまった。

　今までのツケが回ってきたかのように、散々な毎日だっ
た。

　靴がなくなり、物が壊され、あちこちからあたしの悪口
が飛び交う。

　別にそんなことはどうってことなかった。志穂がいても
いなくても、あたしはあたしだ。

　誰かとつるまないと生きていけない人間ではない。

　そもそもこんな命、いつ朽ちてもいいと思っていた。

　あたしを大切だと思ってくれる人も愛してくれる人も、

この世界には誰もいない。

　きっと今も、これからも、永遠に——。

「だるっ。帰ろっかな」

　昼休みになり、裏庭のベンチに座ってポツリと呟く。

　早退することは簡単なのにそれができない。理由は金城
だ。最近は、つねにあの男が家にいて心が休まらない。

「カスミちゃん」

　名前を呼ばれて顔を上げると、そこにいたのは真紀だっ
た。

「顔色が悪いよ。ちゃんとお昼ご飯食べてる？　これ、カ
スミちゃんにあげる」

　あたしの許可もなく隣に座ると、真紀は袋から取り出し
た袋入りのパンをあたしに手渡した。

「自分のほうが顔色悪いじゃん。つーか、いらない。余計
なお世話」

　そのパンを手で振り払うと、パンは地面に落ちて砂がつ
いた。

「カスミちゃんは素直じゃないなぁ。これはあたしが食べ
るから、カスミちゃんはこっちを食べて」

　真紀は苦笑いを浮かべながら、新しいパンをあたしの膝
に乗せた。

「あたしに構うなんてアンタバカ？　あたしが今、クラス
でどういう状況かアンタわかってんでしょ？」

「うん。わかってる。カスミちゃんは、みんなにいろいろ

ひどいことしたもん。みんなが怒るのも無理ないよ。あた
しだって、カスミちゃんに怒ってるよ。愛奈にたくさんひ
どいこともしたから」

「どうして愛奈がされたことをアンタが怒るのよ」

「あたしは、ただみんなで仲良くやりたかっただけなの。
今からちゃんとみんなに謝って許してもらおうよ」

「なんで、あたしが謝んのよ」

「人のことを傷つけたらダメでしょ。カスミちゃんだって
大切な人を傷つけられたら嫌でしょ？」

「別に。痛くもかゆくもないし。そもそも、傷つけられた
くない大切な人なんていないし」

「今はいなくても、これからできるかもしれないよ。まだ
17歳なんだもん。カスミちゃんのこれからの未来は、きっ
と明るいはずだよ」

「アンタって本当にバカでお気楽だよね。のほほんとした
人生を生きてると、そういう性格になるのかもね」

　吐き捨てるように言うあたしに、真紀は微笑んだ。

「カスミちゃん、あたしもいろいろあるんだよ。それでも、
前を向いて生きているの。カスミちゃんがしたことは悪い
ことだと思う。ちゃんと償おう。イジメなんて絶対にダメ
だよ」

「は？　何、今度は説教？　ウザいからあっち行けよ！」

　シッシと手で真紀を追い払う仕草をする。

　昔からそうだった。真紀はいつだって公平で中立で、誰
に対しても分け隔てなく優しい。

　あたしと同じシングルマザーの家庭に育ったはずなの
に、どうしてあたしと真紀は、こんなにも違うんだろう。
　雲泥の差があるんだろう。

　真紀といるとイラつく。自分との差を見せつけられてい
るみたいで。

　どんな時だって真紀は、あたしを悪く言わない。あたし
だけでなく、他の人間のことも悪く言わない。

　真紀が嫌いだ。大っ嫌いだ。だから、愛奈をイジメた。

　真紀のことを傷つけるためには、愛奈を傷つけるのが効
果的だと知っていたから。

「カスミちゃん、あたしはただみんなで仲良く過ごしたい
だけなの。イジメはやめよう。過ちは過ちだって認めよう？
今からでもきっと遅くないから」

「遅いも何もアンタには関係ないし」

　面倒くさくなって立ち上がると、真紀は優しく微笑んだ。

「関係あるよ。あたしとカスミちゃんは、小学校からの友
達だもん」

　相手の言葉に嘘がないか探る癖がついたのは、いつから
だろう。

　真っすぐあたしを見つめる真紀の表情からは、嘘をつい
ている様子はない。

　友達……？　あたしと真紀が？

「大丈夫。ちゃんと謝れば、きっとみんな許してくれるよ」

「別に、許してもらおうとなんてしてないし」

「許してもらえても、許してもらえなくても、悪いことを

したら謝らないと。そこからが、カスミちゃんの新しいスタートだよ」

「何それ。アンタ、あたしの親かよ」

「……わかるの。あたしはカスミちゃんの気持ちが痛いぐらいに。……辛いね。だけど、その辛さを他人にぶつけたらいけないよ。ぶつけたって、カスミちゃんが苦しくなるだけだよ」

「……は？　知ったようなこと言ってんなよ！　死ねよ、マジで」

　真紀に向かって吐き捨てる。

　真紀はいつもそうだ。一緒にいると、胸がザワザワする。

　少し前、志穂と３人で遊んだ時だってそうだ。

　どうせ来ないだろうと思って誘ったら、真紀はいとも簡単にその誘いに乗った。

　そして、一緒にいる間、今のようにあたしを説得しようとした。

『カスミちゃん、お願い。愛奈とも仲良くしてあげて？　みんなで仲良くしようよ』

　その時、知った。真紀はそれを伝えたいがために、わざわざ誘いに乗ったのだと。

「アンタの顔なんて二度と見たくない」

　そのまま真紀に背中を向けて歩き出した時、ふと数メートル先にいる人物と目が合った。

「愛奈……」

　愛奈は、こちらを睨みつけている。

　その表情からは、怒りと憎しみが浮かび上がっていた。

　振り返ると、ベンチにはそんなことつゆ知らず、のんき
にパンを頬張る真紀がいる。

　愛奈のいた方向に視線を戻すと、もうそこに愛奈の姿は
なかった。

　あたしと真紀が一緒にパンを食べていたと、愛奈は誤解
しただろう。

「カスミちゃん、どうしたの？」

　立ち止まったままでいるあたしの背中に、真紀の声がぶ
つかる。

「別に」

　あたしはパンの包みを握りしめて駆け出した。

「ちょっと」

　愛奈を追いかける。肩を掴むと、愛奈はあたしの手を全
力で振り払った。

「触らないで」

　冷たく突き刺さるような視線を、あたしに向ける。

「ずいぶん真紀と仲良くなったんだね？　パンなんて一緒
に食べて」

「別に仲良くなんてないから」

「ふぅん。まぁ、わたしには、もうそんなことどうだって
いいけど」

　愛奈はそう言うと、ニヤリと笑った。

「ねぇ、カスミちゃん。金城って男、知ってる？」

　ドクンッと心臓が不快な音を立てた。

「アンタ……どうしてアイツの名前を……？」

「さぁ、どうしてだろうねぇ」

　愛奈はおちょくるような言い方で、あたしを煽る。

「カスミちゃんが、どうしてそんなひねくれた人間になったのか少しは理解できた気がする。まぁ、生まれつきなんだろうけど、やっぱり家庭環境も大事だってことね？あんな男に父親面されて……いろんなことされたら……そりゃ学校で誰かをイジメたくもなるかもね？」

　背中に汗をかく。絶対に知られてはいけないことを愛奈に知られた……？　なぜ？　どうして……？

　呼吸が浅くなり、心臓がドクンドクンと震える。

「あっ、やっぱりそれがカスミちゃんの弱点だったんだね。怖いものなしのカスミちゃんにも、じつは怖いものがあったんだ？」

「別に、アイツのことなんて怖くないし」

「声が震えてるよ？　昔、あれこれされたんでしょ？　あの人ね、前科があるんだよ。ホントにクズだよねぇ。昔、カスミちゃん以外の女の子のことも——」

「——やめろよ!!」

　怒鳴りつけると、愛奈がニヤリと笑った。

「嫌でしょ？　そんな話されたくないよね？　でも、人が嫌がることをしたのはカスミちゃんだよ？　あたしがやめてって何度頼んでも、やめてくれなかったじゃない」

「っ……」

「カスミちゃんに肉体的にも精神的にも傷つけられて……
わたし、本当に辛かった。死にたいって思ったのも一度や
二度じゃない。カスミちゃんは軽い気持ちだったかもしれ
ないけど、わたしは地獄のような日々を歩まされた。今度
はカスミちゃんが地獄を味わう番だよ」

「アンタ、いったい何するつもり……？」

「絶対、地獄に落としてやる。カスミちゃんだけじゃなく、
あたしを裏切った真紀も一緒に。２人で地獄に落ちればい
いの」

　愛奈の沼のように深く真っ黒な瞳に、狂気すら覚える。

「できるもんならやってみろよ」

　あたしが愛奈を睨みつけても、愛奈はまったく動じよう
としなかった。

「チッ」

　放課後、真っすぐ家に帰ったあたしは、扉を開けた瞬間、
玄関にあった男物の汚いサンダルを目にして、無意識に舌
打ちをしていた。

　金城だと瞬時に悟って回れ右した瞬間、「おかえり、カ
スミ」という声と同時に右腕を引っ張られた。

「離せよ！」

「お前が帰ってくんのを待っててやったんだろぉ？　冷た
い奴だぁ」

「待っててなんて頼んでないから。つーか、出てけよ！
ここはアンタの家じゃない!!」

「お前の母ちゃんは、いつでも好きに家に出入りしていいって言ってたぞ？」

「あたしには、そんなの関係ない!!」

「なぁ、カスミ〜。久しぶりに……いいだろ？」

　金城はあたしの耳に、ふぅっとタバコと酒の入り混じった臭い息を吹きかけた。

　そして、「まぁ、お前に許可取る必要なんかねぇか」とひとり言のように呟くと、あたしの腕を再び引っ張った。

　男の金城に女のあたしがいくら抵抗したところで、結果は目に見えていた。

　抵抗する間もなくあたしは金城の好きにされ、遊ばれた。

　その間、あたしはずっと『殺してやる』と心の中で呟いた。

　屈辱と、怒りと、軽蔑と、諦めと、やりきれなさに目頭が熱くなった。

　でも、泣かなかった。泣いたら、金城に負けた気がするから。

　あたしは絶対に泣かない。金城は涙の1滴だって垂らす価値もないクソ男だ。

　事が終わると、金城はあたしのベッドに腰かけて一服をはじめた。

「なぁ、カスミ。今から一緒にパチンコでも行くか〜？」

「……どっからそんな金が出てくんのよ」

　下着姿のまま、金城を睨みつける。

「じつはさ、いい金ヅルができてさぁ。去年ぐらいから、
懐 が潤ってるんだわ」

　クックと喉を鳴らして笑った金城に、嫌悪感が募る。

「なぁ、お前の学校に上田って名字の奴いねぇか？　母子
家庭の。いつもにこにこしてる純粋そうな背の小さな女」

「……上田？」

　まさか、と思った。

　その特徴に、当てはまる人物が目に浮かぶ。

「あっ、そうだ。たしか、上田真紀だったなぁ。真紀ちゃん、
お前と違って純粋でかわいいんだよなぁ」

　金城は煙を吐き出しながら真紀の名前を口にした。

「なんでアンタが真紀のことを……？」

「去年、アイツの母ちゃんに金貸したんだよ。よっぽど生
活に困ってたんだろうなぁ。学費が払えないとか、食べる
ものがないとか言ってたぞ。保証人なしですぐに融資可
能って言ったら、飛びついてきてよ。で、金貸したんだわ」

「真紀のお母さんに金を……？」

「あの母ちゃん、無知なんだろうなぁ。俺の言った法外な
利息を、もう１年もずーっと素直に払い続けてんだよ。い
いカモだったぜ、アイツら」

「カモだったぜ、って何よ」

「根こそぎ奪いすぎて、もうアイツらから引き出せる金は
ねぇんだよ。取り立ても追い込みすぎたし、今ごろ、くた
ばってるかもしれねぇなぁ」

「どういう意味？」

「さっき電話したら『娘と一緒に死にます』とかなんとか言ってたんだよ、あの女。金なさすぎて頭おかしくなっちまったのかもしれないな」

金城は悪びれる様子もなく言うと、タバコの火を近くにあったビールの空き缶で揉み消した。そして、あたしのベッドに寝転んで目をつぶる。

その数分後には、グーグーとけたたましいいびきをかき、大口を開けて寝てしまった。

「……まさか、真紀が金城とつながっているなんて……」

あたしは、枕元にあった金城のスマホをゆっくりと手を伸ばして掴む。

金城に気づかれないように部屋を出てキッチンへ行き、スマホの画面をタップした。

予想どおりロックがかかっている。

でも、その暗証番号をあたしは知っていた。

以前、金城が『俺の暗証番号は全部5648だ。殺し屋、どうだ、カッコいいだろう？』とバカみたいな話をしていたのを覚えていた。

バカな金城は、今もきっと変えていないはずだ。

画面に『5648』とタップすると、すぐにロックは解除できた。

電話帳や通話履歴やメッセージなどを開き、真紀の母親とのやりとりを探す。

すると、すぐにそれは見つかった。

【1日でも返済が滞れば、お前の娘の学校へ行く】

【お前の会社に電話した。次に電話を無視すれば今度はすべて会社にバラす】

　真紀の母親に、金城は執拗に脅迫まがいのメッセージを送りつけていた。

　電話をかけている数も半端ではない。

　365日24時間、真紀の母親は金城に監視され、恫喝され、精神をすり減らしていたことだろう。

　その時、ふと画面に張りつけられていた動画に気がついた。

　何気なくその動画をタップする。

『やめてください……！　お願い、真紀には手を出さないで!!　やるなら私だけにして!!』

『いやぁ、そうはいかないなぁ。アンタより、この子のほうが若いしなぁ』

『そんな……！　お金なら必ず返します……！　だから、こんなことしないで!!』

『いちいちうるせぇんだよ！　金を借りてる分際で俺に命令すんじゃねぇ!!』

　あたしはスマホを持ったまま、その場で固まった。

　動画には、真紀とその母親の姿があった。

　涙を流して必死に抵抗する母親を足で蹴りつけ、顔面を殴りつけたあと、金城は怯える真紀に手を伸ばした。

　その時、カメラのレンズが一瞬ブレて、フローリングの床の上に仰向けに倒れて泡を吹いて失神している真紀の母

親の姿が映り込んだ。

　すぐに、真紀の声が聞こえてくる。

『や、やめてください……！』

『それはできないなぁ。恨むなら、借金した自分の母親の
ことを怨めよ？』

『やだ……、やめて！』

『おぉ、いい反応だねぇ。お前、カスミと同い年なんだよ
なぁ？　知ってるか？　源田カスミ。お前と同じ学校だろ
う？　アイツも少しくらい、こうやって怯えてくれたらか
わいいんだけどなぁ』

　あたしの名前を口にした途端、真紀の顔が変わった。

『カスミちゃん……？　カスミちゃんにも……こんなこと
を？』

『アイツとは小学生の時からの付き合いだからなぁ』

『ひ、人でなし!!　なんてことを……！』

　真紀はそう言って、金城の顔を叩いた。

『カスミちゃんがかわいそう……。かわいそうだよ……』

　そして、顔をクシャクシャにして泣いた。何度も何度も、
あたしのことがかわいそうだとしゃくり上げるように泣き
ながら金城に抗議した。

　真紀は金城に、もてあそばれた。いくつもの動画に、そ
れは保存されていた。

　グッと涙が溢れそうになるのを、堪えている真紀の姿が
自分と重なる。

　真紀が……あたしと同じ思いをしていた？

　まさか、そんな……そんなはずがない。

　真紀はあたしとは違う。違うはずだ。それなのに——。

　あたしはすぐさま自分のスマホを取り出して、真紀に電話をかけた。

　金城の、『さっき電話したら「娘と死にます」とかなんとか言ってたんだよ』という言葉が気にかかる。

「チッ、なんで出ないのよ！」

　何度か鳴らしたあと、留守番電話に切り替わってしまった。

　真紀の家までうちからは距離がある。自転車で約20分程度かかるだろう。

「愛奈……。愛奈なら……」

　愛奈の家から真紀の家まで、さほど距離はない。

　自転車なら、５分もかからないだろう。

　自分でも、どうしてこんなことをしているのかまったく理解できない。

　真紀が金城の餌食（えじき）になろうが、心中しようがあたしにはまったく関係のないことだ。

　むしろ、金城が引っ張った金で一緒に豪遊（ごうゆう）することもできただろう。

　それなのにどうして、あたしは真紀の身を案じているんだろう。

　どうして、大っ嫌いな愛奈に電話をかけようとしているんだろう。

『——プーップーッ』

愛奈に電話をかけても、つながらない。

「アイツ、着拒しやがって……！」

ギリギリと奥歯を嚙みしめながら冷静に考える。

そうだ。金城のスマホで電話をかければいい。

《——はい。もしもし……？》

数回のコールのあとに電話口に出た愛奈は、いぶかし気に言った。

「あたし。カスミだけど」

《カスミちゃん……？》

ほんの少しのためらいを見せる愛奈に、あたしはまくしたてるように言った。

「アンタ、今から真紀の家に行って様子を見てきて」

《真紀の家？　どうしてわたしが？》

「いいから行けって言ってんだよ」

金城が起きたら困る。大声で怒鳴りつけたくてもできない。

もどかしさを感じながら押し殺した声で命令する。

《それはできない。カスミちゃんの命令はもう聞かないって決めたの。もうわたしは今までのわたしじゃない。カスミちゃんの顔色をうかがって気をつかっていた過去の弱いわたしは、もういない》

「アンタのことはどうだっていいんだよ。真紀が——」

《真紀のことも、もうどうだっていいの。わたしにはエマちゃんっていう親友もいるから。カスミちゃんなんてもう怖くもないし、真紀がいなくなったって構わない》

　愛奈の声には、たしかな決意が感じられた。

「アンタ、それ本気で言ってんの!?　真紀と親友だったんじゃないの!?　つーか、真紀が死んだとしてもアンタは今と同じセリフを言えるわけ!?」

《さっきから何を熱くなってるの?　それに、カスミちゃんの口から親友って言葉が出るなんて、ちょっと信じられないなぁ。何度も言うようだけど、真紀が生きようが死のうがわたしには関係のないことだから》

「アンタ……」

　愛奈は、あたしと真紀の家族が金城にされていたことや詳しい事情を知らない。

　でも、なぜか金城の存在を知っていた。

《それで、結局カスミちゃんの用件は何?　もしかして、真紀が金城って男にされてることの話?　それとも、真紀の家の借金の話?》

「なんで……」

　絶句する。どうして、愛奈に真紀の家の情報が漏れているんだろう。

《わたし、全部知ってるよ。カスミちゃんが暴力的になったのも学校で弱い者イジメするのも、全部その男のせいなんでしょ?　あっ、でもカスミちゃんの家は、お母さんもあれだよね……。カスミちゃんも被害者と言ったら被害者なのかもしれないけど、やりすぎたね。その罰を今、受ける時なんだよ》

　電話口で愛奈がクスッと笑ったのがわかった。

「ふざけんなよ……。テメェ、殺してやる!!」

《殺せるものなら殺してみなよ？　できもしないこと軽々しく言わないで》

　愛奈の言葉のあと、背後で物音がしてハッとして振り返った。

　そこには、ボクサーパンツ姿の金城が立っていた。

「おい、カスミ。テメェ、勝手に俺のスマホを使いやがって!!」

「金城……」

　思わずポロリと言葉を漏らした瞬間、耳元で愛奈はたしかに言った。

《これ、もしかして金城って男のスマホ？　むしろ、殺されるのはカスミちゃんのほうかもね？》

「おい、聞いてんのか!!」

　金城と愛奈の2人の声が同時に重なり合った瞬間、あたしの頬を金城が引っぱたいた。

　脳まで突き抜けるような信じられない衝撃に、その場に崩れ落ちる。

「うぅ……くっ……！」

　立ち上がろうとしたものの、手足に力が入らない。

　鼓膜が傷ついてしまったんだろうか。耳の奥からボワンボワンッと反響音が聞こえてくる。

《じゃあね、カスミちゃん。地獄の底で、今までした自分の行いを後悔し続けな》

　愛奈のその声と同時に、電話は一方的に切られた。

「おい！　今、誰に電話してた!?　千賀子か!?」

　千賀子とは母だ。あたしは、すぐに否定した。

「違うから。つーか、何!?　ちょっとスマホ貸してもらってただけでしょ!?」

　なぜか金城からは、鬼気迫る様子が感じられる。

　怒っているのに慌てふためいているような、おかしな金城の様子に困惑する。

「お前、最近いつ千賀子に会った？」

「ハァ!?　最近、帰ってきてないから。アンタのほうがよく知ってんじゃないの？」

「あの女……やりやがった!!」

「は？　何が？　意味がわかんないんだけど!!」

　金城の平手打ちで口の中が切れ、口の端からポタポタと血が垂れてフローリングを汚す。

「おい、お前から千賀子に電話しろ！　アイツが出たら黙って俺に替われ。いいな？」

　金城は、あたしの手から自分のスマホを奪い取った。

　落ちつかない様子の金城をいぶかしく思いながら、言われたとおり自分のスマホで母に電話をかける。

　けれど、何度かけてもすぐに留守番電話に切り替わってしまった。

「ダメ。出ない」

「あの野郎！　ふざけた真似しやがって……！」

「だから、何があったの!?」

「千賀子の野郎、100万持ち逃げしやがった!!」

「……は？」

　思わず固まる。母が金を持ち逃げ？

「まさか……お前じゃねぇよなぁ!?」

「ち、違う！　100万なんてあたしは知らない!!」

「アイツの部屋の押し入れの中に保管しておいたんだ。それも俺の金じゃねぇ。榎戸さんから一時的に預かってた金だ。しかも今日の夜、その金をあの人に渡すことになってるんだよ。……渡さなかったら俺はおしまいだ……」

　金城の顔から血の気が引いていく。

　榎戸とは、金城が頭の上がらない人物だ。この界隈で知らない人などいない。

　ヤクザよりも恐ろしい裏社会の人間だ。

「つーか、そんなのあたし関係ないし！　アンタと母さんの話に、あたしを巻き込まないで！」

　金城は立ち上がるとガシッとあたしの手首を掴んだ。

「バカ言ってんじゃねぇぞ。テメェの母ちゃんがやらかしたんだ。お前にも責任があるだろうが」

「……は？　やめろよ！　ふざけんな!!」

　金城は暴れるあたしの手首を掴んで、ズルズルと部屋まで引きずっていく。

「かわいげはないけど、お前も一応女子高生だしな。いろいろ使えるだろ。100万ぐらいなら、あっという間に稼げるだろう？　恨むなら千賀子を恨めよ？　あの女は娘のお前より100万を選んだんだ。お前の価値は100万以下なんだよ」

　金城はあたしをベッドに押し倒すと、どこかへ電話をかけはじめた。

「あっ、斎藤さん。どうも！　久しぶりっす。じつは、ちょっとお話がありまして。えぇ。女子高生なんですけど。はい。あぁ、その点は全然大丈夫ですよ。で、即金でお願いできません？」

　金城は、どこかへあたしを売ろうと考えているのかもしれない。

　ヘラヘラした表情を浮かべている金城に、ギリギリと奥歯を噛みしめる。

「いや、じつは千賀子の野郎が榎戸さんの金を持ち逃げしたんっすよ。100万なんすけど。まぁ、1000万だったら終わってたんですけど、100万ならなんとかなります」

　なんなのよ、これ。どうしてあたしが、こんな目に遭わないといけないのよ。

　ふざけんな。アンタたち大人の揉め事にあたしを巻き込むな。

「え……？　榎戸さんと千賀子がつながってる？　いや、そんなわけないじゃないっすか！　え……？　神宮寺？　誰っすか、それ」

　さっきまでニコニコしていたはずの金城の表情が、一変する。

「そ、そんな！　いや、待ってください！　俺は――」

　金城はそこまで言うと、持っていたスマホを床に叩きつけた。

　ガシャンっという音を立てて画面が割れる。その瞬間、金城は鬼のような形相を浮かべて、ベッドに座っていたあたしの髪の毛を掴んだ。

「全部お前のせいだ!!　テメェ、殺してやる!!」

　金城はそう言ってあたしの髪を引っ張りベッドから引きずりおろすと、フローリングの床に何度も何度もあたしの顔面を叩きつけた。

　鼻があらぬ方向に曲がり、唇が切れ、前歯が砕ける。

「やめ……ろ!!」

　両手で必死になって踏ん張っても、金城はその手を緩めようとしない。

　顔中に激しい痛みが走り、視線が定まらない。

「お前のダチに神宮寺って名字の奴はいるか!?」

　神宮寺エマ。その名前が脳裏をよぎったものの、それを答えることができない。

　口の中は溢れ出た唾と血液でいっぱいになり、うまく言葉にならない。

「お前のせいで、俺は消される。この世から抹殺される！」

「何……言って……」

　意味がわからない。

「もう俺はおしまいだ。お前のせいだ。全部お前のせいだ!!」

　金城はそう言うと、あたしの髪から手を離し、床に転がったスマホを手に取って電話をかけはじめた。

「クソっ！　押しづれーな!!」

　自分が画面を割ったくせに、それに苛立って悪態をつく

金城。

終わったの……？

顔面の痛みに顔を歪めているはずなのに、表情が変わっている様子がない。

ゆっくりと起き上がり、部屋の鏡を見て驚愕した。

顔中が血だらけになり前歯が折れていた。鼻は折れ、左側に傾いている。

ひどいありさまだ。ここまでのケガをしたことは、今まで一度もない。

そして、ここまで金城にひどい暴力を振るわれたことも一度もない。

殺される、と初めて思った。このままでは金城に殺される、と。

金城はひどく動揺し、狼狽し、錯乱している。あの男をなだめることは、むしろ不可能だ。

やらなければ、やられてしまう。

このままでは終われない。ずっとこの男にやられっぱなしの人生だった。

この男がいなければ、きっとあたしの人生は、ここまで惨めなものにはなっていなかっただろう。

あたしは電話をかけている金城を横目に、部屋を出て玄関に向かった。

金城が付き合いで何度か使ったというゴルフバッグの中から、リーチの長いゴルフクラブを取り出した。

どうしてもっと早く、こうしておかなかったんだろう。

　金城という人間がこの世にいる限り、心が休まる時間は
１秒たりともない。

　この男にあたしはすべてのものを奪われ、壊された。

　でも、もう我慢はしない。この男に殺されるのだけはご
免_{めん}だ。

「いや、俺はそんなことしてないっすから！　誤解っすよ！
いやぁ、マジで勘弁してくださいってぇ」

　電話を耳に当てて必死に弁解している様子の金城は、あ
たしの存在に気がつかない。

「死ねよ、カス」

　あたしは部屋に入ると、我が物顔であたしのベッドに
座っていた金城にゴルフクラブを振り上げた。

　その瞬間、金城と目が合った。カッと目を見開いて驚い
た表情を浮かべた金城の頭頂部に、あたしはゴルフクラブ
を振りおろした。

　頭蓋骨_{ずがいこつ}にゴルフクラブがぶつかった瞬間、手にものすご
い衝撃が走る。

　同時に、金城が力なくベッドに倒れ込んだ。

「まだ生きてんの……？　どんだけしぶといんだよ。ゴキ
ブリみたい」

　ベッドの上で仰向けに倒れている金城には、まだ息があ
る。

「アンタみたいな人間、この世にいらねぇんだよ。さっさ
とくたばれ」

「お前……俺を殺したら……大変なこと……に……」

「なんねぇーよ。もっと早くこうしておけばよかった。こ
こまで我慢したのが、あたしの最大の後悔だから」

「カ……カスミ……」

「気持ち悪い。名前で呼ばないで」

　あたしは再びゴルフクラブを両手で握りしめると、金城
の頭部に照準を合わせた。

「た、助けてくれ……」

「助けて？　あははは！　命乞い？　アンタみたいな人間
に生きてる価値ねぇーんだよ！」

　あたしは、そのまま金城の頭部を何度もゴルフクラブで
殴打した。

　頭部から噴き出した血が部屋中を赤く染め、ゴルフクラ
ブを振り上げるたびに天井にも血が飛んだ。

　何十回と叩くと金城の頭部は原形がなくなり、割れたス
イカのように、ただの真っ赤な物体と化した。

「ハァ……ハァ……」

　ゴルフクラブを床に放り投げ、呼吸を整える。

　金城の返り血で、身につけていたものは真っ赤に染まっ
ている。

　罪悪感はない。

　そもそもこの男が悪いのだ。

　気持ちが晴れる。母に捨てられたことなんてもうどう
だっていい。

　金城から解放されたという事実に、あたしの気持ちは高
揚していた。

　警察に捕まることは承知の上だ。

　でも、あたしは未成年。

　少年法で裁かれるだろう。

　この家庭環境を知れば、あたしに同情的な意見が出ても
おかしくはないだろう。

　金城は死んだ。もうあたしは自由だ。少しだけ反省した
態度を見せ、保護観察処分を終えたら好きに生きよう。

　心の中でほくそ笑む。

　すると、次の瞬間、玄関のほうから物音がした。

「え……？」

　いぶかしく思いながら玄関に向かうと、玄関のカギが外
から開けられ扉が開かれた。

「なんで……」

「あら～カスミちゃん、ずいぶんと派手にやったみたいだ
ね。お疲れ様でした」

　玄関には、カギを手にした神宮寺エマの姿があった。

　右手は、なぜか背中の後ろに回している。

「どうしてアンタがうちのカギを……！」

「このアパートはエマのお父さんが管理してるから」

「え……？」

「このアパートにはクズしか住んでいないの。働けるのに
嘘をついて働かずに生活保護を不正受給をしているパチン
コ狂いのおばさんと、騒音でご近所トラブルを起こしてい
るくせに、逆切れして相手を刺し殺そうとした前科のある
おじさんと、自分の娘を100万円と引き換えに金城に引き

渡した最低最悪な母親と、その金城を殺したイジメっ子の
カスミちゃん。ねっ、クズしか住んでないでしょ？」

　エマはそう言うと、天使のような笑みを浮かべた。

「どうして……」

　どうして金城を殺したって知ってるの？

「知ってるよ。全部。この部屋すべて盗聴されてるから」

「……はっ!?」

「返り血を浴びているってことは、何か固いもので殴り殺
したのかな？」

　エマはあたしの様子を見ても、驚くそぶりを見せない。

　それどころか、満足そうな表情であたしを見つめた。

「ねぇ、カスミちゃん。悪いことをしたら、必ず報いを受
けるべきだと思わない？　悪いことをした人間が、のうの
うと暮らしているなんて許せないもの」

　エマの目がすわる。

「生まれながらに悪い人間は多くはないのかも。生まれ
育った環境や生きてきた過程が、その人間を悪人に変えて
しまうのかもしれないね。カスミちゃんが愛奈ちゃんをイ
ジメたのだって、きっとそう。こんな家庭環境に生まれて
しまったことが運の尽きだね」

「アンタ、何が言いたいのよ」

「カスミちゃんは、金城やお母さんにたくさん傷つけられ
てきたかもしれない。でも、だからといって他人を傷つけ
ていい理由にはならないの。悪いことをしたら罰を受けな
くちゃいけない」

　エマはそう言うと、土足のままあたしの元へ近づき、背中に回していた右手をあたしの腹部に押し当てた。

「ぐっ……!!」

　瞬間、全身にビリビリと、ものすごい電気が走り手足が痺れた。

　目の前に火花が飛び、そのままあたしの体は床に倒れる。

「カスミちゃんと同じような境遇にいても、他人への優しさを忘れずにいた子もいるの。家庭環境や生きてきた過程が同じなのに、どうしてだろうね……?　やっぱり結局は、その人の人間性っていうことだよね?」

　エマはそう言うと、あたしの体を足で仰向けにした。

　そして、いまだに自由のきかないあたしの腹部に足を乗せて、グリグリと踏み潰す。

「みんなの前でカスミちゃんにこうやってやられた子の気持ち、少しは理解できた?」

　無表情のエマは、あたしのそばに腰を落とした。

「ふざ……けんな……」

　怒鳴りつけてやりたいのに、全身の力が入らず声も途切れ途切れになる。

「もう少しおしゃべりしていたいところなんだけど、いろいろと手違いが起きて時間がないの。本当はカスミちゃんでイジメ返しは終わりのはずなんだけど、そうもいかなくなっちゃった」

「イジメ……返し……?」

「そう。こうなったのは愛奈ちゃんをイジメたカスミちゃ

んのせい。イジメなんて卑劣な行為をしなければ、こんなことになることもなかったのに。残念だけど、カスミちゃんはここで死ぬの。1階の生活保護のおばさんの家からガスが漏れて、隣の部屋の前科ありのおじさんがきちんと始末しなかったタバコの火に引火して大爆発。カスミちゃんは金城もろとも燃えて灰になる」

「くっ……」

　立ち上がろうとしても全身に力が入らない。

「あっ、マズいな。ちょっとガスの臭いがしてきた。そろそろ行くね」

　エマはそう言うと、今度はあたしの首筋にスタンガンを押し当てた。

「ぐぅ……」

「金城と地獄では仲良くなれるといいね？」

　エマはそう言うと、無慈悲にスイッチを押した。

「ぐぅうぅーーー!!」

　口から自然とよだれが垂れ、全身が信じられないぐらいに痙攣する。

　正気を保てず奇声を上げるあたしをその場に残し、エマは玄関から出ていった。

「そ、んな……」

　必死に起き上がろうとしても、自分の体が自分のものでないかのようにまったく言うことをきいてくれない。

　数分の時間をかけてかろうじてうつぶせになると、ド

ンッという爆音が部屋中に轟いた。

　アパートの床をものすごい力で押し上げられたかのか
と、錯覚するほどの揺れ。

　あっという間に、部屋中が白い煙に包み込まれていく。
「あたし、死ぬの……？　ここで……？」

　寝転んだまま目をつぶる。

　その瞬間、走馬灯のように記憶がよぎった。

　最後に蘇る記憶は楽しい記憶のはずなのに、頭に浮かん
だのは母親にないがしろにされ、金城にいたぶられている
幼いころのあたしだった。

　誰にも愛されることなく、誰からも疎ましく思われてい
たと実感する。

　あたしの人生は、いったいなんだったんだろう。

　人に嫌われ、虐げられた代わりにあたしも誰かを嫌い虐
げた。

　やられたことをやっただけと自分を正当化することでし
か、自分を守れる術がなかった。

　まわりの人間全員が敵だった。仲間など誰もいなかった。

　日ごろの行いのせいと言われればそれまでのこと。でも、
こんな無様な死に方は望んでなどいなかった。
「ハァ……ハァ……」

　呼吸が苦しくなってきた。

　その時、床に転がっていた制服のスカートのポケットに
違和感を覚えた。

　柔らかい膨らみにそっと手を伸ばして、それを引っ張り

出す。

「これ……」

　それは真紀がくれたパンだった。お金もなくギリギリの生活をしていたはずの真紀がくれたパン。

　あたしは愛奈だけでなく真紀にもひどいことをたくさんした。

　小学校の時だってそうだ。真紀を遊びに誘って意図的にその場に置き去りにした。

　自分と同じような苦痛を、誰かに味わわせたかった。

　自分と同じように、誰かが不幸せになることを望んでいた。そうすることでしか、生きている価値を見出すことができなかったから。

　なんて惨めな人間なんだろう。今になって気づくなんてどうかしている。

　潰れてぺちゃんこになってしまったパンの包みを震える手で開けて、カラカラに渇いてしまっている喉に押し込む。

　その瞬間、自然と涙が溢れた。

　真紀はこのパンを、どんな気持ちであたしにくれたんだろうか。

　金城にされていることを知った、あたしへの同情……？

　ううん、きっとそうではない。真紀は同情したわけではない。

　あたしを励まそうとしてくれていたに違いない。自分だって辛かったはずなのに。

　それなのに――。

「ごめん、真紀……」

　直接謝りたいと心から思った。今すぐ真紀のところへ行き、今までのことを謝りたい。

　全部、アンタの言うとおりだった。

　愛奈をイジメても他の奴をイジメても、心は晴れるどころか曇っていく。

　その一瞬はすっきりした気持ちになっても、その気持ちが続くことはない。

　人の不幸の上に成り立つ幸せなどない。

　もっと早く気づけていたら、未来は変わっていたんだろうか……？

「イジメ返しが……本当に成功するなんて……。このあたしが……愛奈に……やられるなんて……」

　白かった煙が黒くなる。

　目に煙が入り、開けていることもできない。喉の奥がひりつく。

　言葉にできない。

　死を覚悟した瞬間、あたしは潰れた残りのパンをギュッと抱きしめた。

　瞼に浮かぶのは、今まで自分がしてきた非道な行為の数々だった。

　それを、なかったことにはできない。

　あたしは死ぬ直前まで、自分の行動を客観的に見ることができなかった。

　息ができずその場で苦しみにのたうち回るあたしに、容

赦なく煙が巻きついてくる。

　これは罰だ。人を傷つけた罰。

　甘んじて受け入れることしかできない。

　意識が遠のいていく。きっと、この先に待っているのは
地獄だ。

　後悔と絶望に打ちひしがれながら、あたしは17年という
短い人生に幕を閉じた。

最後の1人

『じゃあね、カスミちゃん。地獄の底で、今までした自分の行いを後悔し続けな』

　電話を切った瞬間、全身に鳥肌が立った。

　今までずっと言えずにいた言葉を、カスミちゃんに伝えることができた。

　今ごろ、あの女は打ちひしがれているに違いない。

「あはははは！　ざまぁみろ！　全部、因果応報なんだから！」

　ベッドに座ったままケラケラと笑っていると、部屋の扉が開いた。

「愛奈、電話中に、あなたに電話がかかってきたわ」

「電話？」

「そう。伊藤先生って知ってる？　今年退職した女の先生なんだけど、あなたに話があるって」

「伊藤先生!?　知ってる！　先生、なんて言ってた？」

　まさか伊藤先生が、あたしに電話をかけてきてくれるなんて思いもしなかった。

「さあ？　電話番号控えておいたから折り返してみたら？」

「そうなの？　ありがとう」

　母はわたしにメモ書きを手渡すと、部屋をあとにした。

　あたしはそのメモに書かれた電話番号に、すぐさま電話をかける。

「あっ、先生？　わたしです。林愛奈です」

《もしもし？　林さん？　さっきは突然家に電話をかけて
しまってごめんなさいね。今、大丈夫？》

「はい！　大丈夫です！」

《なんだか声が明るいわね。何かいいことでもあったの？》

「やっぱり、わかります？　いいことがあったなんてもん
じゃないんですよ。先生、聞いてください。わたしね、も
う誰にもイジメられないんです！」

　佐知子や志穂ちゃん、それにカスミちゃん。あたしをイ
ジメる人間はもう誰もいない。

　わたしは、今までに起こった出来事を先生に話した。

《ど、どうしてそんなことを……？　今の話、冗談よね？》

　先生の声が震えている。

　あたしは、それに気づかぬふりをして続けた。

「まさか！　冗談なわけないじゃないですか！　正直、わ
たしもここまでうまくいくなんて思ってなかったんですけ
どね。先生、わたしのことを心配して電話をかけてくれた
んですよね？　でも、もうその心配はいりません。もし、
またイジメられるようなことがあっても、イジメ返しする
から安心です。それに、神宮寺さんがいれば、わたしは何
も怖くないですから」

《どうしてそんなことを……。どうして……。そんなこと
をしてもあなたは幸せにはなれないのよ。それなのに──》

「えっ、先生……喜んでくれないんですか？」

《喜べないわ。そんなことをしてはいけないの。このまま
では不幸の連鎖が続いてしまう。……今からでも遅くない
わ。過ちに気づいた時、それを正すの。道を踏み外したと
気づいた瞬間、元の道へ戻る努力をすればいいのよ。まだ
間に合う。だから――》

　――ゴチャゴチャうるさいんだけど。

「なんか、先生のことを源田さんがウザいって言ってた理
由がわかっちゃった気がする」

《え……？》

「先生のそのお説教臭い言い方、すごい鼻につくんですよ
ね。わたし、道を踏み外したなんて思ってませんから」

《林さん……》

「ていうか、そもそも、わたしへのイジメがひどくなった
原因って伊藤先生ですよね？　源田さんとわたしを２人で
呼び出して説教なんてしたら、どうなるか普通わかりませ
ん？　あっ、そっか。生徒の気持ちとかわからないから、
みんなに嫌われてたんですよね。先生を慕ってた過去の自
分に、「やめな」って忠告したいぐらいです」

　まくしたてるように早口で言うわたしの言葉を、先生は
黙って聞いていた。

「もうわたしには先生の存在は必要ありませんから。電話
で話しててもイラつくだけなので、もう電話もしてこない
でください。そもそも、どうしてうちの家の電話番号を知っ
てたんですか？　学校辞めたのに、生徒の個人情報を持っ
てるのってアウトですよね？　もし、またわたしにお説教

してきたら、わたしにも考えがありますから」

《どうして……》

　先生の声がかすれた。

　泣いているんだろうか。鼻声になりながら先生は言った。

《どうして変わってしまったの……？》

　その言葉が妙に癇<ruby>癇<rt>かん</rt></ruby>に障った。

「うるさい。死ね」

　わたしはそう言うと、一方的に電話を切った。

　翌日。

　カスミちゃんの事件を受けて、学校は休校になった。

　ガス漏れとタバコの不始末が重なったアパート火災の爆発によって、4人が亡くなったからだ。

　その中には、憎きカスミちゃんも含まれている。

　アパートの燃え方はひどく、遺体は男女の区別がつかないほどだったと朝のニュースでやっていた。

「愛奈ちゃん」

　エマちゃんと約束した公園へやってきて、ベンチに座ったタイミングでエマちゃんが現れた。

　いつも制服姿を見ているせいか、私服姿はどこか大人びて見える。

「エマちゃん！　カスミちゃんのこといろいろありがとう！　ホント、最高！　カスミちゃんがこの世にいないって思うだけで、ものすごい爽快<ruby>爽快<rt>そうかい</rt></ruby>な気持ちになる！」

　それもこれも全部、エマちゃんのおかげだ。

「そう。よかったね」

「え？ エマちゃん、なんかあった？ あんまりうれしそうじゃないね？」

　エマちゃんの目が、どこかすわっている。

「愛奈ちゃん、エマとの約束破ったでしょ」

「えっ、約束？ 破ってないよ。どうして？」

「じゃあ、これは、何？ 説明できる？」

　エマちゃんはそう言うと、スマホをポケットから取り出して何やら操作するとわたしに手渡した。

【投稿者：借金まみれの真紀は自分の体を売っている】

【投稿者：◎城って男に毎晩××されてるよ～】

【投稿者：真紀、キモい】

　目の下が無意識に引きつった。

「カスミちゃんのイジメ返しの計画を立てた時、たしかにエマは、真紀ちゃんの家庭の事情も愛奈ちゃんに話したよ。金城と真紀ちゃん家族がつながっていて、真紀ちゃんがどんなひどい目に遭っているのかも、愛奈ちゃんには話した。だけど、それは秘密しておく約束だったよね？」

「そ、それは……」

「最初に話したはずだよ。イジメ返しは3人にだけするって。愛奈ちゃんをイジメた、佐知子ちゃんと志穂ちゃんとカスミちゃんの3人。違う？」

「た、たしかにそうだけど、わたしにもいろいろあったんだよ！ 真紀のことはエマちゃんにも話したでしょ!? わたしの気持ちなんて何も考えてくれないって。エマちゃん

が知らないところで、わたしと真紀はいろいろあったの！
だから、仕方なく——」
「仕方なく、親友の秘密を裏サイトに匿名で載せるの？
愛奈ちゃんは親友の真紀ちゃんが傷つくってわかってい
て、悪意を持ってあの投稿をした。真紀ちゃんを陥れるた
めに。それってカスミちゃんたちと同じだよ。やっている
ことは違うにせよ、同じこと」
「それは違う——」
「何も違わない。親友が苦しんでいると知ったら、どうに
かして助けてあげたいと思うはず。それなのに愛奈ちゃん
は、さらに真紀ちゃんを苦しめる道を選んだ」
　エマちゃんの言葉が正論すぎて、何も言い返すことがで
きない。
　けれど、心の中に不満が湧く。
　そもそも、イジメ返しを提案してきたのはエマちゃんだ。
　ここまでいろいろやってくれたことに感謝はしているけ
れど、あれこれ非難される筋合いはない。
「エマが前に言った言葉、愛奈ちゃんは忘れちゃったみた
いだね」
　エマちゃんは、真っすぐわたしを見つめた。
　たしかに以前、イジメ返しをすると決めた時に言われた。
『気持ちが固まったみたいでよかった。でも、これだけは
約束して。イジメ返しは、イジメられた相手にだけするも
の。他の人を巻き込んだらダメ。もちろん、愛奈ちゃんが
誰かをイジメることなんてあってはいけないの』

『それは大丈夫。イジメられたことはあるけど、誰かをイ
ジメたことなんて一度もないよ』

『それならいいの。イジメの被害者だった人が加害者にな
ることって……結構あるの』

　エマちゃんの言葉が蘇り、思わず顔をしかめる。

「もしかして思い出した？」

「べ、別に」

　ふいっとエマちゃんから目をそらす。

「そ、そもそも、こうなったのはエマちゃんが原因でしょ？
自分からイジメ返しをけしかけておいて、どうしてわたし
にお説教するの？」

「愛奈ちゃんは悪いことをした。悪いことをしたら罰を受
けるべき」

「悪いこと!?　自分はどうなのよ！」

「どういう意味？」

「あんまり軽々しいこと口にしないほうがいいよ？　今回
のイジメ返しの首謀者は、エマちゃんなんだから。カスミ
ちゃんたちへのイジメ返しのことも、あのアパート火災の
ことも、わたしが警察に話したらエマちゃんは大変なこと
になるの。自覚はある？　自分の立場をきちんと理解した
ほうがいいんじゃない？」

「ふぅん。イジメ返しに成功して自分をイジメる人がいな
くなった途端、そうやって強気な態度に出るのね。それで？
エマを脅す気？」

「脅しで済ませてほしいなら、もうわたしに関わらないで。

わたしはこれから幸せな学校生活を送る予定なの。もう誰にも邪魔させない。高校を卒業したら家を出て、都内の大学に行く。そこでわたしは自由に生きるの」

「恩を仇で返す気？」

「感謝はしてる。でも、ただそれだけのこと」

　そっとベンチから立ち上がると、エマちゃんも同時に立ち上がった。

「残念だわ。愛奈ちゃん」

　そう呟くように言ったエマちゃんの言葉を無視して、自宅へと歩を進める。

　自宅に辿りついた時、郵便受けの中に何かが入っていることに気がついた。

「手紙……？」

【愛奈へ】と記されている。

　その字には見覚えがあった。

「……真紀？」

　手紙には切手も消印もない。真紀がわざわざうちに来て、ポストにこの手紙を投函したんだろうか。

　はやる気持ちを抑えながら手紙の封を開けた。

　──愛奈へ──

　突然ごめんね。驚かせちゃったよね。

　本当は直接愛奈に会って言いたかったんだけど、いろい

ろな事情があってできなかったの。

愛奈、今までありがとう。小学生の時からずっと仲良く
してくれてありがとう。

あたしね、今も忘れられないの。小学生の時に入院して、
愛奈が毎日お見舞いに来てくれたこと。本当に本当にうれ
しかったから。

雪が降っていても、どんなに寒くても愛奈は毎日欠かさ
ずお見舞いに来てくれたよね。

本当はね、ずっと1人ぼっちで心細かったの。でも、愛
奈が来てくれたから、あたしは寂しい気持ちを乗り越える
ことができた。

だからあの日、あたしは誓ったの。

愛奈の笑顔をずっとずっと守るって。愛奈が幸せになれ
るように親友として守るんだって。

結局、あたしは無力で愛奈に何もしてあげられなかった。

カスミちゃんからイジメられている愛奈を助けてあげる
ことができなかった。

無力でごめん。

それどころか、何も知らずにカスミちゃんが愛奈から
奪ったお金でカフェに行ったって喜んじゃった……。

最低だよ。本当にごめんね。

あの日、カスミちゃんと志穂ちゃんと遊んだ時、愛奈へ
のイジメをやめてってお願いしたの。

でも、2人のこと止められなかったよね……。

本当にごめん。守ってあげられなくてごめん。

　じつはね、ずっとずっと金銭的に苦しかったの。お母さんが借金して、その返済も滞っていて、お昼を買うお金すらなかった。

　お昼ご飯を食べなかったのは、ダイエットのためなんかじゃないの。

　でも、本当のことは言えなかった。言ったらきっと優しい愛奈はあたしのことを心配してくれるから。

　あたしは愛奈と出会えて幸せでした。親友になってくれてありがとう。

　正直に言うと、今、借金取りに追われています。

　でも、エマちゃんが助けてくれた。あっ、愛奈と仲のいい神宮寺エマちゃんね。

　あたしとお母さんは、2人で遠くへ逃げることになりました。

　そこで一から新しい生活をはじめるの。バイトも頑張って、2人でちゃんと借金を返すことにした。

　借金取りは、あたしたち家族と関係のあった人に接触をするかもしれない。

　だから、あたしはここで愛奈との関係を断つことにしました。

　愛奈にだけは迷惑をかけたくないから。愛奈が大切だからこそ、この選択をしました。

　勝手に決めてごめんね。愛奈、幸せになって。大好きだよ。今までありがとう。

「何……これ……。なんなのよ……」

手紙を持つ手がプルプルと震える。

一度だって面と向かって『親友』なんて言ってくれたこ
とないじゃない。

どうして今さらそんなことを……。

手紙は続く。

それと、もう裏サイトのことが噂になって知ってるかも
しれないけど、あたしはある男にひどいことをされていま
した。

あのサイトに書き込まれていたことは本当なの。

誰があんなこと書き込んだんだろう……？

あれを見て死のうとまで考えた。恥ずかしくて、虚しく
て、悔しくて、悲しくて……。

でも、あたしは負けない。あんなことを書く卑怯な人間
に負けない。

だから、愛奈も負けないで。

もう会えないけど、あたしは、ずっとずっと愛奈の幸せ
を願っています。

さようなら、愛奈。大好きだよ。

　　——真紀より——

その手紙をすべて読み終えると、わたしはすぐに真紀の
スマホに電話をかけた。

【おかけになった電話番号は現在使われておりません。番号をお確かめの上かけ直してください】

　けれど、何度かけても無機質なアナウンスが流れるだけだ。

　頭の中が真っ白になった。

　真紀はもうこの町にいない？　それどころか、もう会えないっていうの……？

　頭の中がパニックにある。

　こんなはずじゃなかった。

　こんなはずじゃ──!!

　計画が違うじゃない！　居場所を教えずに引っ越していくなんて……そんなの聞いてない！

　あたしは、エマちゃんに電話をかけた。

　けれど、何度かけてもつながらない。

「どうしてよ……!!　裏切り者!!」

　エマちゃんとの計画では、カスミちゃんにイジメ返しをしたあと、エマちゃんのお父さんが、真紀たち家族の金銭的支援と仕事の斡旋をしてくれる予定だった。

　エマちゃんのお父さんとは会ったことはないけれど、お金と権力のどちらも持ち合わせている人物であることはたしかだ。

　カスミちゃんの住んでいるアパートの他にも、数えきれないほどの土地や不動産を持っていると、エマちゃんはさらりと教えてくれた。

　すると、手元のスマホがブルブルと音を立てて震えた。

　画面には、エマちゃんの名前が表示されている。

「もしもし!?」

　わたしは、すぐさまスマホを耳に当てた。

《どうしたの、愛奈ちゃん》

「や、約束が違うでしょ!?　真紀からの手紙がポストに入っ
てたの！　どうしてよ！　真紀たちをどこに——」

《あぁ、そのこと。真紀ちゃん、金城とのことを裏サイト
に書かれて心底傷ついてた。だから、急きょこの町を離
れてもらうことにしたの。こんな小さな田舎町であんな噂
を立てられたら、かわいそうだもの》

「ど、どうしてさっきわたしに教えてくれなかったの!?」

《真紀ちゃんのことを裏切った愛奈ちゃんに、教えるはず
ないでしょ？　でも、安心して。真紀ちゃんは、これから
きっと幸せな人生を送れる。真紀ちゃんたち家族には、き
ちんとした家と環境を用意しといたから》

「っ……」

　唇を嚙みしめる。そんな話は聞いてない。

《あぁ、そうだ。愛奈ちゃんには、それ相応の罰を用意し
たから》

「え……？」

《それじゃ、バイバイ》

　一方的に電話が切られる。

　それ相応の……罰？　何、それ？　どういうこと……？

　呆然としながら玄関に入ってハッとした。

　玄関に男物の靴がある。

　今日は平日なのにどうして父が——。

「や、やめて——!!」

　すると、リビングのほうで何かが割れる音とともに母の悲鳴がした。

「お、お母さん——」

　リビングに入って唖然とした。

　泥棒でも入ったかのように、リビング中が滅茶苦茶だった。

「ど、どうしたの……?」

　ビール瓶を掴んで立ち尽くす父の前に、うずくまっている母。

　額からは、ポタポタと血が滴り落ちている。

「この女はな、俺の部下と不倫してたんだ……! そして俺をハメたんだ!!」

「えっ?」

「会社に行ったら、デスクにこの写真が置いてあった」

　父はそう言うと、わたしの足元にぐしゃぐしゃになった何かを投げつけてきた。

　拾い上げると、そこにはたしかに見知らぬ男と腕を組んで歩く母の姿があった。

　家の中では見たことがないくらいの、眩しい笑みを浮かべて男を見上げる母。

　女の目をした母。

　そんな姿を見るのは初めてだった。

「あ、あなたが悪いのよ！　私のことをずっとバカにして
見下して……！」

「開き直る気か!?」

「こんなふうに暴力を振るう男となんて一緒に暮らせない
わ！　離婚してちょうだい!!」

「このクソ女……!!」

　父はそう言うと、母の顔面にフルスイングしたビール瓶
を叩きつけた。

　ガシャンっという音とともに砕け散ったビール瓶が、あ
たりに散乱する。

　同時に、母がその場に倒れ込んだ。

「いやぁぁぁああ……！」

　うつぶせに倒れた母の顔面からは、おびただしいほどの
量の血が流れ出た。

　粉々になった瓶の破片が、顔中に突き刺さっている。

「そ、そんな……なんで。なんで……」

　その場でどうすることもできずにオロオロするわたし
に、父が歩み寄ってきた。

「もう終わりだ。もう家にも会社にもいられない」

「え……？」

「パワハラで訴えられたんだ。この女の不倫相手の部下か
らな」

「そんな……！　でも、訴えられたからって負けるって決
まったわけじゃないよね……？」

「いや、負ける。頭の切れる人間が入れ知恵したんだろう。

証拠もすべて押さえられてる。まさか、こんなことになるなんて」

その瞬間、エマちゃんの言葉が脳裏をよぎった。

『愛奈ちゃんには、それ相応の罰を用意したから』

これってまさか、すべてエマちゃんが手を回したっていうこと……？

全部、エマちゃんが……？

「こうなったからには仕方がないな。全員で死ぬしかない」

「そ、そんな……！ い、嫌だ!! わたしは関係ない！」

腰が抜けてしまいその場に座り込んだわたしに、父が馬乗りになる。

父がわたしの首に手をかけた。

父の狂気的な瞳に全身に鳥肌が立つ。

「大丈夫だ。1人では死なせない。必ずあとを追いかけてやる」

父はそう言うと、ギリギリとわたしの首を絞めた。

あとを追いかけてやる……？

そんな……。死んでもなお、わたしは父から離れられないの……？

「俺たちは、どんなことがあってもずっと一緒だ」

「あっ……うっ……うっ……」

息ができず必死に口を開ける。

目の前がかすむ。

このままでは意識を失ってしまう。

こんなはずじゃなかったのに。

　こんなことのために、イジメ返しをしたわけじゃない。

　こうなるとわかっていたら、イジメ返しなんてしなかった。

　目をつぶると、真紀の顔が目に浮かんだ。

　真紀はずっと、わたしを守ろうとしてくれていた。

　それなのにわたしは真紀の気持ちに気づくことなく、真紀のことを一方的に責め、誤解して憎んだ。

　結果その憎しみを抑えられず、真紀を傷つけようとした。

　エマちゃんの言うとおりかもしれない。

　わたしはいつからか変わってしまった。イジメ返しを楽しみ、それが終わったあとも自分が強くなった気になって、自分の気に入らない人間を傷つけようとした。

　排除しようとした。

　これじゃカスミちゃんと一緒だ。

　世界一大っ嫌いなカスミちゃんと同じ人間になっていた。

　伊藤先生にも忠告されたのに、わたしは耳を貸そうとはしなかった。

　引き返すタイミングはあった。

　あったはずなのに。

　最低だ。どうして……わたしは――。

　最後の最後で気づくなんて。もう、すべてが遅すぎる。

「ま……き……」

　意識が遠のく。酸素が脳に回らなくなった。

　真紀、ごめん。

　それと今までありがとう。

　真紀……幸せになってね。

　体中の力が抜けていくと同時に、わたしの目からは一筋
の涙が零れた。

終わりとはじまり

【エマside】

「もしもし。はい。神宮寺エマです。イジメ返しには成功しました。でも……愛奈ちゃんは……」

　電話で今の状況を伝えると、電話口からわずかなため息が漏れた。

《そう。仕方ないわね。お疲れ様》

　この声に、エマは何度救われたかわからない。

《……エマ、大丈夫？》

「はい。大丈夫です。エマはこれからもイジメ返しを続けます。そして、いつか……必ずあの女に復讐します。桃さん、また新しいターゲットが見つかったら連絡しますね」

　そう伝えると電話を切った。

　ＳＮＳで西園寺カンナという名前を知ったあと、エマはイジメ返しというものを知った。

　イジメ相手に、イジメられた人間がイジメ返しをする。

　法で裁けないなら、自分で相手を裁くしかないという部分にエマは共感し、ＳＮＳを通じてカンナさんの遺志を継ぐ人間と連絡をとった。

　それが、桃さんとの出会いだ。

　そして、今までの事情を説明すると、桃さんはエマにこう言った。

『私はもう学生じゃないから思うように動けないの。だか
ら、今度はエマにカンナちゃんの遺志を引き継いでほしい。
イジメに苦しんでいる子に手を差し伸べてあげてほしい。
イジメなんて卑劣な行為をする人間に屈してはいけない』

　桃さんの言葉からは、たしかな意思が感じられた。

　きっと、全国にはカンナさんの遺志を継ぐ人間がエマ以
外にもいる。

　イジメという卑劣な行為をした人間には、必ず罰を与え
る。

　された苦しみ以上に苦しませてやる。

　そして、いつか。

　エマは必ずこの手で、あの女にエマが受けた以上の苦痛
を受けさせる。

「絶対に許さない」

　イジメられた人間が、

　イジメた人間にイジメ返しをすることは、

　許されないことでしょうか？

　何十倍、何百倍の痛みを味わわせてやりたいと思いませ
んか？

　さぁ、一緒にはじめましょう。

　──イジメ返し。

本書限定　番外編

遺志を継ぐ者たち

【桃side】

　カンナちゃんの死後、私はすぐに動いた。

【カンナ様のご遺志を継ぎ、本日イジメ返しをはじめます】

　ＳＮＳのハッシュタグに【♯イジメ返し】とつけて投稿すると、瞬く間にイジメ返しの名は広まった。

　世間でもカンナちゃんの事件は注目されていたし、イジメ返しというものに興味を示す人間は大勢いた。

　すぐにネット上でオンラインサロンを作り、コミュニティを形成した。

　年齢層は多岐にわたり、学生から会社員や主婦にまで及んだ。

　誰でもアクセスすることができ、その会員同士がつながれるのだ。

　悩みを訴えるコミュニティサイトのようなものを作り、イジメ被害者同士が語り合える場も用意した。

　けれど、このコミュニティに来る人間は全員がイジメ被害者というわけではない。

　加害者だってやってくるし、荒す人間も存在した。

　ある程度の人数が集まると、揉め事が起こるのは明らかだった。

　そのためにルールを決めた。

　決めたルールは１つだけ。

　絶対にイジメを起こしてはならない。
　コミュニティ内の人間は全員が対等の立場であるということをつねづね会員に伝え、コミュニティを運営した。

　日々、試行錯誤の連続だった。
　くじけそうになったこともある。
　それでも続けてこられたのは、カンナちゃんの言葉が今も胸に残っているからだ。
『どうしてイジメって起きるんだろうねぇ。この世からイジメなんてなくなればいいのに』
　カンナちゃんが本当に望んでいるのは、イジメ返しではない。イジメのない世界を望んでいるのだ。
　でも、現実は残酷だ。今も全国でイジメは起こり、イジメられて苦しんでいる人がいる。
　イジメは相手の心を簡単に壊してしまう。
　でも、やっているほうにその意識は薄い。
　被害者は、なかなか声を上げることができない。
　そのうちにどんどん追い詰められ、そして――。

　深夜２時。立ち上げたパソコンがチカチカと点滅してメッセージが届いていることを知らせた。
　私は時間を見つけては運営者である私に届くメッセージを確認し、返信していた。
「今日もこんなに……」
　日々全国から届くＳＯＳのメールに、ため息をつく。

【助けてください】

【もう限界です】

【死にたい……】

　救いの手を求めている人は大勢いる。

　コミュニティを立ち上げたからといって、すぐにイジメがなくなるはずもない。

　でも、私の思いに賛同してくれる人たちが現れた。

『♪〜〜♪〜〜♪』

　テーブルの上のスマホが鳴り出した。

「もしもし。エマ？」

《桃さん、次のターゲットが決まりました》

　その１人が神宮寺エマだ。

　彼女もまた、過去のイジメによって心を傷つけられた人間の１人。

　そして、彼女は私同様にカンナちゃんの遺志を継ぐ者。

「わかったわ。さっそくはじめましょう」

《──はい》

　カンナちゃん、見てて。

　私は私なりの方法で、カンナちゃんの遺志を継いでみせるから。

　　──イジメ返しは、まだオワラナイ。

                                    ＥＮＤ

afterword

あとがき

　こんにちは。なぁなです。

　このたびは、『イジメ返し２〜新たな復讐〜』を手に取っていただきありがとうございます。

　2019年に『イジメ返し　最後の復讐』を出版してから約１年半の時をへて、新しいシリーズの『イジメ返し』をこのような形でお届けできて、とてもうれしいです。

　このお話を書いている時、ちょうどコロナ禍真っただ中で筆も進まず、何度もスランプに陥りました。

　マスク、消毒液……あれこれなくなり、緊急事態宣言が発出され、学校も休校。

　落ちつかない日々を過ごしながら書いたことを、今でも思い出します。

　それでもなんとか書き続けられたのは、読者の皆さんのおかげです。

　野いちごでいただく感想は、すべて読ませていただいています。

　読者さんの言葉に元気をもらったり、励まされたり、背中を押してもらったりしています。

　読者さん皆さんの声がなかったら、私は今こうやって「あとがき」を書けていなかったかもしれません。

　以前も「あとがき」に書きましたが、私はそれぐらいの飽き性です（笑）。

　言葉の力って、すごいですよね。

　だからこそ、つねに相手への優しさを忘れずにいたいものです。

　そして、イジメに悩む人が1人でも減りますように。

　この本を読んでくださった方が、イジメについてほんの少しでも考えるキッカケになりますように。

　最後になりましたが、イラストや表紙を担当してくださった梅ねこさん、デザイナーさん、この本に携わってくださったすべての皆さんに感謝申し上げます。

　本当にありがとうございました。

2021年4月25日　　なぁな

作・なぁな

2児のママ。『純恋－スミレ－』で第6回日本ケータイ小説大賞優秀賞を受賞し、書籍化。『イジメ返し』で、野いちごグランプリ2015ブラックレーベル賞受賞。ケータイ小説文庫『不良彼氏と胸キュン恋愛♥』、『キミを想えば想うほど、優しい嘘に傷ついて。』、『トモダチ崩壊教室』、『イジメ返し　恐怖の復讐劇』、『女トモダチ』、『恐愛同級生』、『イジメ返し　最後の復讐』『私の世界を変えてくれた君へ。』、『トモダチ地獄～狂気の仲良しごっこ～』など著作多数。

絵・梅ねこ（うめねこ）

時々、野いちごのホラーのイラストを描かせていただいています。梅干しとねこが好きです。趣味は寝ること、食べること。最近はコンビニの生どら焼きがアツい。体力の低下が悩み。もっと運動します。

♥

なぁな先生への
ファンレターのあて先

〒104-0031
東京都中央区京橋1-3-1
八重洲口大栄ビル7F

スターツ出版（株）書籍編集部 気付
なぁな先生

KEITAI
SHOUSETSU
BUNKO
野いちご SINCE 2009

イジメ返し2
〜新たな復讐〜

2021年4月25日　初版第1刷発行

著　者　なぁな
　　　　©Naana 2021

発行人　菊地修一

デザイン　カバー　ansyyqdesign
　　　　　フォーマット　黒門ビリー&フラミンゴスタジオ
　　　　　人物ページ　久保田裕子

ＤＴＰ　朝日メディアインターナショナル株式会社

編　集　若海瞳　酒井久美子

発行所　スターツ出版株式会社
　　　　〒104-0031　東京都中央区京橋1-3-1　八重洲口大栄ビル7F
　　　　出版マーケティンググループ　TEL03-6202-0386
　　　　（ご注文等に関するお問い合わせ）
　　　　https://starts-pub.jp/
印刷所　共同印刷株式会社
Printed in Japan

ISBN 978-4-8137-1079-0　C0193

一気読み！やみつきホラー小説

『屍病』ウェルザード・著

いじめに苦しむ中2の愛莉は、唯一の親友・真倫にお祭りに誘われ、自殺を踏みとどまった。そんなお祭りの日、大きな地震が町を襲う。地震の後に愛莉の前に現れたのは、その鋭い牙で人をむさぼり食う灰色の化け物"イーター"。しかもイーターの正体は、町の大人たちだとわかり…。

ISBN978-4-8137-1022-6
定価：649 円（本体 590 円＋税 10%）　ブラックレーベル

『ある日、学校に監禁されました。』西羽咲花月・著

千穂が通う学校で、風に当たると皮膚が切り裂かれたり、首や胴体が切断されたりする不思議な現象が起こる。風を引き起こす原因に自分がハマっているアプリが関係していると知った千穂は、絶望する。さらに、血まみれの学校に閉じ込められた生徒たちは、暑さや飢えで徐々に狂いはじめ…。

ISBN978-4-8137-0942-8
定価：660 円（本体 600 円＋税 10%）　野いちご文庫ホラー

『トモダチ地獄』なぁな・著

高2の梨沙は、同じクラスで親友のエレナと彩乃と楽しい毎日を送っていた。ところが、梨沙が調理実習のグループに美少女・薫子を誘ったことから、薫子は梨沙に異様に執着してつきまとうようになり、3人の関係にヒビが入りはじめる。嫉妬、裏切り、イジメ…女の世界に潜むドロドロの結末は!?

ISBN978-4-8137-0908-4
定価：660 円（本体 600 円＋税 10%）　野いちご文庫ホラー

『見てはいけない』ウェルザード・著

親友が遺したノートを読んだ若葉たちは、奇妙な夢を見るようになった。見覚えのない廃校舎で不気味な"白い物"に襲われ、捕まると身体を引きちぎられ、死の苦痛を味わう。これは夢か、それとも現実なのか？大ヒット作『カラダ探し』の作者による、神経ギリギリに訴えるノンストップホラー。

ISBN978-4-8137-0873-5
定価：704 円（本体 640 円＋税 10%）　野いちご文庫ホラー

一気読み！やみつきホラー小説

『予言写真』西羽咲花月・著

高校入学を祝うため、梢は幼なじみ5人と地元の丘で写真撮影をする。その後、梢たちは一人の仲間の死をきっかけに、丘での写真が死を予言していること、撮影場所の丘に隠された秘密を突き止める。だけど、その間にも仲間たちは命を落としていき…。写真の異変や仲間の死は、呪い!? それとも…!?

ISBN978-4-8137-0766-0
定価：649円（本体590円＋税10%）

野いちご文庫ホラー

『死んでも絶対、許さない』いぬじゅん・著

いじめられっ子の知絵の唯一の友達、葉月が自殺した。数日後、葉月から届いた手紙には、黒板に名前を書けば、呪い殺してくれると書いてあった。知絵は葉月の力を借りて、自分をイジメた人間に復讐していく。次々に苦しんで死んでいく同級生たち、そして最後に残ったのは、意外な人物で…。

ISBN978-4-8137-0729-5
定価：616円（本体560円＋税10%）

野いちご文庫ホラー

『あなたの命、課金しますか？』さいマサ・著

容姿にコンプレックスを抱く中3の渚は、寿命と引き換えに願いが叶うアプリを見つける。クラスカーストでトップになるという野望を持つ彼女は、次々に「課金」ならぬ「課命」をして美人になるけど、気づけば寿命が少なくなっていて…。欲にまみれた渚を待ち受けるのは恐怖!? それとも…？

ISBN978-4-8137-0711-0
定価：660円（本体600円＋税10%）

野いちご文庫ホラー

『恐愛同級生』なぁな・著

高2の莉乃はある日、人気者の同級生・三浦に告白され、連絡先を交換する。でも、それから送り主不明の嫌がらせのメッセージが送られてくるように。おびえる莉乃は三浦を疑うけれど、彼氏や親友の裏の顔も明らかになり始めて…。予想を裏切る衝撃の展開の連続に、最後まで恐怖が止まらない！

ISBN978-4-8137-0666-3
定価：660円（本体600円＋税10%）

野いちご文庫ホラー